Die Abenteuer des

ODYSSEUS

Auguste Lechner

Neu überarbeitet und mit einem Glossar
versehen von Friedrich Stephan

Überarbeitete Neuausgabe
19. Auflage als Arena-Taschenbuch 2024
Arena Verlag GmbH,
Rottendorfer Str. 16, 97074 Würzburg
Lizenzausgabe der Verlagsanstalt Tyrolia GmbH, Innsbruck
© 1974 Verlagsanstalt Tyrolia GmbH, Innsbruck
Neu überarbeitet und mit einem Glossar versehen von Friedrich Stephan
Umschlaggestaltung: Frauke Schneider unter Verwendung einer Abbildung
einer antiken griechischen Vase
Umschlagtypografie: knaus. büro für konzeptionelle
und visuelle identitäten, Würzburg
Gesamtherstellung: Westermann Druck Zwickau GmbH
ISSN 0518-4002
ISBN 978-3-401-50023-2

www.arena-verlag.de
Mitreden unter forum.arena-verlag.de

Arena-Taschenbuch
Band 50023

Auguste Lechner (1905–2000) ist Österreichs Staatspreisträgerin. Mit ihren Büchern erschließt sie der Jugend einen Zugang zur Sagenwelt. Ihr Gesamtwerk wurde mit dem »Europäischen Jugendbuchpreis« ausgezeichnet.

Die Art, wie Auguste Lechner die uralten Sagen neu gestaltet und herausgegeben hat, ist hervorragend. Man spürt den Menschen dahinter, der unseren Jugendlichen etwas von dem vermitteln will, was die Geschichte ausdrückt: die Erlösung durch die Menschlichkeit.
Schweizerische Lehrerzeitung, Zürich

1 Die letzte Schlacht um Troja war geschlagen. Der Krieg war zu Ende.

Um einer Frau willen hatte er einst begonnen, als Paris, ein Sohn des trojanischen Königs Priamos, die schöne Helena entführte. Ihr Gemahl Menelaos, der König von Lakedaimon, und ihr Vater Tyndareos riefen die achaischen Fürsten zum Kampf gegen den Frauenräuber und die reiche Stadt der Troer auf, die den Griechen längst ein Dorn im Auge war. Sie kamen, einem Eid gehorchend, den sie Tyndareos geleistet hatten, aus allen Landschaften und von den Inseln und zogen mit ihren Kriegern gegen Troja: Agamemnon, der Bruder des Menelaos; Nestor von Pylos, den man den »Rossebändiger« nannte; Odysseus, der König von Ithaka, klug, tapfer und listenreich; die Myrmidonenfürsten Achilleus und Patroklos und andere berühmte Helden.

Neun Jahre lang belagerten sie die Stadt, im zehnten endlich siegten sie mit List und Waffengewalt. Aber von der herrlichen Stadt und Priamos' stolzer Feste war nichts mehr geblieben als rauchende Trümmer, eingestürzte Mauern, geplünderte Paläste und zerstörte Tempel.

Die Männer waren im Kampf gefallen oder Gefangene der Sieger. Die Frauen wurden auf die Schiffe geschleppt, um mit der übrigen Beute als Sklavinnen nach den reichen Städten und Fürstenhäusern Achaias gebracht zu werden.

Aber auch die Griechen vermochten sich ihres Sieges nicht zu freuen. Viele ihrer besten Helden hatten vor den Mauern Trojas den Tod gefunden: Achilleus, der Niebesiegte, der Stolz des Heeres; sein Freund Patroklos, der von Hektor erschlagen wurde;

Ajax, der schönste und tapferste unter ihren Kriegern, der sich in sein eigenes Schwert stürzte.

Tage- und nächtelang beklagte das ganze Heer seine großen Toten, ehe man ihre Leiber verbrannte und gewaltige Grabhügel über ihren Gebeinen errichtete.

Als die Überlebenden endlich die Schiffe zur Heimfahrt rüsteten, entstand Streit zwischen ihren Führern. So fügten es die Götter, die den Achaiern zürnten: Denn es waren viele Untaten in diesem Krieg geschehen. Hass, Grausamkeit und Habgier hatten schreckliches Unheil gestiftet, wie es stets geschieht, wenn die Menschen die Waffen gegeneinander erheben.

Darum beschlossen Zeus und Pallas Athene dem Heere der Achaier eine bittere Heimkehr zu bereiten.

Es begann damit, dass Athene Zwietracht säte zwischen den Atreussöhnen Menelaos und Agamemnon.

Die beiden Brüder riefen eines Abends gegen alle Sitte bei sinkender Sonne ihre Krieger zum Rat zusammen. Die Männer kamen, trunken vom Wein, von Kampf und Sieg. Menelaos begann zuerst zu reden. »Wir wollen nun heimkehren! Lange genug sind wir in der Fremde und viele Leiden haben wir ertragen. Bereitet also die Schiffe zur Fahrt, so schnell ihr könnt!«

Seinem Bruder Agamemnon missfiel aber diese Rede. Ihm graute vor dem Zorn der Götter um all der bösen Dinge willen, die geschehen waren, und er gedachte, sie durch reichliche Opfer zu versöhnen, ehe er mit dem Heer die gefahrvolle Reise über das weite wilde Meer begann. Armer Tor, er wusste nicht, dass seine Hekatomben vergebens sein würden und dass sein schreckliches Geschick schon bestimmt war!

»Nein«, rief er heftig, »wir bleiben hier so lange, bis die Opfer vollendet sind, die ich darzubringen gedenke!«

Menelaos widersprach und alsbald war ein lauter Streit zwischen den Brüdern im Gange. Und schnell, wie ein Feuer alles ringsum erfasst, griff er um sich. Zornige Rufe erschollen aus den Reihen der Krieger, die einen stimmten Menelaos zu, die anderen meinten, Agamemnon habe recht. Sie schrien einander ins Gesicht, ihre Fäuste fuhren in die Höhe oder zuckten zur Hüfte, wo die Schwerter hingen.

Allmählich kam die Nacht und sie wurden des Streitens müde, aber sie legten sich dennoch nicht zum Schlaf nieder. Sie hockten an den Feuern, die einen hüben, die anderen drüben, stierten einander grimmig an und brüteten Unheil aus. Da und dort saßen ein paar von den Führern abseits und berieten insgeheim.

Am Morgen aber, als Eos, die Göttin mit den rosigen Fingern, am Himmel emporstieg, machten sich die ersten daran, die Schiffe ins Wasser zu ziehen; die Masten wurden aufgestellt, die Segel gehisst, Ruder und alles nötige Gerät bereitgelegt und die Beute auf die Schiffe gebracht. Die Männer arbeiteten schnell und stumm, mit düsteren Gesichtern. Eine ungewisse Furcht hatte sich ihrer bemächtigt, als stünde ihnen Böses bevor.

Auch den Fürsten gefiel der Lauf der Dinge keineswegs: Denn immer ist Zwietracht unter den eigenen Leuten der schlimmste Feind. Darum hatten Nestor, Menelaos, Odysseus und einige andere beschlossen, sogleich abzufahren, ehe etwa noch ihre Krieger die Waffen gegeneinander erhoben.

So saßen alsbald die Männer in Reihen auf den Ruderbänken und langsam bahnten sich die Kiele ihren Pfad durch die graue Salzflut. Schwarz ragten die hohen Schiffswände aus dem Wasser, aus starken Bohlen zusammengefügt, die Ruder hoben und senkten sich gemächlich, denn ein günstiger Wind schwellte die Segel. Die Führer standen auf dem vordersten Schiff beisammen und berieten über den Weg, den sie nehmen wollten. Odysseus lehnte finster und schweigsam neben dem Steuer. Er war unzufrieden mit sich selbst. Warum war er nur davongefahren und hatte Agamemnon zurückgelassen, der doch sein Freund war? Sie hatten gemeinsam gekämpft und alle Mühsal ertragen; sie hätten auch gemeinsam heimkehren sollen! Außerdem gefiel ihm die Wasserstraße nicht, die seine Gefährten wählten. Sie war zwar kürzer, aber gefährlicher und es schien Odysseus sehr ungewiss, ob Poseidon, der Beherrscher der Meere, sie freundlich geleiten oder erbarmungslos in den von Fischen wimmelnden Schlünden versinken lassen würde.

So kam es, dass abermals Zwist unter den Fürsten ausbrach, noch ehe die Schiffe Tenedos umfahren hatten, die kleine Insel vor der troischen Küste. Und zuletzt kehrte Odysseus mit seinen Schiffen und den Kriegern, die ihm ergeben waren, wieder um und fuhr zurück nach Troja.

Aber es sollte auch ihm und Agamemnon keine gemeinsame Heimkehr beschieden sein.

Als ihre reich beladene Flotte zum zweiten Mal von Troja ausfuhr, gingen die Wogen stürmisch, die Wolken hingen tief und schwer und graue Dämmerung hüllte die Schiffe ein, als wäre es nicht Morgen, sondern Abend.

Kaum waren sie auf dem offenen Meer, da überfiel sie ein Wirbelsturm, warf sie hin und her, das eine dahin, das andere dorthin, sodass die Achaier einander aus den Augen verloren.

Wie gewaltige schwarze Schatten sah Odysseus seine eigenen Schiffe im Nebel auf und nieder schwanken, während der Sturm sie immer weiter mit sich riss, sie wussten nicht, wohin.

Endlich wurde es stiller, die Wolken verzogen sich und sie kamen aus dem Nebel heraus. Zwar rollten die Wogen noch immer wild und sprangen mit weißen Kämmen an den Bordwänden herauf. Aber man konnte wieder sehen, und als Odysseus sich umschaute, zeigte es sich, dass kein einziges seiner Schiffe verloren gegangen war. Von den andern Achaiern aber war keine Spur mehr zu erblicken.

Odysseus tat einen tiefen Atemzug. Nun, die Götter hatten ihn und die Seinigen gerettet und er würde ihnen, sobald er irgendwo Land fände, ein feierliches Opfer bringen. Gewiss hatten auch Agamemnons Schiffe den Sturm glücklich überstanden und jeder musste eben allein seines Weges heimwärts ziehen, da es die Unsterblichen nun einmal so entschieden hatten.

Während Odysseus dies dachte, starrte er nach vorne in den Nebel, der immer dünner wurde. Jetzt tauchte, schon ganz nahe, ein flacher Strand auf. Bald knirschten die Kiele auf dem sandigen Grund und die Achaier sprangen bewaffnet ans Land. Vor ihnen lagen die Mauern einer kleinen festen Stadt. Odysseus erschrak. Diese Stadt kannte er! Nein, die Götter hatten es doch nicht gut mit ihnen gemeint: Denn es war Ismaros, die Stadt der Kikonen, und die Kikonen waren Bundesgenossen der Troer! Das bedeutete nicht Heimkehr, sondern Kampf.

Es schien, als sollten sie noch einmal Glück haben. Die Kikonen erwarteten keinen Angriff und hatten zu dieser Zeit nur wenige Krieger in der Stadt. So dauerte die Schlacht nicht lange. Bald war die kleine Schar zersprengt, wer nicht tot oder verwundet war, floh in das Innere des Landes. Die Achaier frohlockten, nahmen an Beute, was sie fanden, und dachten nicht daran, etwa sogleich wieder zu Schiffe zu gehen und davonzusegeln.

Odysseus aber gefiel etwas an diesem leichten Siege nicht.

»Wir wollen schleunigst fort von hier!«, sagte er warnend zu den Gefährten. »Mir ahnt, dass bald etwas geschehen wird!«

Sie lachten jedoch nur, schleppten gewaltige Krüge voll süßen schweren Weines aus den Vorratskammern der Häuser herbei, schlachteten Ziegen und Rinder, die auf den Weiden vor den Mauern gingen, und schmausten und tranken die ganze Nacht hindurch.

Am Morgen aber kam das Verhängnis über sie.

Die versprengten Kikonen hatten unterdessen aus dem Innern des Landes ihre Stammesbrüder herbeigerufen.

Nun schwärmten sie von allen Seiten heran, zahllos wie im Frühling Blüten und Blätter sprießen. Auf Streitwagen und zu Fuß rückten sie an und alsbald schwirrten ihre Lanzen um die weinumnebelten Köpfe der Achaier. Eine wütende Feldschlacht entbrannte am Gestade vor Ismaros. Die Achaier wehrten sich tapfer gegen die Übermacht. Aber gegen Abend, zu der Stunde, da der Pflüger die Stiere abspannt, mussten sie den Kampf aufgeben.

Sie flohen auf die Schiffe. Als sie sich umblickten, fehlten auf jedem Schiff sechs Männer. Sie lagen still am Strand, von den Kikonen erschlagen.

So fuhren die anderen mit traurigen Herzen von dannen. Ehe sie jedoch die Ruder ins Wasser tauchten, riefen sie dreimal die Namen der toten Gefährten hinüber ans Ufer.

Abermals zogen die Schiffe über das Meer. Aber noch immer zürnten die Götter. Zeus sandte einen furchtbaren Nordsturm. Heulend fuhr er daher, schwarze Wolken auftürmend. Nacht schien von allen Seiten hereinzubrechen und verschlang Himmel und Meer. Steuerlos rasten die Schiffe durch das entsetzliche Dunkel. Die Mastbäume bogen sich tief, da und dort hing schon ein Segel zerfetzt herab, die übrigen zogen die Männer eilends ein.

Dann begannen sie mühselig zu rudern. Immerzu schlugen die

Ruder das Wasser, immerzu. Und irgendwo und irgendwann, nach einer endlosen Zeit, fanden die Kiele Grund und liefen auf einen Strand.

Die Männer gingen an Land: Es war ihnen gleich, wo sie sich befanden, so todmüde waren sie. Sie streckten sich auf der Erde aus und schliefen im selben Augenblick.

Zwei Tage und zwei Nächte lagen sie an dem fremden Gestade, mutlos und entkräftet.

Als aber am dritten Tage die Morgenröte am Himmel emporstieg, kam auch die Hoffnung wieder. Sie richteten die Masten auf und spannten die Segel; ein sanfter Wind trug die Schiffe aufs Meer hinaus und sie gehorchten willig dem Steuer. Die Männer begannen bald, von fröhlicher Heimkehr zu reden und die erlittene Unbill zu vergessen.

Allmählich wurde auch Odysseus wieder zuversichtlicher: Einmal musste wohl alle Not ein Ende nehmen.

Aber je näher sie Ithaka kamen, desto mehr sann er darüber nach, was wohl dort alles geschehen sein mochte, während er in der Fremde war und keine Kunde aus der Heimat ihn erreichte.

Er dachte an Penelope. Sie hatte zehn Jahre auf ihn warten müssen, die schöne, kluge Penelope. Und ihr kleiner Sohn, den er kaum gesehen hatte, war indessen groß geworden. Vielleicht übte er sich schon mit seinen Kameraden in Lauf und Sprung und im Diskuswerfen mit der leichten Scheibe, die eben Knaben zu werfen vermochten.

Odysseus lächelte. Ja, es würde gut sein heimzukehren.

In diesem Augenblick lief ein Zittern durch das Schiff, als hemme eine furchtbare Gewalt seinen Lauf. Dann schien es stillzustehen. Die Segel, die sich so fröhlich im Winde gebläht hatten, sanken klatschend zusammen.

Zugleich begann sich das Schiff langsam zur Seite zu drehen. Odysseus sah, wie der Steuermann, feuerrot im Gesicht, über dem Ruder hing und es mit allen Kräften zu halten versuchte: Es half nichts. Irgendetwas anderes war stärker.

Odysseus biss die Zähne zusammen. Er wusste, was es war.

Sie befanden sich in der Nähe des Vorgebirges Maleia, wo immer die schrecklichsten Stürme ihr Unwesen trieben. Unter Wasser aber flossen dort gewaltige Ströme, und wenn sie ein Schiff erfassten, rissen sie es unwiderstehlich hinaus aufs offene Meer.

Nein, nun sah es abermals nicht so aus, als wäre ihnen eine fröhliche Heimkehr beschieden!

Überall auf den Schiffen liefen die Männer durcheinander. Da und dort begannen sie zu rudern, um aus der entsetzlichen Strömung zu entrinnen. Aber auch das war vergebens.

Plötzlich war ein Sausen und Heulen in der Luft, dann warf sich der Nordwind in die Segel, dass es laut knallte.

Jetzt begannen die Schiffe vorwärtszurasen wie wild gewordene Pferde. Aber sie fuhren nicht nach Norden, wo das Festland und Ithaka lagen. Strömung und Sturm rissen sie südwärts, vorüber an Kythera, vorüber auch an den kleinen Inseln, die einmal, viel später, zur Linken auftauchten und wieder verschwanden, so sehnsüchtig sie auch hinüberstarrten.

Dann war nichts mehr da als öde einsame Wasserwüste, Tag um Tag, Nacht um Nacht. Zwar hatte sie die Strömung losgelassen und manchmal schlief auch der Sturm ein. Dann ruderten sie, müde und lustlos, bis wieder von irgendwoher der Wind kam und sie vor sich hertrieb. Versuchten sie aber gegen Norden zu segeln, so war alsbald der heulende Sturm wieder da und jagte sie zurück.

So fuhren sie neun Tage lang. Sie wussten längst nicht mehr, wo sie waren. Sie hatten kein Wasser mehr und ihre Vorräte gingen zu Ende.

Da tauchte am zehnten Morgen eine ferne Küste aus dem Dunst auf und sie ruderten eilig darauf zu, begierig zu erfahren, was für ein Land es etwa sein mochte.

Aber sie betraten ein fremdes Gestade, das keiner von ihnen je gesehen hatte. Keine menschliche Siedlung war da, kein lebendes Wesen zeigte sich, nur hohes Gras und Buschwerk bedeckten den Boden. So schöpften sie Wasser aus dem kleinen Fluss, den sie fanden, und aßen von ihren letzten Vorräten. Dann rief Odysseus zwei von seinen Männern zu sich und sagte: »Geht landeinwärts und erkundet, was für Menschen hier leben, wovon sie sich ernähren und ob sie freundlich oder böse sind. Aber bleibt nicht allzu lange fort, denn wir wollen bald weitersegeln!«

Sie machten sich auf den Weg, und als sie zwischen den Büschen verschwunden waren, winkte Odysseus einen dritten herbei und befahl: »Du folgst ihnen als Herold, und wenn du etwas gewahr wirst, was dir nicht gefällt oder was dich gefährlich dünkt, dann lauf so schnell du kannst, hierher zurück und bringe mir Botschaft!«

Als auch der Herold gegangen war, streckten sich die Zurückgebliebenen am Strand aus, um zu schlafen.

Odysseus aber wartete. Er war unruhig, als drohe ihnen eine Gefahr, obgleich alles ringsum ganz still und friedlich schien. Manchmal wehte ein unsäglich süßer Duft von irgendwoher wie von Blumen, die er nicht kannte.

Der Himmel war blau und die Wellen schlugen sanft an den Strand.

Aber die Sonne stieg immer höher, die Zeit verging und die Männer kamen noch immer nicht zurück.

Als es Mittag wurde, weckte Odysseus einige von den Schläfern. Sie nahmen ihre Schwerter und folgten behutsam den Spuren der Kundschafter, jeden Augenblick bereit zu kämpfen.

Aber es gab keinen Kampf. Und sie brauchten auch nicht lange nach den verschwundenen Gefährten zu suchen. Denn als sie ein lichtes Gehölz durchquert hatten, kamen sie auf eine Wiese hinaus, da saß eine Schar von Männern, friedlich und waffenlos, und mitten unter ihnen saßen die beiden Kundschafter und der Herold.

Verwundert gingen sie näher. Die fremden Männer betrachteten sie freundlich, sie schienen weder erstaunt noch erschrocken, obgleich die Achaier mit gezogenen Schwertern kamen. Ihre Gesichter sahen so glücklich und zufrieden aus, dass Odysseus sie hätte beneiden können. Als ihn aber jetzt seine drei Kundschafter ebenso glücklich anlächelten, packte ihn Zorn.

Ehe er jedoch den Mund zu einer wütenden Rede öffnen konnte, sah er etwas. Viele von den Männern hielten Früchte in den Händen, seltsame, fremdartige Früchte, die er nicht kannte, und manchmal führten sie eine zum Mund und aßen davon.

Und – bei allen Göttern! – da saßen auch seine Kundschafter und verzehrten die gleichen Früchte und sahen aus, als gäbe es nichts Schöneres auf Erden! Ihn aber und ihre Gefährten mussten sie wohl völlig vergessen haben, so gleichmütig blickten sie herüber. Was war denn nur mit ihnen geschehen?

Plötzlich kam ihm eine schreckliche Erkenntnis: Sie befanden sich auf der Insel der Lotophagen, wo die Menschen Lotosfrüchte essen! Er hatte oft davon erzählen gehört. Wer einmal von der süßen Frucht gekostet hat, der vergisst Heimat und Freunde und alles, was ihm aufgetragen ist, und wünscht nichts mehr, als für immer zu bleiben und die zauberhafte Speise zu genießen.

Ja, so war es. Und nun hatten die Kundschafter davon gegessen und wussten nicht mehr, wozu sie ausgesandt worden waren, und der Herold hatte vergessen, dass er seinem Herrn Botschaft bringen sollte.

»Kommt!«, sagte Odysseus finster zu den drei Abgesandten und stieß sein Schwert in die Scheide zurück. »Wir wollen schleunigst fort von hier, ehe noch andere von den Unseren Lotos kosten und der Heimkehr vergessen!«

Aber sie wollten nicht fort. Sie jammerten und flehten ihn an, sie hierzulassen.

Da winkte er den Männern, die mit ihm gekommen waren. Mit Gewalt mussten sie ihre unglückseligen Gefährten zu den Schiffen schleppen und sie an den Ruderbänken festbinden, damit sie nicht sogleich wieder entflohen, um zu den Lotophagen zurückzukehren.

Odysseus atmete auf, als die Kiele sich wieder dem Meer zudrehten. Abermals waren sie einer Gefahr entronnen.

Doch Ithaka war weit und die Götter zürnten den Achaiern. –

Mit schlaffen Segeln ruderten sie weiter durch das endlose graue Gewässer und Odysseus fragte sich sorgenvoll, ob es ihm wohl gelingen würde, alle seine Gefährten sicher heimzubringen.

Sie hatten jetzt kein Fleisch mehr und nur noch wenig Gerstenmehl für Brote. Zwar war noch Wein in den Schläuchen, aber der Wasservorrat ging schnell zur Neige, und wenn sie nicht bald an ein gastliches Ufer gelangten, würden Hunger und Durst auf den Schiffen Einzug halten.

Aber in der nächsten Nacht kamen sie ganz nahe an einer Küste vorbei. Sie fuhren eine Weile daran entlang und wagten nicht zu landen: Denn die Nacht war mondlos und die Sterne verbargen sich hinter den Wolken. Dann tauchte seitwärts eine kleine ebene

Insel auf, durch einen breiten Meeresarm von der Küste getrennt. Da tat sich ein Hafen auf mit flachem Strand, wo lange ruhige Wogen die Schiffe sanft ans Ufer trugen, ehe die Männer noch recht wussten, wie es zugegangen war. Aber es schien ihnen nach all den erlittenen Drangsalen ein großes Glück. Sie sprangen fröhlich an Land und beschlossen, schlafend den Morgen zu erwarten, um dann zu erkunden, wo sie sich befanden.

Es sollte sich sehr schnell erweisen, dass es kein großes Glück für sie war, sondern ein schreckliches Unheil: Denn vor ihnen, jenseits der Wasserstraße, lag das Land der Kyklopen.

Sie waren ein Volk von einäugigen Riesen, wild und ruhelos, eher gewaltigen Ungeheuern ähnlich als menschlichen Wesen, und man erzählte sich schaudernd, sie verzehrten Menschenfleisch. Sie kannten weder Sitte noch Gesetz und verachteten die Götter. Jeder für sich hausten sie mit Weib und Kindern in Höhlen auf den Gipfeln der Berge und keiner kümmerte sich um den andern. Sie pflügten nicht, sie säten weder Weizen noch Gerste und pflanzten keine Reben.

Sie bauten auch keine Schiffe, um übers Meer zu anderen Ländern zu fahren. Sie ruderten nicht einmal mit einem einfachen Floß über den Meeresarm auf die kleine bewaldete Insel. Die hatte noch nie ein Menschenfuß betreten, nur zahllose wilde Ziegen bevölkerten sie.

Als die Achaier am Morgen erwachten, begannen sie sogleich, das Eiland zu durchstreifen. Sie fanden alsbald eine Quelle mit herrlichem Wasser, und als sie in den Wald eindrangen, jagten sie Scharen von wilden Ziegen auf, die mit Gemecker vor ihnen flohen. Da frohlockten sie und liefen zurück zu den Schiffen, Pfeile und Bogen und die leichten Jagdspeere zu holen, und dann erlegten sie eine große Menge der wohlgenährten Tiere.

Es gab Fleisch in Hülle und Fülle. Auf jedes der zwölf Schiffe verteilten sie neun Ziegen, die übrigen schlachteten und brieten sie sogleich am Strande. In den Schläuchen war noch genügend Wein und so begann ein langes fröhliches Mahl, das dauerte, bis die Sonne sank.

Nur manchmal hielten sie plötzlich im Trinken und Schmausen inne und ihr Lachen verstummte jäh. Beunruhigt horchten sie hinüber zu dem bergigen Land jenseits der Wasserstraße, von dem diese grässlichen, wilden Stimmen herüberschollen, die nicht mehr menschlich klangen und ihnen einen kalten Schauder über den Rücken jagten.

»Beim Hades! Das Gebrüll lässt einem das Blut in den Adern stocken!«, murmelte einer und griff schleunigst wieder zum Becher.

Odysseus hatte längst aufgehört zu trinken. Schweigsam saß er da und beobachtete, wie drüben da und dort Rauch von den Gipfeln der bewaldeten Berge aufstieg. Er hörte die Stimmen von Rindern, Schafen und Ziegen und dazwischen wieder diese wilden Rufe, die ihm keine Ruhe ließen.

Als die Nacht kam, wurde es still. Auch die Achaier legten sich, einer nach dem andern, zum Schlafen nieder, satt und müde vom Wein.

Ich muss wissen, wer da drüben haust, dachte Odysseus, während er sich in seinen Mantel wickelte. Morgen früh will ich hinüberfahren. –

Als die erste Morgenröte am Himmel emporstieg, rief Odysseus die Männer zusammen.

»Hört zu!«, sagte er. »Die Insel dort drüben scheint mir ein wunderliches Land zu sein und die Leute, die sie bewohnen, haben eine grausige Stimme, ihr habt es selbst vernommen! Ich muss wissen, was es mit ihnen für eine Bewandtnis hat! Darum will ich mit meinen Gefährten hinüberrudern und alles zu erkunden trachten. Ihr aber bleibt indessen mit den übrigen Schiffen hier im Hafen!«

Die Achaier waren es zufrieden und manch einer meinte bei sich, es sei gar nicht übel, im sicheren Hafen zu liegen, anstatt mit Odysseus zu diesem Abenteuer auszufahren. Denn die Götter mochten wissen, was für ein gräuliches Volk von Wilden dort drüben hauste!

So blickten sie nur ein wenig neugierig, aber ohne großen Neid dem Schiffe nach, das langsam über die breite Wasserstraße auf das jenseitige Ufer zufuhr.

Die dunklen Bordwände ragten hoch aus dem Wasser, an den Seiten gewölbt und schmal geschwungen an Bug und Heck: Es war ein schönes, starkes Schiff mit langen Ruderreihen, die sich gleichmäßig hoben und senkten.

Die Männer aber, die darauf fuhren, hatten mit ihrem Gebieter in vielen Schlachten gekämpft, ihre Waffen waren gut und sie fürchteten sich nicht leicht vor etwas. Ei, warum sollten sie nicht jene Insel auskundschaften, selbst wenn ihre Bewohner eine grausige Stimme hatten?

Odysseus stand vorne auf dem Deck. Seine Augen durchforschten wachsam das unbekannte Land, das vor ihnen lag. Dichter Wald bedeckte Berge und Hügel, tiefer herab erstreckten sich Wiesen, auf denen er nach einer Weile die weidenden Herden unterschied. In den felsigen Hängen befand sich da und dort der Eingang einer Höhle.

Als sie näher kamen, sah er, dass sich gerade gegenüber, gar nicht weit von der Küste entfernt, ein mächtiges Felsengewirr erhob. Eine Kluft führte mitten hinein, deren Ränder von Rauch geschwärzt schienen. Lorbeerbäume wuchsen ringsum und eine

Mauer aus Felsblöcken und roh behauenen Baumstämmen umschloss einen großen, ebenen Rasenplatz, der wohl für die Nacht als Hürde diente. Jetzt lag er verlassen in der Sonne und weitum war kein lebendiges Wesen zu erblicken.

Unterdessen legte das Schiff am Ufer unter einem überhängenden Felsen an, wo man es vom Lande aus nicht sehen konnte, und die Männer griffen nach ihren Waffen, um an Land zu gehen. Aber Odysseus sagte: »Nein, ich will nur zwölf von euch mit mir nehmen! Die Übrigen mögen auf dem Schiffe bleiben und warten, bis wir zurückkehren.« Und er wählte die treuesten und tapfersten unter ihnen aus und ging mit ihnen landeinwärts fort.

Die Männer nahmen nur ihre Schwerter mit sich, Odysseus aber hängte sich noch einen Sack mit Brot und Fleisch über die Schulter und einen ledernen Schlauch voll roten Weines, den ihm zu Ismaros der Priester Apollons geschenkt hatte zum Dank dafür, dass er ihm das Leben gerettet hatte. Der Wein war süß und schwer wie keiner sonst und Odysseus meinte, er könnte ihnen vielleicht noch recht nützlich werden.

Sie gingen jetzt, sorgsam nach allen Seiten spähend, auf die Felsen zu, hinter denen ziemlich steil ein bewaldeter Hügel aufstieg. Das Tor in der riesigen Mauer war offen, eine schwere Felsplatte lehnte daneben: Damit mochte es wohl nachts verschlossen werden, wenn . . . nun, wenn jemand da war, der diese Felsplatte zu heben vermochte, meinten die Männer und betrachteten sie voll Verwunderung.

Sie durchschritten die verlassene Hürde, durch die sich kreuz und quer geflochtene Zäune zogen, damit man die Tiere je nach ihrer Art trennen konnte.

Dann kamen sie zu den Felsen und blieben zögernd stehen. Da war die hohe schwarze Kluft, der eine dichte Wolke von Gerüchen entströmte. Es roch nach Rauch, nach Tieren, nach Dünger und Käse. Aber zu sehen war niemand, weder Mensch noch Tier.

Odysseus stand noch immer und starrte die schwarze Felsenkluft an und dann starrte er den Felsblock an, der da neben ihm stand, als hätte ihn eben jemand zur Seite gestellt. Und – ja, der Felsen passte genau in die Kluft, und wenn man ihn vor den Eingang schob, kam niemand, der etwa drinnen war, jemals wieder heraus.

Odysseus biss die Zähne zusammen: Dennoch musste er da hinein! Es konnte wohl nicht gleich das Leben kosten und er wollte schon gut auf sich und die Gefährten achtgeben.

Er zog sein Schwert und betrat den Gang. Drinnen tat sich alsbald eine weite Höhle vor ihnen auf und auch nach den Seiten zu öffneten sich kleinere Felsgrotten, aus denen sanftes Meckern und Blöken tönte. Es war fast dunkel da im Bergesinnern, nur durch ein paar schmale Spalten drang spärliches Licht herein. Aber sie sahen bald, dass sich überall in den Seitenhöhlen Ställe befanden, voll von Lämmern und Zicklein, ordentlich nach ihrem Alter getrennt.

In der großen Höhle aber standen rings an den Wänden entlang hölzerne Eimer voll Milch, gewaltige Bündel Feuerholz waren aufgeschichtet, allerlei Gerät stand und lag umher, viel zu groß für Menschenhände. Überall an der Felswand waren geflochtene Holzgitter befestigt, auf denen in langen Reihen Käse trocknete. Ganz hinten neben der erloschenen Feuerstelle befand sich ein riesiges Lager aus Streu und Fellen.

»Das ist eine gewaltige Behausung!«, sagte einer der Männer hinter Odysseus und es klang keineswegs fröhlich. »Wenn der Bursche, der hier wohnt, auch so gewaltig ist und Fremden vielleicht nicht freundlich, so möchte ich ihm lieber nicht begegnen!«

»Ja«, sagte ein anderer, »ich meine, es wäre am besten, jeder von uns nähme ein paar Käselaibe und ein oder zwei Lämmer und Zicklein und wir kehrten dann auf unser Schiff zurück und ruderten schleunigst von dannen!«

»Wie gefällt euch denn die Keule, he?«, fragte ein dritter. Sie lehnte neben dem Lager, aus einem frischen Ölbaum gehauen und handlich zugeschnitzt. Aber – ihr Götter! Was für eine fürchterliche Hand musste es sein, die diese Keule schwingen konnte!

Odysseus schwieg zu ihren Reden. Eine Ahnung hatte ihn überkommen, was dies alles bedeutete. Aber er wollte es noch nicht glauben.

Und selbst wenn dies das Land der Kyklopen wäre, dachte er trotzig, so will ich sehen, ob sie wirklich solche Ungeheuer sind, wie man erzählt. Es sollte mich doch wundern, wenn sie nicht das Gastrecht achteten wie alle anderen Völker, die ich kenne!

Vergebens bestürmten ihn die Gefährten doch, der Höhle und diesem Land eilends den Rücken zu kehren: Er wollte nichts davon hören.

Das sollte er sehr bald bereuen.

Er wusste nicht, dass sie sich in Polyphems Höhle befanden, sonst hätte er vielleicht dennoch ihren Bitten nachgegeben: Denn Polyphem war der stärkste und ruchloseste unter den Kyklopen.

Indessen hatten sie sich überall umgesehen, und weil sie allmählich hungrig wurden, machten sie Feuer, opferten den Göttern und begannen zu essen. Sie kosteten von dem Käse und meinten, er schmecke gar nicht so übel.

Als sie satt waren, saßen sie da und warteten und es war ihnen recht wunderlich zumute, fast als hätten sie Angst.

Nach langer Zeit hörten sie in der Ferne das Gelärm einer Herde, Ziegengemecker und das Blöken der Schafe. Bald darauf drängten sich die Tiere draußen in die Hürde, liefen durcheinander und suchten sich ihre gewohnten Plätze für die Nacht.

Die Männer in der Höhle hielten den Atem an und starrten durch die Felsenkluft hinaus.

Aber plötzlich sahen sie nichts mehr. Der Eingang hatte sich verdunkelt und jetzt kam jemand durch den Gang herein . . . riesenhaft und unförmig wie ein wandernder Felsblock und sie meinten, der Boden zittere unter seinen Schritten . . .

Langsam wichen sie zurück in den innersten Winkel, sie merkten es nicht einmal.

Und dann betrat Polyphem die Höhle. Er trug ein gewaltiges Bündel Feuerholz auf der Schulter, das er jetzt krachend zu Boden warf. Hinter ihm schoben sich dicht gedrängt Schafe und Ziegen herein, die gemolken werden sollten, während Widder und Böcke draußen in der Hürde blieben.

Die Männer hockten hinter einem Haufen Reisig und der Unhold sah sie nicht gleich. Er ging gemächlich zurück zum Eingang, trug den Felsen herbei und stellte ihn davor. Ja, nun waren sie gefangen und niemand vermochte, sie zu befreien. Niemand als der Riese. Aber wenn sie ihn ansahen, schwand auch das kleinste Fünkchen Hoffnung, dass er etwa Erbarmen mit ihnen haben könnte.

Polyphem sah schrecklich aus. Nicht wie ein Mensch, nein, eher wie ein Berg, der bis oben mit Gestrüpp bewachsen war, so schien es ihnen. Wild umstanden Bart und Haare sein Gesicht und mitten auf der Stirn saß ein einziges Auge.

Dennoch betrug er sich jetzt wie ein gewöhnlicher Sterblicher. Er molk Ziegen und Schafe, legte den Muttertieren die Jungen ans Euter, füllte die Milch in Eimer und Näpfe und ballte mit seinen gewaltigen Händen die geronnene Milch zu großen Klumpen zusammen, die er zum Trocknen auf die Holzgitter legte.

Endlich häufte er Reisig auf den Herd und fachte ein Feuer an.

Da sah er die Männer. Einen Augenblick stand er vor Verwunderung erstarrt. Dann ging er langsam um das Feuer herum auf sie zu. »He, ihr Fremdlinge!«, redete er sie an und das Herz wollte ihnen stillstehen bei dem grausigen Gebrüll. »Wer seid ihr und wie kommt ihr hierher? Seid ihr Räuber, die das Meer durchkreuzen und an den Küsten auf Beute lauern? Oder treibt ihr Handel in fremden Ländern? Oder was sucht ihr sonst hier?«

Odysseus tat einen Schritt nach vorne. Sein Gesicht war hart. Er wusste, ihr Leben war nicht mehr viel wert. Aber er musste alles tun, um seine Gefährten zu retten: Denn es war seine Schuld, dass sie hier gefangen saßen.

»Wir sind Achaier«, begann er und seine Stimme war so fest wie sonst. »Auf der Heimfahrt nach Ithaka haben uns widrige Ströme hierher verschlagen. Wir haben mit Agamemnon, dem Fürsten vieler Völker, die mächtige Stadt erobert; dessen rühmen wir uns. Nun aber bitten wir dich: Erweise dich gastfreundlich gegen uns und bedenke, dass die Götter gebieten, den fremden Gast zu ehren, und dass ihre Rache jeden trifft, der einem Bittenden Böses zufügt!«

Der Riese stieß ein Hohngelächter aus, dass es von den Felsen widerhallte. »Du musst ein Narr sein, Fremder, oder sehr weit hergekommen, da du nicht weißt, dass die Kyklopen eure Götter nicht achten! Glaube ja nicht, dass ich etwa aus Furcht vor Zeus dich oder deine Freunde verschonen werde, wenn es mir nicht selbst so gefällt! Aber sage mir«, fuhr er fort und beugte sich lauernd herab, »sage mir doch, wo bist du mit deinem Schiff gelandet? Liegt es vielleicht hier in der Nähe am Ufer? Ich wüsste es gerne!«

Odysseus erschrak. Niemals durfte der Unhold erfahren, wo sich das Schiff mit den zurückgebliebenen Gefährten befand: Denn das konnte sehr leicht ihren Tod bedeuten!

»Ich habe kein Schiff mehr!«, sagte er darum schnell. »Es ist im Sturm an der felsigen Küste eures Landes zerschellt und nur wir vermochten uns zu retten!«

Der Kyklop antwortete nichts. Im nächsten Augenblick prallte Odysseus zurück: Die riesigen Hände fuhren blitzschnell an ihm vorüber, ergriffen zwei der Gefährten, hoben sie hoch empor und schlugen sie gegen die Felsen. Odysseus und die anderen standen stumm und starr vor Entsetzen. Dann riss Odysseus mit einem Wutschrei sein Schwert heraus. Aber er ließ es sogleich wieder sinken. Nein, was half es, wenn er dem Ungeheuer eine kleine Wunde schlug? Die beiden armen Freunde vermochte er nicht mehr zu retten und auch sie würden alle sterben!

So verhüllten sie schaudernd das Gesicht und riefen voll Verzweiflung die Götter an, während der Unhold ihre Gefährten verschlang, nicht anders, als der Löwe seine Beute verschlingt.

Danach streckte er sich mitten unter den Tieren auf dem Boden aus, zu satt und zu faul, noch sein Lager aufzusuchen, und schlief im selben Augenblick.

Die Gefangenen aber taten die ganze Nacht kein Auge zu. Dicht aneinandergedrängt saßen sie in einem Winkel und starrten schweigend vor sich hin. Manchmal sah plötzlich einer dem andern ins Gesicht und sie fragten sich, wer wohl der Nächste sein mochte. Sie waren alle schlachtgewohnte Krieger: Aber dies war etwas ganz anderes, als mit dem Schwert in der Faust gegen einen ehrlichen Feind zu kämpfen. Hier half weder Mut noch Stärke und vielleicht . . . ja, vielleicht gab es überhaupt keine Hilfe mehr für sie.

Es wurde allmählich finster in der Höhle.

Odysseus hockte auf einem Steinblock, den Kopf in die Hände gestützt, und brütete vor sich hin. Er fühlte sich so elend wie noch nie in seinem Leben. Schmerz und Reue peinigten ihn und eine so entsetzliche Wut erfüllte ihn, dass er meinte, er müsse daran ersticken.

Oh, sie waren noch viel schlimmer, als man von ihnen erzählte, diese Kyklopen: Sie waren grausige, menschenfressende Ungeheuer! Dreimal sprang er in der Nacht auf und schlich sich mit gezogenem Schwerte an den schlafenden Riesen heran: Polyphem musste sterben, sonst waren sie alle des Todes!

Er würde ihm das Schwert in die Brust bohren an der Stelle, wo Leber und Zwerchfell einander berührten: Dann musste sein Leben entweichen und seine ruchlose Seele zum Hades fahren!

Aber dreimal kehrte Odysseus wieder um. Was half es ihnen, wenn Polyphem tot war? Sie würden niemals imstande sein, den Felsen am Eingang zur Seite zu schieben.

So saß er wieder da und dachte und dachte. Nein, mit Gewalt würden sie nichts ausrichten, nur kluge List konnte sie retten. Aber wie? Als das erste Morgenlicht durch die Felsspalten sickerte, war ihm immer noch kein Ausweg eingefallen.

Bald erhob sich Polyphem, verrichtete seine Arbeiten wie am Abend zuvor und abermals traf zwei der Männer das schreckliche Schicksal ihrer Gefährten.

Dann hob der Riese gemächlich den Felsblock vom Eingang, ließ die Herde hinaus und verschloss die Höhle wieder, ohne sich um die übrigen Gefangenen zu kümmern. Sie hörten, wie er draußen mit schrillem Pfeifen die Tiere vor sich hertrieb, den Bergweiden zu.

»Kommt, wir wollen Rat halten!«, sprach Odysseus, als es still geworden war. »Noch ist nicht alles verloren, denn noch leben wir!«

Er blickte sie erwartungsvoll an, aber sie zuckten nur die Achseln und schüttelten den Kopf.

»Wenn du keinen Rat weißt, der du doch stets der erfindungs-
reichste und listigste unter den Achaiern warst – wie sollen wir einen wissen!«, meinten sie mutlos.

»Glaubt mir, es muss . . .«, begann Odysseus wieder eindringlich,
aber plötzlich brach er ab. Sein Blick war auf die Keule des Riesen
gefallen, die da am Felsen lehnte. Diese Keule – sie war aus grü-
nem Ölbaumholz und so groß wie ein Schiffsmast.

Er sprang auf. »Freunde!«, sagte er atemlos. »Ich habe einen Ausweg gefunden! Er gefällt mir nicht«, fügte er hinzu, »aber es gibt
keinen anderen und der Kyklop hat längst seine Strafe verdient!«

Er ergriff die Axt des Riesen, die seine Hände kaum zu umspannen
vermochten, und hieb ein klafterlanges Stück von dem Stamm ab.
Das spitzte er an einem Ende zu und hieß die Gefährten den Pfahl
glätten. Darauf drehte er ihn eine Weile im Feuer, bis das grüne
Holz hart und trocken war, und endlich verbarg er ihn sorgfältig
unter einem Haufen von Mist.

Als er sich aufrichtete, war sein Gesicht finster und hart. »Hört
zu!«, sagte er. »Wir können den Unhold nicht töten, da wir sonst
nie wieder aus dieser Höhle fortkommen. Unsere Gefährten werden uns zwar suchen, aber sie werden uns nicht finden, da sie ja
nicht ahnen, dass wir hinter dem gewaltigen Felsen eingeschlossen sind. Und ganz gewiss würden die Kyklopen sie alle erschlagen! Es gibt nur eines: Der Riese darf uns nicht mehr sehen! Dann
mag es uns wohl gelingen, ihm zu entrinnen, wenn er wieder den
Felsen vom Eingang hebt. Versteht ihr?«

Sie starrten ihn an und dachten an den spitzen Pfahl und es wurde
ihnen kalt vor Grausen, als sie begriffen, was Odysseus tun wollte.
Aber zugleich begriffen sie auch, dass dies vielleicht ihre Rettung
bedeutete.

»Mögen uns die Götter Mut verleihen!«, murmelte einer. Die anderen nickten nur. Nein, es war kein schöner Ausweg für die Krieger, die Troja erobert hatten, aber es musste sein.

Sie warteten mit Ungeduld, bis Polyphem zurückkehrte: Denn sie wünschten, alles wäre schon vorüber.

Bald nachdem die Sonne untergegangen war, hörten sie ihn kommen. Er hob den Felsen vom Eingang und ließ die Herde an sich vorübergehen in die Höhle. Widder und Böcke wollten draußen in der Hürde bleiben wie sonst. Aber er trieb auch sie hinein: Er mochte wohl Angst haben, es könnten wieder Fremde kommen und seine schönsten und stärksten Tiere während der Nacht forttreiben.

Hinter dem letzten Widder verschloss er das Felsentor und machte sich an die gewohnte Arbeit.

Als er fertig war, verzehrte er zum dritten Mal zwei der Gefangenen.

Die anderen vermochten es nicht zu verhindern. Aber es sollte seine letzte Untat sein, dachten sie zähneknirschend.

Odysseus erhob sich langsam. Er löste den Lederschlauch vom Gürtel, nahm einen hölzernen Napf und füllte ihn mit Wein. Damit ging er hinüber zu Polyphem.

»Da, trink, Kyklop!«, sagte er, heiser vor Grimm. »Ich wollte dir den Wein spenden, damit du uns gnädig seiest! Du aber wütest so schrecklich gegen uns!«

Polyphem nahm den Napf und trank begierig. Sogleich begann sein Auge zu funkeln.

»He, Fremdling, was ist das für ein Wein?«, brüllte er. »Gib mir noch mehr davon, er schmeckt wie Nektar und Ambrosia!«

Odysseus füllte das Gefäß zum zweiten und dann zum dritten Male. Mit kalter Wut im Herzen sah er zu, wie der Unhold den Wein in seinen unersättlichen Schlund goss.

Aber der Wein war süß und stark und alt und umnebelte im Handumdrehen die Sinne des Riesen.

»Sage mir deinen Namen, Fremdling!«, grölte Polyphem. »Ich will dich mit einer Gabe erfreuen zum Dank für diesen Wein!«

Odysseus blickte zu dem unförmigen Schädel hinauf, der hoch über ihm hin und her schwankte, und seine gewohnte Vorsicht warnte ihn. Nein, er würde dem Scheusal nicht erzählen, dass er der König von Ithaka war!

»Ich heiße Niemand!«, antwortete er schnell. »Niemand nannten mich Vater und Mutter, Niemand nennen mich auch meine Gefährten!«

»So höre zu, Niemand!«, schrie Polyphem. »Ich will dich zuletzt von allen deinen Freunden verzehren! Das ist mein Gastgeschenk für dich!«

Damit ließ er sich auf sein Lager zurückfallen und begann alsbald, laut zu schnarchen.

Odysseus wartete eine Weile, bis er sicher war, dass der Unhold fest schlief. Dann holte er den Pfahl unter dem Mist hervor und winkte den Gefährten.

Lautlos schlichen sie zurück zum Lager des Riesen. Odysseus richtete die Spitze genau auf das geschlossene Auge. Dann stießen sie zu.

Polyphem fuhr empor mit einem so fürchterlichen Gebrüll, dass sich vor Schrecken ihre Haare sträubten. Sie stoben nach allen Seiten auseinander in die äußersten Winkel der Höhle.

Polyphem riss sich den Pfahl aus dem Auge und schleuderte ihn weit von sich. Brüllend lief er durch die Höhle und fuhr mit den Armen blitzschnell herum, um seine Gefangenen zu finden.

Aber da er nichts mehr sehen konnte, entwischten sie ihm leicht und er griff nur in die Wolle der Schafe und in das zottige Fell der Ziegen.

Als er niemand fand, begann er mit lautem Geschrei die anderen Kyklopen zu rufen und seine gewaltige Stimme drang durch die Felsspalten ins Freie.

Da rannten die Kyklopen von überall herbei, standen verwundert draußen vor der Höhle und fragten:»Was schreist du so, Polyphemos, und weckst uns aus dem Schlummer? Sind etwa Räuber gekommen, die deine Schafe von dannen treiben? Oder will jemand mit List oder Gewalt dich ermorden?«

»Niemand!«, brüllte Polyphem. »Niemand ist hier! Niemand will mich töten!«

»Wenn dir also niemand etwas zuleide tut«, schrien sie zurück, »so musst du die Schmerzen, die Zeus dir schickt, eben ertragen: Denn dagegen gibt es kein Mittel. Aber vielleicht hilft dir dein Vater, der Meerbeherrscher Poseidon, wenn du ihn bittest!«

Damit gingen sie wieder fort in ihre Höhlen und die Gefangenen, die voll Schrecken alles mit angehört hatten, atmeten auf. Odysseus aber lachte das Herz im Leibe, weil sein falscher Name die Kyklopen so getäuscht hatte.

Die Nacht verstrich, im Osten stieg Eos, die Morgenröte, am Himmel empor und ein Schein ihres rosigen Lichtes fiel in die Höhle. Die Herde begann zu erwachen und auch Polyphem erhob sich stöhnend. Er tappte durch den Gang hinaus und stieß den Felsblock zur Seite. Dann setzte er sich unter dem Tore nieder und breitete die Arme aus, damit niemand unbemerkt an ihm vorüberkäme.

Odysseus nickte grimmig, als er es sah. Ja, das hatte er befürchtet! Aber es sollte dem Unhold nichts nützen: Sie würden dennoch entkommen.

Er hatte sich während der Nacht einen schlauen Plan ausgedacht und jetzt machten sie sich eilig daran, ihn auszuführen.

Sie nahmen dünne Weidenruten vom Lager des Riesen und flochten starke biegsame Seile daraus. Dann suchten sie die stärksten Widder mit der dicksten Wolle aus der Herde und banden je drei von ihnen zusammen, sodass sie nebeneinandergehen mussten. Unter dem mittleren aber band Odysseus immer einen seiner Gefährten fest. In dem dichten Vlies versanken die Weidenruten und man konnte sie nicht mehr fühlen, wenn man über den Rücken der Tiere strich. Zu beiden Seiten aber schritten die anderen Widder und Polyphem würde nicht merken, dass der mittlere einen Mann trug.

Unterdessen war es hell geworden und Widder und Böcke drängten ins Freie, denn es war die Stunde, zu der sie sonst auf die Weide getrieben wurden. Schafe und Ziegen blieben in der Höhle zurück und warteten blökend, dass sie gemolken würden: Denn ihre Euter strotzten von Milch.

Polyphem betastete die Rücken der Tiere, die an ihm vorüberkamen, und er fühlte, wie ihr raues Fell seine Haut streifte. Nein, keiner von den Fremden konnte ihm entrinnen und sie sollten noch bitter büßen, was sie ihm angetan hatten!

Er ahnte nicht, dass er schon um seine Rache betrogen war und dass die Tiere seine Feinde, einen nach dem andern, an ihm vorbei ins Freie trugen!

Odysseus war allein in der Höhle zurückgeblieben, mitten unter blökenden Schafen und meckernden Ziegen. Und die Götter mochten wissen, ob es ihm gelingen würde zu entkommen: Denn ihm half nun niemand mehr.

Aber er hatte den stärksten Widder drinnen festgebunden und zurückbehalten, der sonst stets der Herde vorauszugehen pflegte. Es war ein riesiges Tier, viel größer als die anderen, und das schwärzliche Fell hing ihm lang und zottig an Brust und Bauch hinab. Dieser Widder musste ihn retten!

Jetzt band er ihn los, packte ihn im Genick, ließ sich geschickt unter seinen Bauch gleiten und krallte beide Hände in die dicke Wolle. Da hing er, zog die Beine an den Leib und flehte die Götter an, sie möchten seinen Armen so lange Kraft verleihen, bis er draußen war.

Schwerfällig schritt das Tier dem Ausgang zu, schüttelte unmutig den Kopf und blökte zornig über die ungewohnte Last.

Ja, und dann, gerade als er bei Polyphem angelangt war, blieb er stehen! Der Riese erkannte ihn sogleich an der Größe, als er ihm über den Rücken strich.

»Was ist mit dir, mein guter Widder?«, sagte er verwundert. »Du pflegst doch sonst als Erster vor der Herde zu gehen, heute aber bist du der Letzte! Bist du krank oder grämst du dich um das Auge deines Herrn? Oh, hättest du doch Vernunft und Sprache wie ich, so könntest du mir sagen, wo sich dieser elende Niemand mit seinen Gesellen verbirgt und wohin er mir immer ausweicht! Dann gelänge es mir bald, ihn zu fangen, und ich könnte schreckliche Rache an ihm nehmen und so mein verlorenes Auge leichter verschmerzen!«

Odysseus trat kalter Schweiß auf die Stirn, als er das hörte. Er wagte nicht zu atmen und vor seinen Augen begann sich alles zu drehen. Zugleich fühlte er, dass seine Arme allmählich erlahmten. Wenn der Widder nur noch eine ganz kleine Weile stehen blieb, musste er ihn loslassen und dann ... Da ging er endlich und Odysseus hätte vor Erleichterung beinahe laut geseufzt.

Ein Stück von der Höhle entfernt ließ er sich zu Boden fallen und lief eilig, seine Gefährten zu erlösen: Es war hohe Zeit, denn allenthalben trachteten die zusammengebundenen Widder sich ihrer Fesseln und ihrer Last auf die unsanfteste Weise zu entledigen.

»Wir wollen schleunigst zu Schiff gehen, ehe neues Unheil über uns kommt!«, sagte Odysseus und sie trieben die Tiere vor sich her zum Ufer hinab, wo das Schiff noch unter dem überhängenden Felsen lag und die Gefährten sie voll Freude begrüßten.

Freilich brachen sie alsbald in lauten Jammer aus, als sie erfuhren, dass sechs der Ihrigen tot waren.

Aber Odysseus verwies es ihnen streng. »Es ist keine Zeit zu klagen!«, sprach er. »Bringt die Tiere ins Schiff und dann setzt euch sogleich an die Ruder! Mich gelüstet es nicht, noch einen Augenblick länger in diesem Lande zu bleiben.«

Als sie aber etwa in der Mitte der Wasserstraße waren, just so weit, wie eine menschliche Stimme reicht, sah Odysseus den Riesen drüben auf dem Gipfel des Berges hoch über seiner Höhle sitzen. Da packte ihn noch einmal fürchterlicher Zorn über alles, was geschehen war.

Er gebot den Ruderern innezuhalten, ging ans Heck zurück und begann zu rufen: »Hörst du mich, Kyklop? Du ruchloser Frevler, meine Gefährten hast du in deiner eigenen Behausung verschlungen! Nun ist die Strafe der Götter über dich gekommen, die dir längst gebührt!«

Der Riese hörte ihn und brüllend vor Grimm fuhr er auf, riss einen Felsen vom Gipfel und schleuderte ihn dahin, woher die Stimme seines Feindes kam.

Der Felsen flog über das Schiff hinweg und stürzte dicht vor dem Bug ins Meer. Das Wasser rauschte hoch auf und warf das Schiff zurück gegen das Ufer der Kyklopen. Hastig stießen sie es mit den langen Stangen wieder ab, bis sie ins tiefe Wasser kamen.

Abermals ruderten sie vom Lande der Kyklopen fort gegen die kleine Insel, wo die übrigen Schiffe im Hafen lagen. Und abermals befahl ihnen Odysseus innezuhalten: Denn er konnte seinen Zorn noch immer nicht meistern. Vergebens umringten ihn die Gefährten, denen der Schrecken noch in allen Gliedern lag, und beschworen ihn, doch weiterzufahren und die Wut des Riesen nicht noch mehr herauszufordern.

»Warum willst du ihn reizen? Um ein Haar hätte er uns diesmal schon getroffen und wir wären alle zugrunde gegangen. Beim nächsten Mal wird er uns das Schiff zerschmettern, so fürchterlich wirft er mit Felsen um sich!«

Aber Odysseus hatte taube Ohren für ihre Bitten. »Höre gut zu, Kyklop!«, rief er wieder. »Wenn dich jemand fragt, wer dich geblendet habe, so sage ihm: Das hat Odysseus getan, der Sohn des Laertes aus Ithaka.«

»Wehe mir!«, schrie Polyphem. »So hat sich ein altes Orakel erfüllt, das mir einst ein Seher verkündete: dass eines Tages Odysseus mich meines Auges berauben werde. Ich Tor, wie konnte ich ahnen, du wärest dieser Odysseus! Immer wartete ich auf einen gewaltigen stattlichen Riesen, der mir an Kraft und Größe glīche! Aber da kamst du, ein armseliger Wicht, und hast mich mit Wein berauscht und mit List überwältigt. Aber komm her, Odysseus, komm her! Ich sage dir, ich werde dir Gastgeschenke geben, die du nie vergessen wirst, und ich werde dir übers Meer sicheres Geleite verschaffen von Poseidon, meinem Vater! Und freue dich nicht zu früh: Poseidon kann auch mein Auge wieder heilen, wenn es ihm gefällt!«

Odysseus lachte spottend. »Dein Auge wird auch Poseidon nicht heilen! Das ist so sicher, dass ich wollte, ich könnte ebenso sicher deine verruchte Seele zum Hades senden!«

Da hob Polyphem seine Arme zum Himmel. »Höre mich, Erdumstürmer Poseidon!«, rief er. »Verwehre Odysseus, dem Sohn des Laertes, die Heimkehr, wenn du wirklich mein Vater bist! Allzu

Schlimmes hat er mir zugefügt! Haben ihm aber die Götter bestimmt, dennoch den Strand von Ithaka wiederzusehen, so lass ihn erst spät zurückkehren, unglücklich und aller Gefährten beraubt, auf fremdem Schiff! In seinem Haus aber mögen indessen böse Dinge geschehen.«

Und er riss abermals einen Felsen vom Berg und schleuderte ihn herab: Diesmal stürzte er ein wenig hinter dem Schiff ins Meer und die laut aufrauschenden Wogen trugen es hinüber an die Insel, wo die Gefährten schon mit Sorgen gewartet hatten.

Sie vernahmen entsetzt, was geschehen war, und da schien es ihnen am besten, diesem ungastlichen Land schleunigst den Rücken zu kehren.

Sie verteilten die Widder und Böcke auf die Schiffe, für jedes die gleiche Zahl. Den großen dunklen Widder aber sprachen sie Odysseus zu. Er trieb ihn hinab an den Strand und opferte ihn Zeus.

Doch Zeus verschmähte sein Opfer und das Schicksal der Achaier war schon bestimmt.

Am Morgen fuhren die Schiffe von der kleinen Insel aus aufs offene Meer.

Grau, einsam und endlos erstreckte sich Poseidons Reich. Poseidon aber hatte die Bitte seines Sohnes gehört und er hatte beschlossen, sie zu gewähren.

Dies bedeutete für Odysseus und die Männer, die mit ihm fuhren, großes Unheil.

2 Sie fuhren viele Tage lang durch die öde Wasserwüste, zwölf starke Schiffe mit hohen dunklen Wänden, schön geschwungenem Bug und schimmernden Segeln. Ein guter Wind trieb sie an und die Männer brauchten nicht mehr zu rudern. Sie waren fröhlich und die Heimkehr schien ihnen sehr nahe.

Es war lange kein Land mehr aus den Fluten aufgetaucht. Dann aber lag eines Tages ein kleines Eiland vor ihnen, rings von steilen glatten Felsen umschlossen wie von einer Mauer. Sie fuhren an der Küste entlang, denn sie wollten landen, um Wasser zu schöpfen. Nach einer Weile hörte die Felsmauer auf und eine Stadt lag vor ihnen. Da wohnte in einem prächtigen Hause Aiolos, der Beherrscher der Winde, der ein Freund der Götter war. Darum hatte ihm Zeus Gewalt über die Winde gegeben: Er konnte sie zum wilden Sturm werden lassen, er konnte sie aber auch besänftigen und zum Schweigen bringen, ganz wie es ihn gut dünkte.

Er hatte sechs Söhne und sechs Töchter, die einträchtig in seinem Palast lebten.

Aiolos und seine Gemahlin empfingen die Achaier freundlich, und weil es selten geschah, dass Fremde auf das Eiland kamen, fragten sie nach allem, was sich zugetragen hatte, und luden die Gäste ein zu bleiben und zu erzählen.

Immer standen die köstlichsten Speisen auf dem Tisch und die Männer ließen sich's wohl sein. Sie erzählten, was zu Troja und anderswo geschehen war, und als die freundlichen Wirte endlich alles erfahren hatten, war unversehens ein Monat vergangen.

Da sagte Odysseus zu Aiolos: »Nun sollst du uns ziehen lassen: Denn es verlangt uns heimzukehren, da wir so lange in der Fremde waren!«

Aiolos willigte ein und beim Abschied gab er Odysseus einen

Schlauch, aus der Haut eines neunjährigen Stieres gefertigt und mit einer silbernen Schnur verschlossen.

»Darin sind die heulenden Winde gefangen«, sprach er ernst. »Achte wohl darauf, dass sie nicht entweichen: Denn wenn sie meiner Obhut entronnen sind, werden sie leicht wild und ungebärdig. Euch aber will ich den freundlichen Zephir senden, der von Westen weht und euch sicher heimgeleiten wird!«

So meinte Aiolos. Aber durch die Torheit der Achaier kam alles ganz anders. –

Sie fuhren neun Tage und Nächte und der Zephir trieb sie sanft und stetig vorwärts gegen Ithaka.

Am zehnten Tage tauchte fern aus dem Dunst die heimatliche Küste auf und sie konnten schon die Wachfeuer am Strande sehen.

Ja, nun war Ithaka nicht mehr weit und es schien, als zürnten auch die Götter nicht mehr.

Odysseus aber hatte neun Tage und neun Nächte das Steuerruder nicht aus der Hand gegeben, um schneller und sicherer heimzugelangen.

Jetzt überkam ihn plötzlich eine große Müdigkeit, dass ihm im Stehen die Augen zufielen. Er winkte dem Steuermann, übergab ihm das Ruder und befahl, man möge ihn wecken, ehe die Schiffe vor Ithaka anlegten. Dann hüllte er sich in seinen Mantel, legte sich auf die Deckplanken und schlief ein.

Unterdessen hatten die Gefährten mit missgünstigen Augen den großen ledernen Schlauch betrachtet, der drunten im Schiffsraum lag. Und wie es den Menschen zuweilen geschieht, plagten sie Neid und Neugier. »Ich möchte wohl wissen, was für ein kostbares Gastgeschenk Odysseus von Aiolos erhalten hat! Wo immer er hinkommt, genießt er am meisten Ehre und Ansehen und jeder beschenkt ihn. Hat er doch auch von Troja die reichste Beute mitgeführt, während wir beinahe leer ausgegangen sind. Kommt, wir wollen sehen, ob der Schlauch etwa voll Gold und Silber ist!«

So redeten sie untereinander. Und – gesagt, getan! – schlichen sie hinab in den Schiffsbauch und lösten die silberne Schnur.

Da zischte und sauste und heulte es mit einem Male, dass sie vor Entsetzen auf den Rücken fielen.

Die Winde aber fuhren aus dem Schlauch und hinauf aus dem Schiffsraum und fort über das Wasser, das sogleich wild aufschäumte. Sie fuhren mitten unter die Schiffe der Achaier und rissen sie in einem wilden Wirbel mit sich, hinaus aufs Meer, dahin zurück, woher sie gekommen waren.

Die Küste von Ithaka aber verschwand wieder wie ein Traumbild.

Odysseus war aufgefahren, und als er das Sausen und Heulen hörte, wusste er sogleich, was geschehen war. Aber was half es? Er konnte ja nicht ins Meer springen und durch die tobenden Fluten hinüberschwimmen nach Ithaka, das sich immer weiter entfernte, während die Schiffe der Achaier wie wild gewordene Pferde zurückjagten zur Insel des Aiolos.

Abermals legten sie dort am Ufer an und Odysseus begab sich mit zwei Männern in den Palast.

Da hielt gerade Aiolos mit seiner Gattin und den zwölf Kindern Mahlzeit. Staunend betrachteten sie die Gäste, die sie längst auf der Heimfahrt glaubten.

Dann stand Aiolos langsam auf und kam herüber zum Tor, wo sie sich bescheiden an den Pfosten gesetzt hatten, um zu warten.

»Wie kommst du hierher, Odysseus?«, fragte er und in seinem Gesicht war keine Freundlichkeit mehr. »Was für ein böser Dämon verfolgt dich? Habe ich nicht alles für dich getan, damit du sicher die Heimat erreichst?«

»Ja«, antwortete Odysseus betrübt, »aber mich hat Schlaf über-
mannt und meine Gefährten haben das Unheil verschuldet. Ich
bitte dich, hilf uns noch einmal: Ich weiß, du vermagst es!« Aber
Aiolos schüttelte den Kopf. »Pack dich fort, Unglückseliger!«, sagte er finster. »Es kommt mir nicht zu, einem Manne Wohltat zu erweisen, der den Zorn der Unsterblichen auf sich geladen hat. Darum pack dich eilig fort: Die Götter verfolgen dich, sonst wärest
du nicht wieder hier!«

Da gingen sie traurig fort, bestiegen die Schiffe und begannen
zu rudern: Denn jetzt wehte kein Lufthauch mehr über dem
Meer.

Sechs Tage lang mussten sie rudern. Das Wasser war glatt wie Öl,
Nebel hing grau und unbewegt über ihnen und die Sonne zeigte
sich nicht. Sie wussten längst nicht mehr, wo sie waren noch in
welche Himmelsrichtung sie fuhren.

Endlich am siebten Tag näherten sie sich einer Küste. Da ragte eine gewaltige Feste auf, wie ein Gebirge anzusehen, und daneben
befand sich ein Hafen. Ein seltsamer Hafen, meinte Odysseus bei
sich: Rings umgaben ihn hohe senkrechte Felsmauern, nur eine
schmale Einfahrt führte zwischen zwei steilen Klippen hindurch.
Es lag kein einziges Schiff in diesem Hafen und auch das schien
Odysseus recht seltsam und gefiel ihm nicht. Nein, er hatte keine
Lust, da hineinzufahren, und er hätte auch die Gefährten gerne
davon abgehalten.

Aber die würden ihn verlachen, weil er nicht einmal wusste, warum ihm dieser Hafen so missfiel. Indessen lenkten die Achaier
schon ihre Schiffe, eines hinter dem andern, durch die enge Einfahrt. Sie waren froh, nach der langen Fahrt einen so sicheren Lan-
deplatz zu finden. Ei, einen besseren konnte es doch gar nicht geben! Das Wasser war tief und ruhig, es gab weder Wind noch Wel-

len in dem Felsenkessel und man konnte darum die Schiffe dicht nebeneinander anketten.

So lagen bald elf Schiffe Wand an Wand drinnen am Fuß der Felsmauern.

Nur Odysseus steuerte das seinige an der Einfahrt vorüber und hieß die Männer es draußen an den Klippen festbinden. Dann schickte er Kundschafter zu der Stadt, um zu erforschen, was für ein Volk da wohnte.

Die drei Männer gelangten bald an ein Tor in der Stadtmauer, neben dem eine starke Quelle aus dem Felsen sprang.

Da begegnete ihnen ein Mädchen, das aus der Stadt kam, um Wasser zu holen.

Bei allen Göttern, wie groß und gewaltig die Jungfrau war! Beklommen dachten sie einen Augenblick an die Kyklopen. Aber das Mädchen sah keineswegs schrecklich aus und so fassten sie sich ein Herz, redeten sie an und fragten nach Land und Leuten.

Da erfuhren sie, dass sie sich im Iande der Laistrygonen befanden, dass Antiphates, ihr König, droben in der Feste wohnte und dass das Mädchen seine Tochter war.

Sie stiegen zur Burg hinauf und traten in den Saal. Da kam ihnen die Gemahlin des Königs entgegen und sie war noch viel gewaltiger als ihre Tochter.

Und während die Männer sie noch mit Grausen betrachteten und dachten, sie wären lieber wieder auf ihren guten Schiffen, erschien der riesige Antiphates selbst.

Er blickte sie nur stumm und zornig an, dann packte er den Herold, der ihm zunächst stand, nahm ihn wie ein Bündel unter den Arm und trug ihn fort. Niemand erfuhr jemals, was aus dem Armen geworden war.

Die beiden anderen standen einen Augenblick wie zu Stein erstarrt vor Entsetzen. Dann wandten sie sich um und liefen aus dem Saal und aus der Feste und zurück zu den Schiffen, so schnell ihre Beine sie tragen konnten.

Hinter ihnen aber scholl der schreckliche Kriegsruf des Königs durch die Burg und über die Stadt hin.

Die Achaier horchten auf und wussten nicht, was der lang gezogene Schrei bedeuten sollte. Sie standen auf dem Deck ihrer Schiffe und riefen einander ratlos an.

Da entstand draußen jenseits der Hafenmauer wüstes Getöse, raue Stimmen näherten sich von allen Seiten, Steine polterten und dann . . . Die Achaier rissen die Augen auf: Hoch über ihren Köpfen auf der Mauer standen im Handumdrehen riesige Männer, einer neben dem andern. Sie hielten Steinblöcke in den Händen und schleuderten sie hinab in den Hafen auf die Schiffe. Planken splitterten und barsten, Masten brachen wie dünne Stäbe, die Männer schrien und versuchten, sich zu retten, aber es gelang keinem. Wer nicht von den Felsen getroffen wurde, ertrank im wild aufrauschenden Wasser.

Der entsetzliche Steinhagel nahm kein Ende: Denn draußen um die Mauer standen andere Laistrygonen und reichten ihren Genossen immer neue Felsblöcke hinauf.

Eines nach dem andern sanken die stolzen Schiffe zerborsten auf den Grund hinab.

Odysseus sah, wie das Unheil hereinbrach. Da riss er das Schwert von der Hüfte und durchhieb die Taue, mit denen sein Schiff festgebunden war. »Rudert!«, brüllte er. »Rudert, so schnell ihr könnt, wenn ihr nicht sogleich zum Hades fahren wollt!«

Die Männer stürzten sich auf die Ruder, obgleich ihre Hände zitterten. So entrannen sie dem Tode, da die Laistrygonen keine Fahrzeuge hatten, um sie zu verfolgen. –

Einsam zog das Schiff jetzt durch die Wasserwüste, Tag und Nacht. Die Männer taten ihre Arbeit bekümmert und müde. Es herrschte Windstille und sie mussten lange rudern.

Als sie sich abermals einer Küste näherten, beratschlagten sie, ob es nicht besser wäre vorbeizusteuern. »Denn wer weiß«, sagten sie mutlos, »gewiss hausen dort wieder andere Unholde, die uns nach dem Leben trachten!«

Da sie aber so müde waren und auch nichts mehr zu essen hatten, legten sie zuletzt dennoch in einer flachen Bucht an, gingen an Land, legten sich hin und schliefen zwei Tage und zwei Nächte lang vor Kummer und Ermattung. Hätten sie freilich gewusst, dass dies Aia, die Insel der Zauberin Kirke, war, so wären sie wohl schleunigst wieder davongesegelt.

Am dritten Morgen erhob sich Odysseus. »Klagen und Tränen haben noch niemandem geholfen«, sprach er zu sich, nahm Schwert und Jagdspieß und beschloss, das Innere der Insel zu erkunden. Vielleicht war sie unbewohnt, hoffte er und niemand würde sie bedrohen, wenn sie ein paar Tage hier rasteten und Jagd auf Wild machten.

Eine Weile ging er durch lichten Wald und Wiesen mit hohem Gras, dann kam er an einen felsigen Hügel und stieg hinauf, um sich von dort oben umzusehen.

Er sah, dass sie sich auf einem kleinen Eiland befanden. Ringsum lag uferlos das Meer, so weit man blickte.

Und dann gewahrte er etwas anderes: Aus einem Wald in der Mitte der Insel stieg Rauch auf. Das Herz wurde ihm schwer vor Enttäuschung. Nein, es sollte ihnen gewiss auch hier kein Friede beschieden sein!

Er schickte sich an hinabzusteigen, um herauszufinden, wer da drunten hause.

Aber da trat ganz nahe ein Hirsch aus dem Gehölz und er schleuderte schnell die Lanze nach ihm und traf ihn im Genick, sodass er niederstürzte und verendete.

»Das haben die Götter uns zum Troste so gefügt«, dachte Odysseus und freute sich der guten Beute. »So will ich zuerst zu den Gefährten zurückkehren, damit sie zu essen haben; Das ist gut gegen Kummer und Trübsal. Wenn ich aber allein jenem Rauche nachginge, so könnte es sehr leicht geschehen, dass ich nicht mehr zurückkehre. So wollen wir lieber später mehrere Männer zugleich als Kundschafter aussenden.«

Er flocht aus Weidenruten ein Seil, band die Füße des Hirsches zusammen, legte ihn über den Nacken und trug ihn hinab zum Strand. Da warf er ihn neben den Gefährten auf die Erde. »Seht ihr, Freunde«, sagte er ermunternd, »noch steigen wir nicht zum Hause des Hades hinab, solange wir Speise und Trank haben! Kommt, wir wollen uns eine herrliche Mahlzeit bereiten!«

Das schien den Männern bei all ihrer Betrübnis ein guter Rat und alsbald fachten sie ein Feuer an, zerlegten den Hirsch und brieten die besten Stücke. Sie holten auch die Weinschläuche vom Schiff und nach einer Weile hatten sie ihre Sorgen wirklich fast vergessen.

Am Morgen aber rief sie Odysseus zusammen und sprach: »Hört mich an! Wir müssen Rat halten, was geschehen soll! Wir wissen nicht, wo wir sind oder in welche Himmelsrichtung wir segeln müssen, um heimzugelangen. Aber ich habe gestern aus einem Wald in der Mitte der Insel Rauch aufsteigen sehen. Vielleicht wohnen freundliche Menschen hier, die wir befragen können!«

Aber die Gefährten fuhren auf und begannen, sogleich zu murren und zu klagen. Ja, auch vom Lande der Kyklopen sei Rauch aufgestiegen und von den Häusern der Laistrygonen und nun dächten sie nicht mehr daran, ihre Haut ein drittes Mal zu Markte zu tragen.

»Es muss sein!«, sagte Odysseus hart. »Wir können nicht ohne Ende auf dem Meer umherirren! So wollen wir uns teilen und das Los werfen!«

Er winkte Eurylochos, der mit ihm verwandt war. »Du magst zweiundzwanzig Männer mit dir nehmen und ich ebenso. Wen das Los trifft, der zieht als Erster mit seinen Gefährten auf Kundschaft aus. Und kehren sie nicht zurück, so werden die Übrigen sich aufmachen, sie zu befreien oder zu rächen!«

Sie schüttelten die Lose in einen Helm und das Zeichen des Eurylochos fiel heraus.

So machte sich Eurylochos wohl oder übel mit seinen Gefährten auf den Weg. Aber der Auftrag gefiel ihm nicht und er beschloss, auf der Hut zu sein.

Als sie eine Weile durch Buschwerk, Wiese und Wald gegangen waren, kamen sie auf eine Lichtung. Da stand ein prächtiges Haus aus schön behauenen Steinen und sie hörten eine liebliche Frauenstimme, die sang. Schon wollten sie auf das Haus zugehen, da prallten sie plötzlich zurück. Denn ringsum erhoben sich jetzt allerlei wilde Tiere aus dem Grase, hagere Bergwölfe und Löwen mit gewaltiger Mähne.

Und während die Männer noch überlegten, ob sie zu den Schwertern greifen oder fliehen sollten, kamen die Tiere schweifwedelnd herbeigelaufen und sprangen an ihnen in die Höhe wie Hündlein, die ihre Herren begrüßen.

Den Achaiern quollen die Augen aus dem Kopf vor lauter Verwunderung und sie wussten nicht, was dies alles zu bedeuten hatte.

Einer von ihnen aber, mutiger und neugieriger als die anderen, schlich sich flink von der Seite an das Haus heran und spähte durchs Tor.

Alsbald kam er zurückgerannt. »Freunde«, verkündete er eifrig,

»da drinnen wohnt eine liebliche Frau, ich weiß nicht, ob es eine Göttin ist oder eine Sterbliche. Sie singt und schreitet dabei um den Webstuhl und wirkt an einem herrlichen Teppich! Kommt schnell, wir wollen sie rufen! Welch ein Glück, eine sanfte Frau zu finden statt gräulicher Riesen und anderer Unholde!«

Aber es war kein Glück für sie: Denn die Frau war Kirke, die zauberkundige Tochter des Sonnengottes Helios. Sie verstand vielerlei Künste und kannte alle Kräuter, die auf der Erde wuchsen, und ihre heilsame oder verderbliche Wirkung.

Als sie die Männer rufen hörte, legte sie sogleich das Webschiffchen zur Seite und kam ans Tor.

Sie lächelte freundlich, dass es ihnen warm ums Herz wurde, und lud sie ein, ins Haus zu treten.

Sie folgten ihr, ohne sich lange zu besinnen. Nur Eurylochos, der Böses ahnte, blieb draußen und verbarg sich hinter dem Türpfosten. Und als das Tor sich hinter seinen Gefährten geschlossen hatte, begann er zu warten.

Währenddessen wies Kirke drinnen den Männern ihre Sitze an einem großen Tisch an, und während sie voll fröhlicher Erwartung dasaßen, mischte sie ihnen einen Trank aus geriebenem Käse, Mehl, Honig und Wein. Aber sie fügte auch noch den Saft von verschiedenen Kräutern hinzu, die nur sie allein kannte.

Der Trank schmeckte fremdartig, süß und würzig und die Gäste leerten begierig ihre Becher.

Kirke saß auf ihrem schön geschnitzten Thron und sah ihnen zu. Sie lächelte immer noch, aber es war ein grausames Lächeln.

Dann erhob sie sich. Sie hatte jetzt einen Stab in der Hand, ging schnell an der Reihe der Männer entlang und berührte jeden mit ihrem Stabe.

Alsbald begannen sie, sich auf eine schreckliche Weise zu verwandeln. Ihre Köpfe schwollen unförmig an, ein Rüssel streckte sich daraus hervor, die Ohren hingen an den Seiten herab, die Gewänder verschwanden und Borsten bedeckten die Haut. Zuletzt verloren sie ihre menschliche Gestalt und begannen, auf vier Beinen zu gehen und zu grunzen: Sie waren alle zu Schweinen geworden! Nur ihr Menschenverstand war ihnen geblieben und so blickten sie einander todtraurig an und hätten gerne laut ihr Unglück beklagt. Aber sie hatten jetzt auch die Stimme von Schweinen und so vermochten sie, nichts zu sagen.

»Fort mit euch!«, befahl Kirke jetzt und trieb sie aus dem Saal über den Hof zum Stall. Dann schüttete sie ihnen Eicheln, Bucheckern und Kornelkirschen vor, wie eben Schweine gefüttert werden, und überließ sie ihrem Elend.

Eurylochos wartete unterdessen immer ungeduldiger. Eine Weile hörte er die fröhlichen Stimmen der Freunde, dann verstummten sie plötzlich.

Später sah er die Frau über den Hof gehen, wie sie ein Rudel Schweine vor sich her in den Stall trieb. Dann verschwand sie wieder im Hause und von da an drang kein Laut mehr hinaus zu Eurylochos. Er wartete immer noch, aber die Gefährten waren und blieben verschwunden und im Hause herrschte Totenstille.

Es wurde ihm immer unheimlicher zumute und endlich hielt er es nicht mehr aus: Er begann zu laufen und lief, als säße ihm ein Dämon im Nacken, bis er verstört und atemlos beim Schiff ankam.

Odysseus betrachtete ihn stirnrunzelnd. »Wie siehst du aus? Und wo sind die anderen?« Aber es dauerte lange, bis Eurylochos zu antworten vermochte.

Dann erzählte er stockend, was ihnen begegnet war.

Er hatte kaum zu Ende geredet, da sprang Odysseus auf und warf sein Schwert über die Schulter. »Führe mich sogleich zu diesem

Hause!«, befahl er finsteren Gesichts. »Ich will selber sehen, was geschehen ist!«

»Nein!«, stieß Eurylochos entsetzt hervor. »Ich bitte dich, verlange nicht von mir, dass ich noch einmal dahin zurückkehre! Und ich sage dir, auch du wirst nicht wiederkommen und unsere Gefährten wirst du nicht zurückbringen! Wir wollen lieber schleunigst zu Schiffe gehen und entfliehen, solange es Zeit ist!«

»So bleib hier bei den anderen!«, sagte Odysseus unmutig. Er hatte sich schon abgewandt und ging mit langen Schritten landeinwärts.

Gewiss wäre er in sein Verderben gerannt wie die Gefährten, wenn sich diesmal nicht einer der unsterblichen Götter seiner erbarmt hätte.

Als er zum Waldesrand kam, trat ihm Hermes entgegen, der Gott mit dem goldenen Stabe. Er hatte Gestalt und Angesicht eines schönen Jünglings und begrüßte Odysseus freundlich. Aber sogleich wurde er sehr ernst.

»Unglückseliger, wie kannst du es wagen, so allein und fremd hier umherzustreifen!«, sagte er tadelnd. »Du weißt nicht, was dich bedroht: Deine Freunde sind bei Kirke, der zauberkundigen Göttin. Sie hat sie in Schweine verwandelt und im Stall eingesperrt. Willst du etwa hingehen, sie zu retten? Du würdest nur ihr Schicksal teilen und nie wieder zurückkehren! Aber ich will dir helfen!« Er beugte sich nieder und zog ein Kräutlein aus der Erde, das gerade zu seinen Füßen wuchs. Es war an der Wurzel schwarz und hatte eine milchweiße Blüte. Er reichte es Odysseus. »Wenn du das Kräutlein Moly hast, kann dir kein Zauber etwas anhaben«, sprach Hermes. »Geh nun zu Kirkes Haus und folge ihr auch unbesorgt in den Saal! Sie wird dir einen Trank bereiten, in den sie ihre verderblichen Kräuter mischt. Dir aber werden sie nicht schaden! Berührt sie dich darauf mit ihrem Stabe, so reiße dein Schwert von der Hüfte und drohe ihr, sie zu töten. Dann wird sie dich bitten, ihr das Leben zu schenken und ihr Gast zu sein. Du aber verlange von ihr, dass sie sogleich deine Gefährten von dem Zauber befreie und den mächtigen Eid der Götter schwöre, euch nichts Übles mehr zuzufügen.«

Damit kehrte der Bote der Götter zurück zum Berge Olympos.

Odysseus aber steckte das Kräutlein zu sich und begab sich eilig zum Hause der Kirke.

Sie kam ans Tor, als sie ihn hörte, begrüßte ihn freundlich und führte ihn in den Saal. Alsbald saß er in einem kunstreich geschnitzten silberbeschlagenen Sessel und sah unbehaglich zu, wie sie das Gebräu mischte und in einen goldenen Becher goss, den sie lächelnd vor ihn hinstellte. Freilich hätte er ihr den Trank lieber vor die Füße geschüttet, aber er musste tun, was ihm Hermes geboten hatte, sonst gab es wohl für ihn und die Gefährten keine Rettung mehr.

So trank er. Zwar schlich es ihm dabei kalt über den Rücken und er schielte an sich hinab, ob ihm etwa schon ein Rüssel wüchse oder Borsten aus seiner Haut zu sprießen begännen und seine Hände sich in Schweinefüße verwandelten.

Aber nichts geschah.

Kirke stand vor ihm und hielt einen Stab in der Hand. Sie lächelte, aber es war ein grausames Lächeln. »Nun geh in den Stall und lege dich zu deinen Gefährten!«, sagte sie und hob den Stab.

Da riss Odysseus das Schwert von der Hüfte.

Sie schrie auf und sprang zur Seite. Ihre Augen glitzerten böse, aber zugleich schien sie Angst zu haben.

»Du ... du widerstehst meinem Zauber?«, stieß sie ungläubig hervor. »Das hat noch kein Sterblicher vermocht! Du aber hast getrunken und bedrohst mich mit dem Schwert! Wer bist du und wohin führt dich dein Weg?«

Plötzlich wurde ihr Blick starr, als wäre ihr ein seltsamer Gedanken gekommen.

»Wahrhaftig – du musst Odysseus sein!«, sagte sie und musterte Ihn neugierig. »Hermes hat mir einmal vor langer Zeit verkündet, eines Tages würde Odysseus in einem schwarzen Schiff von Troja kommen, nachdem er lange an fremden Küsten umhergeirrt. So stecke dein Schwert ein und sei mir willkommen! Du bist mein Gast und kannst mir vertrauen.«

Odysseus lachte zornig.

»Wie soll ich dir vertrauen? Glaubst du, ich weiß nicht, dass du mit deinen Zauberkünsten meine Gefährten in Schweine verwandelt hast? Nein, ich werde mich hüten, an deine Gastfreundschaft zu glauben, ehe du mir nicht den mächtigen Eid der Unsterblichen schwörst, dass du nichts Übles mehr im Sinn hast!«

Da schwur sie den Eid der Götter und er wusste, dass sie nicht wagen würde, ihn zu brechen.

Dann rief sie ihre Dienerinnen, die alsbald den Saal zu schmücken begannen. Sie breiteten purpurne Decken über die Sessel und stellten ein silbernes Tischlein vor jeden hin. Sie trugen goldene Körbe, Schüsseln und Becher herein und Wein in einem silbernen Kruge. Eine von ihnen fachte Feuer an unter dem großen Dreifuß mit dem Kessel aus blinkendem Erz, und als das Wasser dampfte, führte sie Odysseus zum Bade, mischte heißes und kaltes Wasser, bis es die rechte Wärme hatte, und goss es ihm über Haupt und Schultern. Da wich die Müdigkeit von ihm und Kraft und Mut kehrten zurück. Zuletzt brachte sie duftendes Öl, einen Leibrock aus feinem Linnen und einen wollenen Mantel, und als Odysseus gesalbt und gekleidet war, führte sie ihn zurück zum Saal.

Unterdessen hatte die würdige Schafferin Brot und Fleisch und viele herrliche Gerichte aufgetragen und Kirke lud Odysseus ein, sich an den Tisch zu setzen und zu essen. Aber er sah die köstlichen Speisen nicht einmal an, sondern saß stumm und finster in seinem prächtigen Sessel.

»Was bekümmert dich?«, fragte Kirke und winkte der Magd, Odysseus das silberne Wasserbecken zu reichen, in dem man vor dem Mahle die Hände zu waschen pflegte.

»Warum verschmähst du Speise und Trank?«, fuhr sie fort.

»Du weißt, dass du von mir nichts mehr zu befürchten hast: Darum iss und trink und vergiss alles Ungemach!«

»Nein«, sagte Odysseus, »ich will deine Gastfreundschaft nicht, ehe du meine Gefährten von dem Zauber erlöst und ihnen ihre frühere Gestalt wiedergegeben hast!«

Kirke zauderte einen Augenblick. Dann erhob sie sich und verließ schweigend den Saal und er sah sie draußen über den Hof gehen. Gleich darauf kam sie zurück und jagte ein Rudel Schweine vor sich her.

Sie trieb sie in den Saal und da standen sie in einer Reihe und Odysseus schossen vor Grimm und Schmerz die Tränen in die Augen, als er sie erblickte.

Kirke aber ging schnell von einem zum andern und bestrich sie mit einer Salbe.

Da begannen sie sich augenblicklich zu verwandeln, die Borsten fielen von ihnen ab, aus den hässlichen Tierkörpern kamen menschliche Gesichter hervor, die kurzen dicken Beine wurden zu Händen und Füßen und alsbald standen die Männer aufrecht da und sahen stattlicher aus als zuvor. Sie stürzten auf Odysseus zu und riefen alle durcheinander vor Freude über ihre Rettung und vor Kummer und Zorn über die erlittene Schmach.

Kirke aber wünschte, dem ein Ende zu machen. »Odysseus, Sohn des Laertes«, sagte sie schlau, »willst du nicht zum Schiff hinabgehen und die übrigen Gefährten holen? Ihr sollt auch alles Gerät und eure Güter in die Felsenhöhle schaffen: Dort liegen sie sicher.«

Denn Kirke hatte beschlossen, Odysseus nicht so bald wieder ziehen zu lassen. Sie wusste, er war tapfer und klug, und er gefiel ihr sehr.

Odysseus machte sich eilig auf den Weg nach dem Strand. Kirke hatte recht: Gewiss waren die Gefährten längst in großer Sorge um ihn!

Sie liefen ihm auch sogleich erleichtert entgegen, als sie ihn kommen sahen, und fragten, was für ein Unheil die anderen getroffen habe.

Odysseus lachte. »Kommt mit mir, so könnt ihr selbst sehen, wie sie trinken und schmausen und es sich wohl sein lassen in Kirkes herrlichem Hause!«

Und er erzählte, was sich zugetragen hatte. »Aber fürchtet euch nicht!«, fügte er hinzu. »Sie hat mir den mächtigen Eid der Götter geschworen, uns in Zukunft nichts Übles mehr zuzufügen. Nun schafft alles, was auf dem Schiff ist, in die Höhlen droben in den Felsen. Und dann wollen wir eilends zu Kirkes Haus zurückkehren!«

Sie machten sich auch flink an die Arbeit, nur Eurylochos stand da und rührte keinen Finger. »Seid ihr närrisch geworden?«, sagte er wütend zu den anderen. »Warum wollt ihr in euer Verderben rennen? Habt ihr schon vergessen, wie der tapfere Odysseus euch zwang, mit ihm in der Höhle des Kyklopen zu bleiben, und wie unsere Freunde seine Tollheit mit dem Leben bezahlten? Ich sage euch, Kirke wird uns alle in Schweine, Wölfe oder Löwen verwandeln und wir werden dann ihr Haus bewachen müssen!«

Odysseus hörte es und seine Hand zuckte nach dem Schwert. Zwar war Eurylochos sein Verwandter, aber, bei den Göttern, wenn er versuchte, die Gefährten aufzustacheln, dann sollte er es büßen!

Aber die Männer redeten ihm gütlich zu und besänftigten seinen Zorn. »Wir wollen ihn hier beim Schiff zurücklassen, wenn du es befiehlst«, sagten sie. »Und nun führe uns zu Kirkes Haus, es gelüstet uns, die Freunde wiederzusehen!«

Sie gingen und Eurylochos blieb trotzig und allein beim Schiff zurück. Aber nach einer Weile folgte er ihnen langsam: Denn er wollte nicht, dass Odysseus ihm zürnte.

So fanden sie sich nach einer Weile in Kirkes Haus und Kirke war so freundlich gegen ihre Gäste und bewirtete sie so reichlich, dass es ihnen über die Maßen gefiel.

Tag um Tag verging, sie merkten es kaum.

Odysseus dachte zuweilen: »Ich will heimfahren nach Ithaka!«

Aber dann vergaß er es wieder.

Ithaka schien ferner denn je und er wusste nicht einmal, wo es lag. Wie sollte er da den Weg finden?

Kirke aber ging unter ihnen umher und lächelte und sah sehr lieblich aus.

So kam es, dass ein Jahr verstrich, ehe sie es gewahr wurden. Als die langen Tage wieder heraufzogen, begannen aber die Männer, ungeduldig zu werden. Und eines Tages sprachen sie zu Odysseus: »Wann gedenkst du endlich heimzukehren in das Land deiner Väter?«

Odysseus war es, als erwache er aus einem Traum. Zugleich überkam ihn eine große Traurigkeit, weil er so lange die Heimat und die Seinen vergessen hatte.

Mit einem tiefen Atemzug richtete er sich auf. »Wir fahren, Freunde!«, sprach er entschlossen. »Geht hinab an den Strand und bringt alles aus den Höhlen auf das Schiff! Ich will indessen mit Kirke reden.«

Kirke empfing ihn so freundlich wie stets. »Nun musst du uns ziehen lassen!«, sagte er schnell: Denn es fiel ihm schwer, dies zu sagen.

Ihr Gesicht verdüsterte sich jäh. Einen Augenblick saß sie regungslos da, dann stand sie auf und ging schweigend ein paar Schritte von ihm fort.

»Ich kann dich nicht zwingen zu bleiben, wenn du gehen willst«, begann sie nach einer Weile zu reden und ihre Stimme klang traurig. »Ich habe geschworen, dir und deinen Gefährten kein Leid mehr zuzufügen: Das muss ich halten. So fahre heim nach Ithaka, wenn du dich danach sehnst – und wenn dies dein Schicksal ist«, fügte sie ungewiss hinzu.

Plötzlich wandte sie sich zu ihm zurück. »Aber du kennst ja weder die Himmelsrichtung noch die Pfade des Meeres, denen du folgen musst. Dieses Eiland liegt weit von allen bewohnten Küsten entfernt und andere Schiffe kommen hier niemals vorüber. Es gibt einen einzigen Ausweg für dich, wenn du nicht von Neuem in die Irre fahren willst: Du musst zum Reich des Hades hinabsteigen! Dort wirst du unter den anderen Toten die Seele des blinden Sehers Teiresias finden. Er ist der Einzige unter den Abgeschiedenen, dem die schreckliche Persephoneia die Sinne der Lebenden nicht genommen hat: Alle anderen sind dort drunten nichts mehr als flatternde Schatten.«

Odysseus hatte mit Grausen zugehört. »Wie soll ich als Lebender zu den Toten hinabsteigen?«, stöhnte er. »Kein Mensch ist je in einem Schiff zum Reiche des Hades gefahren! Und wer vermöchte mir wohl, den Weg zu weisen?«

»Sorge dich nicht darum!«, sagte Kirke. »Richte den Mast auf und setze die Segel und dann lass das Schiff steuerlos treiben, wohin der Nordwind es treibt. So wirst du an die Grenzen des Okeanos kommen, wo an einem öden Strande Persephoneias Hain sich hinzieht: Nur hohe schwarze Pappeln wachsen dort und Erlen und Weiden, die keine Frucht tragen. Dort lege dein Schiff an und begib dich zum Haus des Hades. Du wirst an einen Felsen kommen, wo der Kokytos und der Pyriphlegeton, die Ströme des Totenreiches, sich in den Acheron ergießen. Geh ganz nahe heran, höhle am Fuße des Felsens eine Grube aus, eine Elle im Geviert, und gieße ringsum das Opfer für die Toten: Honig, Wein und Wasser, bestreut mit weißem Mehl. Auch musst du den Schatten geloben, daheim in Ithaka ein junges Rind für sie alle zu opfern und der Seele des Teiresias noch ein Schaf gesondert.

Wenn du dies alles versprochen hast, so schlachte einen Widder und ein Schaf, beide fleckenlos schwarz, und lass ihr Blut in die Grube fließen: Dann werden alsbald die Schatten der Toten herbeikommen und von dem Blut zu trinken begehren: Denn dies verleiht ihnen für eine kurze Frist wieder menschliche Sinne. Aber erlaube es ihnen nicht, ehe du nicht Teiresias gesehen und befragt hast. Er wird dir sogleich erscheinen und dir verkünden, ob die Götter dir die Heimkehr vergönnen, welchen Weg du wählen sollst in der endlosen Weite des Meeres und welches Geschick in deinem Hause auf dich wartet.«

So sprach Kirke und Odysseus fragte sich bekümmert, ob es ihm wohl gelingen mochte, alles richtig zu vollbringen, was sie ihm riet.

Als das Schiff zur Fahrt gerüstet war, nahmen sie Abschied.

Kirke stand am Tor; sie trug ein schimmerndes Gewand mit einem gestickten Gürtel und ein silberner Schleier verhüllte ihr Haupt.

Sie schien den Männern schöner denn je. Aber sie sah sehr traurig aus.

Während Odysseus mit den anderen zum Strand hinabging, dachte er sorgenvoll an die vielen Dinge, die ihm aufgetragen waren, damit er nichts davon vergäße. »Das Blut eines Widders und eines Schafes, beide fleckenlos schwarz«, fiel ihm plötzlich ein. Ja, aber er besaß weder Widder noch Schaf! Woher sollte er sie nehmen?

Aber als sie zum Schiff kamen, waren da ein Widder und ein Schaf angebunden, beide fleckenlos schwarz. Kirke hatte die Tiere gebracht, ohne dass es jemand gewahr wurde.

Unsichtbar glitt sie jetzt an den Männern vorüber. Denn auch dies vermögen die Unsterblichen: zu kommen und zu gehen, ohne dass Menschen sie sehen.

Odysseus blickte sich um. »Es ist ein Glück, dass ich diesmal keinen meiner Gefährten verloren habe«, sagte er zu sich. Aber er irrte sich.

Einer fehlte: und das war Elpenor.

Elpenor war der jüngste unter den Männern, weder sonderlich tapfer im Kampf noch allzu reich mit Verstand gesegnet.

Er hatte beim Mahl viel Wein getrunken und davon war er müde geworden. So stieg er auf das Dach des Hauses, wo es kühl war, und schlief alsbald ein. Niemand vermisste ihn. Nach langer Zeit weckte ihn der Lärm des Aufbruches. Er schrak empor, und von Wein und Schlaf benommen, vergaß er, die breite Treppe hinabzusteigen, sondern rannte geradewegs über den Rand des Daches hinaus und stürzte in die Tiefe. Da brach sich der Arme das Genick und seine Seele fuhr zum Hades. –

Ehe sie zu Schiff gingen, rief Odysseus noch einmal die Gefährten zu sich. Fast hatte er Angst davor, ihnen zu sagen, was sie doch wissen mussten.

»Freunde«, sprach er, »ihr glaubt, wir fahren jetzt heim nach Achaia! Aber es ist nicht wahr. Wir müssen hinab zum Reich des Hades, um den Seher Teiresias über die Reise und unser künftiges Schicksal zu befragen. Sonst werden wir abermals in die Irre fahren und die Heimat nie wiedersehen!«

Da begannen sie, zu jammern und zu wehklagen, setzten sich in den Staub und rauften ihre Haare; denn es graute ihnen vor dem Totenreich, das noch nie ein Mensch im Leben gesehen hatte.

Aber sie wussten, da half kein Weinen und Klagen, da es ihnen nun einmal bestimmt war. So zogen sie das Schiff ins Wasser, richteten den Mastbaum auf und setzten die Segel. Dann saßen sie schweigend und bekümmert auf dem Deck und warteten und alsbald erhob sich ein starker, stetiger Nordwind und trieb das Schiff schnell vor sich her.

Den ganzen Tag lief es so durch die graue Salzflut. Als die Sonne unterging, kamen sie an die Grenze des Okeanos. Vor ihnen am Strand lag die Stadt der Kimmerier in düsterem Schatten. Niemals besuchte Helios, der leuchtende Gott, dieses Land, stets umhüllen es Nebel und schreckliche Nacht.

Da legten sie am Ufer an, nahmen die Schafe mit sich und gingen am Hain der Persephoneia entlang bis zu dem Felsen, den Kirke beschrieben hatte.

Odysseus zog sein Schwert und höhlte eine Grube aus, und während sie die Götter des Totenreiches anriefen, gossen sie ringsum das Opfer für die Abgeschiedenen aus: Honig, Wein und Wasser, mit weißem Mehl bestreut.

»Und wenn ich glücklich heimgekehrt bin nach Ithaka, will ich das schönste junge Rind meiner Herden opfern und der Seele des Teiresias noch ein Schaf gesondert«, beendete Odysseus seine Gebete.

Dann schnitt er den Schafen die Kehle durch und ließ das Blut in die Grube fließen.

Da begann es, ringsum aus der Tiefe aufzusteigen, ein schauriges Gewimmel von Schatten drängte sich laut heulend und schreiend heran: Krieger, Frauen, Greise und Jünglinge . . .

Den Männern stockte das Herz vor Entsetzen. »Oh, ihr Götter, was ist das?«, murmelte Odysseus mit zusammengebissenen Zähnen und streckte hastig sein Schwert über die Grube: Denn schon beugten sich die Schatten der Toten begierig hinab, um zu trinken. Davor aber hatte ihn Kirke gewarnt.

Sie wichen auch alsbald wieder mit Geheul zurück. Nur einer blieb jenseits der Grube stehen und blickte traurig herüber.

Odysseus fuhr in die Höhe. »Elpenor!«, schrie er. »Wie kommst du hier herab zu den schrecklichen Schatten? Warst du schneller zu Fuß als wir mit dem Schiff?«

Da erzählte Elpenor schluchzend, wie der Wein sein Verderben gewesen war, wie er vom Dach gestürzt und gestorben war und wie sein Leichnam unbegraben und unbeweint im Haus der Kirke liege. »Und nun bitte ich dich«, fuhr er betrübt fort, »lasst mich nicht so liegen, sondern wenn ihr zurückkehrt nach Aia, verbrennt mich samt allen meinen Waffen. Errichtet mir auch ein Grabmal am Gestade und pflanzt das Ruder darauf, das ich im Leben geführt habe, damit späte Enkel noch von mir Unglückseligem Kunde erhalten!«

Mitleidig versprach ihm Odysseus alles, was er begehrte, und Elpenor begab sich getröstet zurück zu den anderen Schatten.

Jetzt trat lautlosen Schrittes eine Frau an die Grube heran. Sie blickte Odysseus nicht an und wollte trinken, doch das Schwert hinderte sie.

Da wandte sie sich traurig ab.

Odysseus starrte sie an und etwas erschien ihm schrecklich vertraut an der schattenhaften Gestalt. Und dann ergriff ihn ein jäher Schmerz: Er erkannte, dass es seine Mutter war.

Er wollte sie rufen, aber in diesem Augenblick stieg die Seele des thebanischen Sehers Teiresias aus der Tiefe empor.

Er redete Odysseus sogleich an. »Unglücklicher, warum hast du das Licht der Sonne verlassen und was suchst du hier lebend unter den Toten? Gib die Grube frei und stecke dein Schwert ein, edler Odysseus, damit ich vom Blut trinke und dir dein und deiner Gefährten Schicksal verkünde!« Odysseus gehorchte. Der Greis beugte sich nieder und trank. Dann sah er Odysseus lange und ernsthaft an.

»Du ersehnst eine glückliche Heimkehr«, begann er endlich. »Aber die wird dir ein Gott erschweren: Denn Poseidon grollt dir noch immer, weil du Polyphem, seinen Sohn, des Augenlichtes beraubt hast. Dennoch könnt ihr vielleicht nach mancher Drangsal die Heimat erreichen, wenn es dir gelingt, die Begierde deiner Gefährten und deine eigene zu bezähmen. Ihr werdet nämlich nach langer Reise und vielen Gefahren zur Insel Thrinakia kommen, wo die heiligen Rinder und Schafe des Sonnengottes Helios weiden, dem nichts verborgen bleibt. Verschont ihr die Tiere, so werdet ihr eines Tages Ithaka wiedersehen. Raubt und tötet ihr sie aber, so künde ich Verderben für deine Freunde und für dein Schiff. Du selbst magst vielleicht entrinnen! Aber du wirst spät und ohne einen Gefährten auf fremdem Schiff heimkommen und in deinem Haus wird Unheil herrschen. Übermütige Männer werden um deine Gattin werben und deine Güter verprassen. So wirst du noch einmal kämpfen müssen, ehe dir Ruhe und Glück beschieden sind. Nun habe ich dir dein Schicksal verkündet!«

»Ich danke dir!«, sprach Odysseus. »Und es mag alles geschehen, wie es die Götter bestimmen! Aber du sollst mir noch etwas sagen. Teiresias: Ich sehe dort drüben den Schatten meiner Mutter und sie blickt mich nicht an und spricht nicht zu mir, ganz als wäre ich ein Fremder. Was soll ich tun, damit sie mich erkennt?«

»Ich will dir einen Rat geben«, antwortete Teiresias. »Wem von den Schatten du von dem Blute zu trinken erlaubst, der wird dich erkennen und zu dir reden. Wem du es aber verwehrst, der wird schweigend ins Dunkel zurückkehren.«

Als er dies gesagt hatte, stieg er wieder hinab in die Tiefe, zum Hause des Hades.

Odysseus aber wartete sehnsüchtig, dass seine Mutter näher käme und trinke: Denn er wollte sie über vieles befragen.

Sie glitt heran, neigte sich schnell über die Grube und trank. Als sie sich aufrichtete, erkannte sie ihn sogleich. »Oh, mein Sohn«, sagte sie traurig, »wie kommst du als Lebender herab in das Reich der Schatten? Es gibt keinen Weg hierher, den ein Sterblicher gehen könnte, und nur ein starkes Schiff darf es wagen, die gewaltige Flut des Okeanos zu durchqueren! Sage mir, bist du etwa immer noch zu Schiff unterwegs mit deinen Gefährten? Irrst du auf dem Meer und an fremden Küsten umher, seit du von Troja ausgefahren bist? Hast du Ithaka noch nicht wiedergesehen und deine Gattin und deinen Sohn?«

»Nein, Mutter«, antwortete Odysseus, »seit ich mit Agamemnon auszog nach Troja, bin ich nicht wieder heim nach Achaia gekommen. Und ich weiß nichts von Penelope und meinem Sohn noch auch von meinem Vater Laertes! Ich bitte dich, gib mir Kunde von ihnen allen! Sage mir auch: Wie hat dich selbst der Tod ereilt, da ich dich doch gesund zu Hause zurückgelassen habe? Ist Krankheit über dich gekommen oder hat dich Artemis mit ihren nie fehlenden Pfeilen unversehens getroffen? Leben mein Vater und Telemachos und verwaltet noch Penelope mein Haus? Haben die Männer von Ithaka mir die Königswürde bewahrt oder sie schon einem der Edlen Achaias verliehen, weil sie glauben, ich käme nicht wieder? Vielleicht denkt auch meine Gattin so und hat sich längst einem anderen vermählt? Nun sage mir die Wahrheit, Mutter!«

»Du sollst keinen Kummer haben, mein Sohn!«, sprach sie tröstend. »Noch steht Penelope getreulich deinem Hause vor und dein Königserbe ruht unangetastet bei deinem Sohne. Dein Vater aber kommt nicht mehr in die Stadt, er fühlt die Beschwerden des Alters und die Sorge um dich nimmt ihm alle Freude an festlichem Getriebe und an der Gesellschaft der Menschen. Er schläft draußen auf seinen Gütern wie sein Gesinde, im Winter neben dem Feuer und sommers in den Weinbergen auf dürrem Gras und Laub. Er trägt auch kein fürstliches Gewand mehr, sondern geht ärmlich gekleidet wie ein Knecht: So sehr bedrückt ihn die Ungewissheit über dein Schicksal. Mich aber hat weder die Göttin mit den nie fehlenden Pfeilen unversehens getroffen, noch hat mich langes Siechtum befallen. Angst und Sorge um dich, mein Sohn, haben meine Kräfte verzehrt und mir das Leben genommen.«

Da wurde Odysseus das Herz schwer vor Mitleid und er ging schnell hinüber zu ihr und wollte sie zärtlich umarmen. Aber sie entschwand ihm unter den Händen wie ein Schatten oder ein Traumbild und er streckte die Arme ins Leere. Dreimal geschah es ihm so und er vermochte es nicht zu begreifen. Da fassten ihn Schmerz und Zorn. »Warum weichst du vor mir zurück, Mutter?«, sagte er. »Oder bist du nur ein trügerisches Gebilde, das Persephoneia mir sendet zu meiner Pein?«

»Oh, mein geliebter Sohn« sprach sie und ihm schien, dass sie jetzt weinte, »du Unseligster unter den Lebenden, nein, ich bin kein Trugbild! Denn das ist das Schicksal der Menschen nach ihrem Tode: Fleisch, Gebein und Sehnen vernichtet die Gewalt der lodernden Flamme, wenn der Geist vom Leibe geschieden ist. Körperlos fliegt die Seele zu den Schatten der Tiefe und Menschenhände vermögen sie nicht mehr zu erreichen und zu halten. Aber nun eile zurück zum Licht, mein Kind!«

Im nächsten Augenblick war sie verschwunden, er wusste nicht, wie. Odysseus wandte sich zurück zu den Gefährten, die ihn mit aufgerissenen Augen und bleichen Gesichtern umstanden.

Da taten sie ihm leid und er öffnete schon den Mund, um ihnen zu sagen: »Kommt, wir wollen schleunigst fort von hier!«

Aber jetzt näherte sich eine Schar Frauen und drängte sich um die Grube. Da lockte es ihn zu erfahren, wer sie waren, und zu hören, was sie erzählen würden, wenn sie vom Blute getrunken hatten.

Als Erste trat Tyro heran, die Geliebte Poseidons, und rühmte sich stolz ihrer vielen Söhne.

Nach ihr kam Antiope, deren Zwillingssöhne Amphion und Zethos einst das siebentorige Theben erbauten.

Alkmene erschien, die Gemahlin Amphitrions und Mutter des löwenherzigen Helden Herakles.

Zögernd nur trank Jokaste, die unselige Mutter des unseligen Ödipus, und sie vermochte vor Gram kaum zu sprechen: Denn entsetzlich war die Freveltat ihres Sohnes.

Erhobenen Hauptes schritt Iphimedeia einher. Sie hatte im Leben wenig Ehrfurcht vor den Unsterblichen. Ihre Söhne Otos und Ephialtes waren nach Orion die Stärksten und Schönsten unter den Menschen. Sie drohten den Göttern schon, als sie noch Knaben waren: Eines Tages würden sie auf den hohen Olympos den Berg Ossa türmen und auf den Ossa den waldigen Gipfel des Pelion, um so in den Himmel zu steigen. Aber Apollo tötete sie beide mit schnellen Pfeilen, ehe noch der erste Flaum an ihren Wangen spross.

Anmutig neigte sich jetzt die schöne Ariadne, die Tochter des Königs Minos von Kreta. Sie erzählte, wie Theseus sie nach Athen führen wollte, wie aber Artemis es verwehrte und sie hinab zum Reich der Schatten sandte, ohne Erbarmen mit ihrer blühenden Jugend.

Noch andere Frauen kamen, die Gemahlinnen der alten Helden und ihre Mütter und Töchter.

Aber plötzlich schienen sie zu erschrecken, als habe aus der Tiefe Persephoneia sie gerufen. Sie flohen nach allen Seiten auseinander und verschwanden im Dunkel.

Verwundert starrten Odysseus und die Gefährten in den verödeten Raum. »Wehe uns!«, stieß einer hervor. »Ich wollte, wir . . .« Er brach ab, weil ihm seine eigene Stimme schauerlich fremd erschien in der sausenden Stille. So schwiegen sie wieder und warteten, was nun wohl geschehen mochte.

Alsbald bevölkerte sich auch die graue Öde vor ihnen abermals mit schattenhaften Gestalten, die wie aus weiter Ferne herankamen.

Es war eine Schar von Kriegern, unterschieden sie allmählich, und ihnen voran schritt ein Held mit königlicher Würde, aber gebeugt von Gram oder Wunden.

Die Achaier schrien laut auf, als sie ihn erkannten: Denn es war Agamemnon, der König von Argos, in dessen Gefolge sie einst gegen Troja gezogen waren.

Odysseus sprang vor: Er mochte es nicht glauben.

»Agamemnon!«, sagte er stockend. »Bist du es wirklich, Agamemnon, Sohn des Atreus?« Der Schatten des Königs hatte sich zur Grube hinabgebeugt und getrunken. Jetzt streckte er Odysseus die Hände entgegen und Tränen traten in seine Augen. Aber sie vermochten einander nicht zu erreichen, der Lebende und der Abgeschiedene.

»Sag mir«, begann Odysseus wieder, »wie hat der Tod dich bezwungen, seit uns der Sturm vor Trojas Küste nach allen vier Winden auseinandertrieb? Hat dich Poseidon auf dem Meere getötet oder fremde Männer auf dem Land, denen du die Herden wegtriebst und die Frauen raubtest? Oder bist du beim Kampf um eine Festung gefallen?«

Agamemnon schüttelte gramvoll das Haupt. »Nein, nichts von alldiesem ist mir geschehen! Aber als ich heimkehrte, erschlug mich Aigisthos, der meine Gattin Klytaimnestra zur Frau genommen und mein Erbe in der Herrschaft angetreten hatte. Und während ich ahnungslos und voll Freude mich dem heimischen Gestade näherte, hatten der Verräter Aigisthos und das arglistige Weib schon meinen Tod beschlossen!«

»Wehe!«, sprach Odysseus voll Entsetzen. »Wahrhaftig, Zeus hat die Atriden mit ränkesüchtigen Frauen heimgesucht! Um Helenas willen sind viele Männer vor den Mauern Trojas gestorben und Klytaimnestra scheute sich nicht, den eigenen Gatten zu töten!«

»Niemand sollte einer Frau trauen!«, sagte Agamemnon düster. »Zwar du, Odysseus, magst ruhig sein: Denn Penelope ist rechtschaffen und klug. Und wenn du eines Tages heimkehrst, wird sie dich mit deinem Sohne erwarten. Mir aber vergönnte Klytaimnestra nicht, Orestes zu sehen, der indessen zum Jüngling herangewachsen war. Sage mir«, fuhr er fort, »hast du etwas über meinen Sohn gehört? Ich weiß, er muss am Leben sein, denn noch weilt er nicht hier unter den Schatten. Vielleicht hat ihn Menelaos, mein Bruder, in sein Haus nach Sparta genommen! Oder er lebt in Orchomenos oder Pylos!«

»Ich weiß nichts von Orestes«, antwortete Odysseus bedrückt, »denn ich habe das Gestade Achaias nicht betreten, seit ich von Troja ausfuhr.«

Da ging der Schatten Agamemnons traurig von dannen und seine Krieger folgten ihm.

Währenddessen war Achilleus, der Pelide, aus dem Dunkel getreten. »Odysseus!«, rief er sogleich, nachdem er getrunken hatte. »Wagst du es sogar, herab zur Tiefe zu steigen, wo sonst nur die Schatten der Toten sinnlos taumeln? Bei den Göttern, eine größere Kühnheit kann es nicht geben!«

»Ich bin nicht aus freiem Willen gekommen«, sagte Odysseus. »Ich musste Teiresias um Heimkehr und Schicksal befragen: Denn seit wir Troja verließen, irren wir elend umher! Du aber, Achilleus, bist glücklich zu preisen unter den Männern aller Zeiten! Früher, als du noch lebtest, ehrten dich die Achaier wie einen der Götter und nun bist du ein mächtiger Herrscher hier unter den Schatten!«

»Versuche nicht, mich über meinen Tod zu trösten!«, fuhr Achilleus auf. »Ich sage dir, lieber möchte ich als armer Knecht im Licht der Sonne leben und schwere Arbeit tun als hier die ganze Schar verblichener Toter beherrschen! Aber nun gib mir Kunde von den Lebenden droben! Was weißt du von Neoptolemos, meinem Sohn, der nun wohl längst im Rat der Männer sitzt und das Schwert führt? Hast du auch von meinem Vater Peleus gehört? Ist er noch geehrt als König der Myrmidonen oder wagt man es, ihn zu missachten, weil das Alter ihn überkommen hat und ich nicht mehr da bin ihn zu schützen?«

Odysseus seufzte. Wie sollte er dies alles wissen? Aber die Toten warteten so sehnsüchtig auf Kunde von den Lebenden!

»Ich habe nichts von Peleus gehört«, entgegnete er geduldig. »Von deinem Sohne aber kann ich dir vieles sagen. Als du nicht mehr da warst, habe ich Neoptolemos selbst in meinem Schiff von Skyros geholt und er kämpfte mit uns gegen die Troer und war einer der Tapfersten. Er saß auch mit den Besten von uns im hölzernen Pferd und ich hatte alle Mühe, ihn zurückzuhalten, dass er in seinem stürmischen Mut nicht zu früh das Versteck verließ, ehe unsere Gefährten draußen vor den Mauern bereit waren. Dann fiel Troja und Neoptolemos fuhr wie die andern mit reicher Beute heimwärts, unverwundet und gerühmt wie wenige unserer Krieger!«

Als Achilleus dies gehört hatte, eilte er freudenvoll fort, mit großen Schritten hinab zur Asphodeloswiese, wo die bleichen Blumen des Totenreiches blühen.

Andere Schatten kamen und tranken und bestürmten Odysseus mit Fragen. Aber er wusste nicht viel und so gingen sie traurig wieder fort.

Zuletzt trat ein stattlicher Krieger an die Grube heran: Seine Haltung war stolz und in seinem schönen Gesicht lag düsterer Zorn.

»Ajax der Große!«, murmelten die Männer. Nach Achilleus gab es keinen gewaltigeren Kämpfer unter den Achaiern als ihn.

Odysseus hatte Ajax längst erkannt. Einmal, vor Troja, hatten sie Streit miteinander um die berühmten Waffen des toten Achilleus. Sie wurden zuletzt Odysseus zugesprochen und Ajax stürzte sich vor wahnsinniger Wut in sein Schwert. So fuhr seine Seele zum Hades.

Ajax hob den Kopf, als er getrunken hatte. Er erblickte Odysseus und in seinen Augen loderte es auf.

Aber Odysseus sagte schnell: »Grollst du mir immer noch, Ajax, wegen dieser Waffen, die doch nur mit dem Fluch der Götter behaftet waren? Denn Achilleus fiel und auch du bist ihretwegen gestorben. Tritt näher und höre mich an! Es war nicht meine Schuld, dass ich die Waffen erhielt!«

Aber Ajax sprach kein Wort. Finster wandte er sich ab und war alsbald im Gewimmel der Schatten verschwunden.

Jetzt begannen die Gefährten, Odysseus zu bedrängen.

Eurylochos packte ihn am Arm und schüttelte ihn. »Ich bleibe keinen Augenblick länger hier!«, sagte er heiser. »Ich habe es satt, verstehst du? Allenthalben streicht und huscht es vorüber, da weint es, dort seufzt es, und wo ich die Augen hinwende, wimmelt es von Schatten! Ich sage dir, mir schwindelt schon davon! Wenn du noch nicht genug Schatten gesehen hast, so bleibe meinetwegen hier! Wir gehen zum Schiff und fahren schleunigst über den Okeanos zurück. Und, bei allen Göttern, ich will froh sein, wenn ich wieder Sonnenlicht sehe statt dieser grausigen grauen Nacht!«

»Ja, wahrhaftig!«, murrten die anderen. »Kommt, wir wollen fort! Wir werden noch lange genug hier sein, wenn wir erst gestorben sind!« Und sie begannen, eilig den Weg zurückzugehen, den sie gekommen waren.

Odysseus folgte ihnen langsam: Er wäre gern noch geblieben, um die alten Helden zu sehen und von ihren Schicksalen zu hören.

Zur Linken tat sich jetzt das Tor zu einem düsteren Saale auf, darin saß ein Mann mit einem goldenen Stab in der Hand und hielt Gericht über die Schatten der Toten, die seinen Thron umdrängten. Das war Minos, der Totenrichter, der im Leben über die Insel Kreta geherrscht hatte.

Nun lag die Asphodeloswiese vor ihnen. Da trieb ein Riese mit einer ehernen Keule ein Rudel Wild vor sich her: Orion, der gewaltige Jäger, der es gewagt hatte, sich mit Artemis in den Künsten der Jagd zu messen. Die Göttin aber hatte ihn mit ihren nie fehlenden Pfeilen getötet.

Nach einer Weile sahen sie ein wenig seitwärts einen Teich. Ein Mann stand darin und das Wasser reichte ihm bis ans Kinn. Er lechzte vor Durst, aber er konnte nicht trinken: Denn sooft er sich bückte, wich das Wasser zurück und versiegte und um seine Füße breitete sich trockene schwarze Erde aus. Über seinem Haupte aber hingen die Zweige der herrlichsten Obstbäume herab. Sie waren voll von Früchten: Äpfeln, Birnen, Feigen und saftigen grünen Oliven. Streckte der Greis aber die Hand danach aus, so kam augenblicklich ein Windstoß und schnellte die Zweige hoch in die Luft. Der Greis war Tantalos, der eine furchtbare Freveltat begangen hatte, um die Allwissenheit der Götter zu prüfen. Dafür büßte er ewig und der Fluch der Götter lag auf seinem ganzen Geschlecht, dem auch die Atriden Menelaos und Agamemnon entstammten.

Die Achaier eilten an ihm vorüber, abgewandten Gesichts: Denn es war schrecklich, seine Qual anzusehen, und niemand vermochte, ihm zu helfen.

Sie kamen jetzt an einem Berg vorüber, da sahen sie Sisyphos. Er wälzte einen Felsblock vor sich den Hang hinauf, sein Körper troff vor Schweiß und er arbeitete keuchend mit Händen und Füßen, bis er fast auf dem Gipfel war. Aber jedes Mal, wenn er meinte, nun brauche er den Stein nur noch über den Grat zu wälzen, überschlug sich der tückische Felsen und rollte wieder den Hang hinab zur Wiese. Und Sisyphos begann, stöhnend vor Verzweiflung, von Neuem sein vergebliches Bemühen. Er war im Leben schlau und gewinnsüchtig und gründete die reiche Stadt Korinth, die aber kein Wasser hatte. So verriet Sisyphos, als Zeus die Tochter des Flussgottes Asopos entführte, dem Vater ihr Versteck und erhielt zum Dank dafür eine starke Quelle. Der grimmige Zeus aber sandte ihm Thanatos, den Tod. Doch Sisyphos überwand und fesselte ihn, sodass auf der Welt niemand mehr starb, bis Ares, der Kriegsgott, den Tod befreite. Nun musste Sisyphos zum Hades hinab. Aber er überlistete selbst den Totengott, kehrte wieder auf die Erde zurück und starb erst im hohen Alter. Da ereilte ihn die Strafe der Götter.

Allmählich näherten sich die Achaier der Grenze des Totenreiches. Dort kam ihnen Herakles entgegen, der gewaltigste Held der Vorzeit. Sie wussten, es war nur sein Schattenbild: Denn er selbst wohnte bei den Unsterblichen auf dem Olympos, da er ein Sohn des Zeus war und der Gatte der zierlichen Hebe, die den Göttern Nektar und Ambrosia kredenzt.

Neugierig starrten die Männer den berühmten Helden an, von dessen kühnen Taten die alten Gesänge berichteten. Rings um ihn war ein Geschwirr von flatternden Schatten, schreiend wie aufgescheuchte Vögel. Er aber stand da, düster wie die Nacht, blickte wild um sich und hielt den Bogen gespannt und den Pfeil auf der Sehne, als käme eines der Ungeheuer auf ihn zu, die er im Leben erlegte. Sie wussten es alle: Herakles musste ehemals seinem Vetter Eurystheus dienen, der über das Geschlecht der Perseiden herrschte. Eurystheus war ein schwächlicher Mann, der aus Neid den starken Herakles die gefährlichsten Abenteuer bestehen hieß. So erwürgte der Held den Löwen von Nemea, der unverwundbar war, mit den bloßen Armen. Von da an trug er statt eines Helmes den Schädel des Löwen auf seinem Haupte und das Fell diente ihm als Mantel. Er schlug die Hydra, eine riesige Schlange mit unzähligen Köpfen, die im Sumpfe von Lerna hauste. Er fing die menschenfressenden Rosse des Diomedes und befreite die Welt von anderen schrecklichen Ungeheuern. Zuletzt holte er auf Befehl seines Vetters den Kerberos, den dreiköpfigen Hund des Totenreiches, schleppte ihn vor Eurystheus und brachte ihn wieder zurück in die Unterwelt.

Jetzt erblickte er Odysseus und redete ihn sogleich an. »Unglückseliger, mich dünkt, dich verfolgt ein böses Geschick wie mich, als ich noch droben im Sonnenlicht lebte! Immer musste ich dem geringeren Manne dienen und die gefährlichsten Taten für ihn verrichten! Aber ich habe alles vollbracht: Selbst den schrecklichen Kerberos schleppte ich fort aus dem Haus des Hades mithilfe des Hermes und der helläugigen Göttin.«

Die Männer lauschten begierig und warteten, dass er noch mehr erzähle. Aber da schwirrten mit entsetzlichem Geschrei neue Scharen von Toten heran. Jetzt ergriff selbst den tapferen Odysseus Angst. Wer weiß, vielleicht sendet mir Persephoneia zuletzt noch die Gorgo herauf, das grässliche Scheusal, bei dessen Anblick die Menschen versteinern, dachte er schaudernd und mahnte die Gefährten, eilig zu Schiff zu gehen.

Alsbald ruderten sie zurück über den Okeanos und dann füllte günstiger Wind die Segel und trieb sie schnell zur Insel Aia, wo Kirke auf sie wartete.

Die Sonne war schon untergegangen, als sie am Gestade anlegten. So streckten sich die Männer im Sande aus, um zu schlafen, müde und froh, den Schrecken des Totenreiches entronnen zu sein.

3 Am Morgen sandte Odysseus sogleich einige Gefährten hinauf zum Haus der Kirke, um den Leichnam Elpenors zu holen. Sie beweinten ihn, wie es sich ziemte, schichteten einen Holzstoß am Strand auf und verbrannten den Toten samt seinen Waffen. Dann schütteten sie einen Hügel über seinen Gebeinen auf, errichteten eine Säule auf dem Gipfel und steckten Elpenors Ruder in die Erde, genau wie Odysseus es ihm versprochen hatte.

Unterdessen war Kirke die Ankunft des Schiffes nicht verborgen geblieben. Sie kam herab zum Strand und ihre Mägde trugen Körbe mit Fleisch und Brot und Wein in irdenen Krügen.

Sie sah die Männer mitleidig an. »Ja, nun seid ihr schon lebend zum Hades hinabgestiegen und so müsst ihr zweimal den Weg gehen, den andere Sterbliche nur einmal zu gehen brauchen. Nun sollt ihr diesen ganzen Tag rasten und ein fröhliches Mahl halten, da ihr glücklich wieder zum Licht des Helios zurückgekehrt seid. Morgen aber, sobald Eos am Himmel emporsteigt, sollt ihr von dannen segeln! Ich will euch raten, so gut ich kann, damit ihr euch nicht durch Unwissenheit oder Torheit selbst ins Verderben stürzt.«

Und sie winkte den Mägden, Fleisch und Brot an die Männer zu verteilen und die Becher mit Wein zu füllen. Sie selbst aber setzte sich mit Odysseus abseits auf einen Felsen. Sie war jetzt sehr ernst. »Erzähle mir alles, was euch im Reich der Schatten begegnet ist«, sagte sie.

Odysseus begann zu erzählen.

Als er geendet hatte, blickte sie ihn lange bekümmert an. »So hast du dies alles glücklich vollbracht. Mögen die Götter dir gnädig sein, dass du auch den Gefahren entgehst, die noch auf dich warten: Denn Ithaka ist weit und Poseidon zürnt dir schrecklich. Nun aber höre mir zu und befolge genau, was ich dir sage!

Wenn ihr von hier ausgefahren seid, so will ich euch guten Segelwind senden, der euch schnell auf den rechten Pfaden des Meeres vorwärtstreibt. So kommt ihr bald zur Insel der Sirenen. Wer sich ihnen ahnungslos naht und ihren zauberhaften Gesang vernimmt, der kehrt niemals wieder heim. Am Strand dort bleicht das Gebein vieler Männer und über vermoderten Leibern schrumpft die Haut und verdorrt in der Sonne. Wenn du die Insel aus den Fluten tauchen siehst, so nimm geschmolzenes Wachs von Honigwaben und verstopfe deinen Gefährten die Ohren. Zuvor aber befiehl ihnen, dich am Mast festzubinden und dir Hände und Füße mit starken Tauen zu umwinden: So magst du selber ruhig den Gesang der Sirenen hören.« Sie lächelte. »Zwar wirst du bitten und drohen und ihnen befehlen, deine Fesseln zu lösen, damit du sogleich das Schiff an das Ufer steuern könntest. Aber sie werden dich nicht hören und dein Steuermann wird vorüberfahren.

Von dort wird die Strömung dein Schiff weitertragen und diesmal vermag ich dir nicht mehr zu raten: Denn nun gibt es zwei Wege und du musst selber wählen, ob du besser zur Rechten oder zur Linken steuerst.

Rechts erheben sich hohe überhängende Felsen, glatt wie geschliffener Marmor. ›Irrende Klippen‹ nennt sie die Sprache der Götter. Da prallen die Wogen mit entsetzlicher Gewalt dagegen, bäumen sich dann empor und stürzen in sich zusammen. Kein Vogel vermag, dort entlangzufliegen, und noch niemals ist es einem Schiffer gelungen, sein Fahrzeug heil an den Felsen vorüberzusteuern: Versuchte es einer, so wirbelten bald Wellen und feurige Stürme die Trümmer des Schiffes und die Toten umher.

Nur ein einziges Schiff von allen, die je die Meere durchfuhren, entrann dem Verderben«, fügte Kirke hinzu, »die ›Argo‹, die viel besungene, die Jason steuerte. Aber auch sie wäre an den Felsen zerschellt, hätte nicht Hera, die dem Jason gewogen war, sie vorübergeleitet.

Lenkst du aber dein Schiff zur Linken, edler Odysseus«, fuhr sie fort, »so siehst du bald zwei Klippen aus der Flut aufsteigen. Die eine ist so hoch, dass ihre Spitze bis zum Himmel reicht, und düstere Wolken umhüllen sie stets. Niemand könnte sie ersteigen, denn ihre Wände sind wie behauene Steinmauern, so glatt und steil, dass weder Hand noch Fuß daran Halt fänden. Mitten im Felsen aber ist eine Höhle, darin haust Skylla, das schreckliche Scheusal. Zwar klingt ihre Stimme wie das Winseln eines neugeborenen Hündleins, aber sie ist so riesenhaft und so gräulich gestaltet, dass jedem, der sie erblickt, vor Entsetzen das Blut in den Adern stockt.

Das Ungeheuer hat zwölf scheußliche Klauen, sechs Hälse, so lang und geschmeidig wie Schlangen, und auf jedem sitzt ein grausiges Haupt, mit drei Reihen von Zähnen im Rachen.

Bis zur Mitte liegt das Ungeheuer in der Höhle verborgen, aber die Köpfe spähen unablässig nach allen Seiten, mit aufgerissenem Rachen nach Delfinen, Seehunden und größeren Tieren fischend. Ihr dürft nicht hoffen, ohne Schaden an ihr vorüberzukommen: Sie wird sechs von euch verschlingen, ihr mögt tun, was ihr wollt! Dennoch ist es besser, sechs Männer zu verlieren, als samt und sonders zugrunde zu gehen. Das aber wird ganz gewiss geschehen, wenn ihr der Skylla auszuweichen sucht und nahe an dem niedrigeren Felsen zur Rechten vorüberrudert. Dort wächst ein großer Feigenbaum mit dicht belaubten Ästen, die tief herabhängen. Darunter im Dunkel lauerte Charybdis, die dreimal am Tage das Wasser in ihren gewaltigen Schlund schlürft und es dreimal wieder ausspeit. Wehe euch, wenn ihr dahin kommt, während sie einschlürft! Nicht einmal Poseidon vermöchte euch dann vor dem Tode zu retten! Nun magst du selbst urteilen, welches Unheil geringer ist, da es euch nun einmal nicht erspart bleiben kann.« Odysseus saß da, den Kopf in die Hände gestützt, und starrte mit grimmigem Gesicht vor sich hin. Plötzlich fuhr er auf. »Ich möchte wohl sehen, ob es mir nicht gelingt, der Charybdis zu entgehen und zugleich mit meinen guten Waffen Skylla abzuwehren«, sagte er trotzig.

Kirke schüttelte mitleidig den Kopf. »Hast du noch nicht genug Kämpfe bestanden? Glaube mir, alles würde vergebens sein! Skylla bezwingt nicht einmal der Tod, denn sie ist unsterblich. Nein, edler Odysseus, es bleibt euch nur eines zu tun: Rudert vorüber, so schnell ihr könnt, und seht euch nicht um, was auch geschehen mag! Zaudert ihr etwa vor Schrecken oder weil es euch dennoch gelüstet, das Scheusal zu bekämpfen, so kann es sein, dass Skyllas Köpfe ein zweites Mal hervorschießen und abermals sechs Männer vom Schiff holen.«

»So soll ich ohnmächtig zusehen, wie das Untier meine Gefährten verschlingt?«, stieß Odysseus zähneknirschend hervor.

Kirke erwiderte nichts: Denn sie wusste, es gab keinen Ausweg.

»Später, wenn ihr anderen glücklich entkommen seid«, begann sie nach einer Weile behutsam, »viel später gelangt ihr dann zur Insel Thrinakia. Dort weiden die Herden des Sonnengottes Helios, sieben Rinderherden und sieben Schafherden. Sie vermehren sich nicht, aber sie vermindern sich auch nicht und Helios erfreut sich an ihrem Anblick, sooft er sein Gespann über den Himmel lenkt. Zwei liebliche Nymphen hüten sie: Lapetia und Phaetusa. Verschont ihr die Tiere, so mögt ihr nach vielen Drangsalen eines Tages Ithaka wiedersehen. Tötet ihr sie aber, so weissage ich euch und dem Schiffe Verderben! Und entrinnst du auch selber, so wirst du erst nach vielen Jahren elend und ohne Gefährten auf fremdem Schiff heimkehren.«

Odysseus zuckte zusammen: Da war abermals diese Drohung! Aber ich will schon dafür sorgen, dass die Freunde nicht noch mehr Unheil stiften, dachte er und versuchte, die wunderliche Unruhe abzuschütteln, die ihn plötzlich befallen hatte.

Kirke erhob sich. »Siehst du, wie drüben im Osten Eos am Himmel emporsteigt? Die Nacht ist zu Ende. So müssen wir Abschied nehmen. Gehe nun und wecke die Gefährten.«

Im nächsten Augenblick war sie fort, ehe er noch ein Wort zu sagen vermochte. Sie ging schnell, ohne sich einmal umzusehen, und bald war sie im Wald verschwunden.

Odysseus blickte ihr nach, solange er ihr schimmerndes Gewand zwischen den Büschen sehen konnte. Ja, nun war auch dies zu Ende und sie würden wieder über die endlose Wasserwüste fahren wie schon so oft.

Langsam ging er hinüber zu den schlafenden Männern. Ich muss ihnen erzählen, was uns Kirke geweissagt hat, überlegte er sorgenvoll. Sonst werden die Schrecknisse plötzlich und unerwartet über sie hereinbrechen und die Ahnungslosen vernichten. Erfahren sie aber alles, was uns bedroht, so verlieren sie gewiss den Mut und weigern sich, diesen Weg über das Meer zu fahren. Einen anderen aber gibt es nicht von Kirkes Eiland aus.

So dachte er hin und her und zuletzt dünkte es ihn, am besten nichts von Skylla und Charybdis zu sagen, sondern die Gefährten nur vor den Sirenen zu warnen, die ihm selbst nicht allzu gefährlich erschienen.

Mit einem lauten Ruf weckte er die Schläfer, und als sie zu Verstande gekommen waren, ergriff sie alsbald die Freude über die nahe Heimkehr. Es dauerte nicht lange, da hatten sie den Mast aufgerichtet, die Segel spannten sich hoch über dem Deck und alles Gerät befand sich ordentlich an seinem Platz. Die Ruderer setzten sich auf die Bänke und man löste die Taue, mit denen das Schiff an den Felsen befestigt war.

Dann hob Odysseus die Hand: Gleichmäßig tauchten zwanzig Ruder auf jeder Seite ins Wasser, das Ufer begann zurückzuweichen und der Steuermann drehte das Schiff dem offenen Meer zu. Aber bald merkte er, dass er sein Steuer ruhen lassen konnte, denn hinter ihnen her kam jetzt sausend der Wind geflogen, fuhr in die Segel und trieb das Schiff pfeilschnell vorwärts. Fröhlich zogen die Männer die Ruder ein: Ei, diese Reise konnte man sich wohlgefallen lassen!

So zog abermals das einsame Schiff durch die graue Wasserwüste. Kirkes Eiland verschwand, als wäre es nie da gewesen; es gab nichts mehr als Himmel und Meer und das Schiff flog vorwärts wie ein riesiger Vogel mit hellen Flügeln.

Odysseus erhob sich. Ja, nun musste es sein!

Er ging durch das Schiff und rief die Gefährten zusammen. »Hört zu, Freunde!«, sagte er, »Kirke hat mir heute Nacht den Weg gewiesen, den wir segeln müssen, um heimzukommen nach Ithaka. Es ist ein gefährlicher Weg, an dem vielerlei Unheil lauert: Schon Teiresias hat es uns ja verkündet.

Zuerst gelangen wir zur Insel der Sirenen. Wer ihren zauberischen Gesang vernimmt, kehrt nie wieder zurück zur Heimat. Ich aber gedenke, das Sirenenlied zu hören und dennoch zurückzukehren. Ihr müsst jedoch genau befolgen, was ich euch jetzt befehle! Wenn wir uns der Insel nähern, werde ich eure Ohren mit Wachs verkleben. Ihr aber bindet mich mit festen Seilen aufrecht an den Mastbaum und fesselt mir Hände und Füße. Und wenn ich euch auch bitten oder drohen sollte, so löst mich ja nicht, sondern bindet mich noch fester!« Das schien den Männern ein wunderliches Abenteuer und sie lachten und versprachen, alles zu tun, was Odysseus geboten hatte.

Sie waren noch nicht lange gefahren, da tauchte vor ihnen in der Ferne ein flacher grüner Strand aus der grauen Flut, darauf trieb der Wind das Schiff zu.

Unterdessen hatte Odysseus mit dem Schwert kleine Stücke von einer Wachsscheibe abgeschnitten und knetete sie in der Sonnenhitze so lange, bis sie weich wurden. Damit verstopfte er den Gefährten der Reihe nach sorgfältig die Ohren. Sie aber banden ihn sogleich an den Mast, noch ehe das Schiff der Insel so nahe war, dass man die Stimmen der Sirenen hören konnte.

Jetzt schlief mit einem Mal der Wind ein, das Wasser wurde glatt und ruhig, die Segel hingen schlaff herab und das Schiff lag alsbald still. Die Männer schüttelten den Kopf und rannten zu den Ruderbänken. Aber ehe sie zu rudern begannen, spähten sie noch schnell hinüber zum Strand: Da war eine liebliche blumige Wiese und zwei Frauen saßen im Grase, anmutig anzusehen wie Göttinnen, so meinten die Männer und rissen die Augen auf vor lauter Verwunderung.

Ja – aber dort am Gestade . . . was lag denn da im Sand verstreut? Schädel, bleiche Gebeine, Gerippe, über denen die Haut schwärzlich eingeschrumpft war, verbrannt von der glühenden Sonne . . .

Nein, es war doch besser, hier schnell vorüberzufahren! Hastig beugten sie sich über die Ruder . . .

Odysseus aber stand aufrecht am Mast und vermochte, kein Glied zu rühren: So fest hatten sie ihn gebunden.

Nur den Kopf hielt er vorgestreckt und lauschte zu der Insel hinüber. Unsagbar süß und lockend kam Gesang über das Wasser: das Lied der Sirenen. Er hörte es und das Herz tat ihm weh davon und Tränen schossen ihm in die Augen, ein so wilder Zauber ging von den Tönen aus. Er musste . . . ja, er musste hinüber!

Unterdessen waren die beiden Frauen ganz nahe ans Ufer gekommen. Er sah, wie sie ihm winkten. Und jetzt riefen sie ihn an. »Odysseus!«, sangen die süßen Stimmen. »Komm, du unbesiegbarer Krieger! Du Ruhm und Stolz der Achaier, komm näher! Lenke dein Schiff ans Land und lausche unserem Gesang. Noch kein Schiff ist hier vorübergefahren, ohne anzulegen! Komm, kluger Odysseus, wir wissen mehr als alle Sterblichen! Wir wissen alles, was sich vor Troja begeben hat oder auch sonst irgendwo auf der Welt! Verweile, tapferer Held, du wirst danach fröhlicher und weiser wieder von dannen fahren!«

So lockten die süßen Stimmen. Da wandte Odysseus den Kopf zurück zum Steuermann. »Lenke hinüber ans Ufer!«, befahl er. Aber der Steuermann konnte ihn nicht hören und das Schiff fuhr weiter geradeaus, in sicherer Entfernung von der Insel der Sirenen.

Vergebens winkte Odysseus mit den Brauen, umsonst wies er mit dem Kopf nach dem grünen Gestade hinüber. Sein Gesicht war rot vor Zorn, die Augen blitzten und manchmal brüllte er laut einen neuen Befehl. Aber niemand gehorchte ihm, denn niemand konnte ihn hören. Wütend wand er sich in seinen Fesseln und versuchte, mit aller Gewalt loszukommen. Da erhoben sich Eurylochos und Perimedes und banden ihn gleichmütig mit noch mehr und noch stärkeren Seilen, obgleich er sie so grimmig anblickte, als wollte er sie mit bloßen Händen erwürgen.

Währenddessen ruderten die Übrigen, dass ihnen der Schweiß über den Rücken lief, und so ließen sie bald die Insel samt den Sirenen hinter sich. Der Gesang wurde immer leiser und erstarb endlich, und als sie weit genug entfernt waren, nahmen die Männer das Wachs aus den Ohren und banden Odysseus los. Er meinte beschämt bei sich, dass dies alles ohne Kirkes guten Rat wohl sehr übel ausgegangen wäre, da er der zauberhaften Lockung so wenig zu widerstehen vermochte. –

Wieder fuhren sie eine Weile. Es herrschte immer noch Windstille und das gefiel ihnen ganz und gar nicht, weil sie des Ruderns schon lange müde waren.

Odysseus stand auf dem Deck und spähte aufmerksam nach allen Seiten. Wenn Kirke wahr gesprochen hatte, so mussten sie bald zu den Felsen kommen, in denen Skylla und Charybdis hausten. Die Gefährten aber ahnten noch nicht, was ihnen bevorstand, und er wusste nicht, wie er es ihnen sagen sollte.

Während er noch schweren Herzens darüber nachdachte, sah er plötzlich weit vorne über dem Wasser Dampf aufsteigen wie aus einem gewaltigen Kessel, der mitten im Feuer steht. Bald fing sein Ohr auch das Getöse ferner Brandung auf und zugleich unterschied er schon die beiden Klippen, die eine hoch und steil, die andere niedriger, mit einem riesigen Feigenbaum am Rande.

Jetzt horchten auch die Gefährten auf, vergaßen zu rudern und starrten auf das weiße Schaumgewölk, das dort vorne bei den beiden Klippen zum Himmel spritzte.

»Seht hin! Was ist das? Was für ein neues Schrecknis wartet auf uns?«, riefen sie unruhig durcheinander.

Da ging Odysseus schnell durch das Schiff, von einem zum anderen, und redete ihnen gütlich zu. »Freunde, wir sind ja längst gewohnt, Gefahren zu bestehen! Aber was jetzt kommt, ist nicht schlimmer als das, was wir in der Höhle des Kyklopen erlebten! Ihm sind wir durch meinen guten Rat entronnen und wir werden mithilfe der Götter auch diesem Unheil entgehen! Vertraut mir nur und tut, was ich euch sage! Bleibt auf den Bänken, rudert mit aller Macht und blickt euch nicht um, was auch geschehen mag!

Dir aber, Steuermann, befehle ich dieses: Halte das Schiff fern von jener Brandung, deren weiße Gischt du dort zum Himmel steigen siehst! Lenke es auf den hohen Felsen gegenüber zu und gib acht, dass es dir nicht unversehens seitwärts entgleite, sonst sind wir alle des Todes!«

Die Männer versprachen bereitwillig alles, was er verlangte, denn Furcht saß ihnen im Nacken. Sie ruderten schnell, damit das Schreckliche bald hinter ihnen läge.

Odysseus aber dachte mit Grauen an Skylla, die in der hohen Klippe hauste. Nein, davon konnte er den Gefährten nichts sagen, sonst würden sie die Ruder fahren lassen und sich in den Schiffsbauch verkriechen und das Schiff würde von den Wogen zwischen den Felsen hin und her geworfen, bis es die Charybdis verschlang!

So schwieg er. Aber er ging hinab, legte seine Rüstung an, nahm zwei lange Speere und begab sich auf das Vorderdeck. »Von hier aus werde ich Skylla zuerst erblicken«, sprach er zu sich, »und, bei den Göttern, ich werde gegen das Ungeheuer kämpfen, wenn ich auch dabei zugrunde gehen müsste!«

Aber alles kam ganz anders, als er meinte.

Sie waren mittlerweile den Klippen so nahe gekommen, dass der Lärm der Brandung zu einem brüllenden Donnern anschwoll, das die Felsen erdröhnen ließ.

Angstvoll ruderten sie in die schreckliche Enge. Zur Rechten schlang just Charybdis mit grässlichem Gurgeln das Wasser in ihren Schlund, der wie ein Trichter hinabreichte in die grausige Tiefe. Es wirbelte und drehte sich darin mit fürchterlicher Schnelligkeit, dass die Männer Schwindel packte, während sie mit entsetzten Augen hinunterstarrten, wo zuweilen für einen Augenblick der Sand und die dunkel glänzenden Kiesel des Meeresgrundes erschienen.

Der Steuermann lenkte das Schiff gegen die Klippe zur Linken, damit der Wirbel es nicht erfasse. Als er an der hohen, glatten Felswand entlangsteuerte, schien ihm mit einem Male das Sonnenlicht trübe zu werden. Um die Klippe zog ein seltsamer schwärzlicher Dunst, der fast die Höhle droben in der Wand verbarg.

Und während die Männer noch die schreckensbleichen Gesichter der Charybdis zuwandten, zuckte es über ihnen wie schwarze Blitze aus dem Dunst hervor . . .

Sechs schlangenhafte Hälse fuhren herab und auf jedem saß ein grässliches Haupt mit drei Reihen von Zähnen im Rachen.

Odysseus fuhr herum, als er den Schrei der Gefährten hörte, die Skylla ergriffen hatte. Aber er vermochte ihnen nicht mehr zu helfen. Das Ungeheuer schwang die Männer hoch durch die Luft und verschlang sie sogleich am Eingang der Höhle.

Stöhnend vor Grauen und ohnmächtigem Grimm wandte sich Odysseus ab. Ja, Kirke hatte abermals recht: Gegen Skylla gab es keine Waffe! Schnelle Flucht war die einzige Rettung! Er warf einen Blick über das Schiff. Wahrhaftig, er brauchte die Ruderer nicht erst anzutreiben: Sie hockten auf ihren Bänken, keuchend, die Gesichter von Entsetzen verzerrt, und die Ruder flogen auf und nieder, auf und nieder mit wahnwitziger Schnelligkeit.

So jagte das Schiff durch die Enge, vorüber am heulenden Schlund der Charybdis und am Felsen der Skylla, und dann waren sie draußen und vor ihnen lag wieder das weite graue Meer. Allmählich wagten sie zu glauben, dass sie dem Verderben entronnen waren. Sie hoben die Köpfe, blickten mit verstörten Augen um sich und lauschten zurück auf den Donner der Wogen, die gegen die Felsen prallten. Ja, wieder einmal waren sie gerettet! Aber sie hatten sechs Gefährten verloren und sie waren unendlich müde von dem ausgestandenen Schrecken und dem mühseligen Rudern.

Und Ithaka war noch weit und der Beherrscher der Meere zürnte Odysseus.

Irgendwo zwischen dem einsamen Schiff und dem Gestade von Ithaka aber lag die Insel Thrinakia, auf der die Herden des Sonnengottes Helios weideten.

Bedrückt und voll böser Ahnungen sah Odysseus ihren grünen Strand eines Tages bei sinkender Sonne aus den Fluten tauchen.

»Ich wollte, wir führen daran vorüber«, murmelte er und gedachte der üblen Weissagung, die er von Teiresias und Kirke gehört hatte.

Die Gefährten begrüßten jubelnd das freundliche Ufer, von dem ihnen gewiss keine Gefahr drohte, so meinten sie hoffnungsvoll.

Aber Odysseus schüttelte bekümmert den Kopf. »Ich weiß wohl, was ihr gelitten habt, Freunde!«, sagte er. »Und gerne würde ich euch die Rast vergönnen. Dennoch bitte ich euch: Rudert vorüber an dieser Insel, denn der thebanische Seher und Kirke haben mir verkündet, dass uns hier schreckliches, selbst verschuldetes Unheil drohe!«

Zorniges Geschrei antwortete ihm und Eurylochos fuhr auf ihn los wie ein wütender Eber. »Mich dünkt, an dir muss alles aus Eisen sein, Odysseus! Und da du selbst niemals müde wirst, willst du auch uns nicht erlauben, zu rasten und uns an diesem lieblichen Strande mit Speise und Trank zu erquicken. Nein, wir sollen vorüberfahren, obgleich schon die Nacht herabsinkt, die vielleicht schreckliche Stürme mit sich bringt. Denn du weißt wohl, die nächtlichen Stürme sind furchtbar. Und wohin sollten wir wohl im Dunkel auf offenem Meer entrinnen, wenn ein wilder Orkan das Schiff zertrümmert? Nein, wir wollen anlegen, ein gutes Mahl bereiten und am Strand schlafen bis zum Morgen. Dann mag die Reise weitergehen.«

Die anderen riefen ihm Beifall und betrachteten Odysseus mit finsteren Blicken.

Da erkannte er, dass abermals ein böses Schicksal seine Fäden um sie spann. Und er sprach voll Kummer und Zorn zu den anderen: »Freilich ist es leicht, mich zu zwingen, da ihr alle gegen mich allein steht! Nun, so mag es sein! Aber schwört mir, dass ihr die Herden des Sonnengottes schont, kein Rind und kein Schaf schlachtet, sondern von den Vorräten esst, die uns Kirke ja reichlich gespendet hat.«

Das schwuren sie ihm mit einem heiligen Eid und fuhren fröhlich dem Ufer zu, wo sie in einer kleinen Bucht neben einem Flüsschen anlegten. Alsbald brannte ein Feuer am Strande, sie holten Fleisch, Brot und Käse aus dem Schiffsraum herauf und vergaßen auch die Weinschläuche nicht, sodass bald ein herrliches Mahl im Gang war.

Danach beklagten sie die toten Gefährten, wie es sich ziemte, und endlich streckten sie sich rings um das Feuer zum Schlafen aus. Aber um die dritte Nachtwache, als schon die Sterne sanken, wurden sie unsanft geweckt. Sturm hatte sich erhoben, schwarzes Gewölk jagte über den Himmel, wild rollten die Wogen gegen den Strand und warfen das Schiff hin und her wie ein leichtes Boot.

Schlaftrunken suchten die Männer Schutz in einer großen Höhle zwischen den Uferfelsen, und als es endlich Morgen wurde, zogen sie auch das Schiff herein und banden es fest. Draußen tobte noch immer der Sturm, Regen stürzte vom Himmel und das Meer rauschte schrecklich. Die Höhle aber war warm und geräumig und die Vorratskammer des Schiffes wohlgefüllt. »So mag es ruhig ein paar Tage stürmen«, sagte Odysseus zu den Gefährten. »Esst und trinkt von den Vorräten, so viel ihr wollt, aber schont die Herden, sonst werden wir es bitter büßen!«

Sie versprachen es zum zweiten Mal und eine Weile hielten sie auch Wort.

Aber Tag um Tag verging, der Wind stürmte noch immer von Süden heran und das Schiff konnte nicht auslaufen. Einen ganzen Mond lang ging es so. Da schmolzen die Vorräte allmählich zusammen und eines Morgens war nichts mehr da.

Missmutig machten sich die Männer auf, um die Insel zu durchstreifen und mit krummen Haken Vögel oder Fische zu fangen; Denn anderes Wild gab es nicht.

Auf den Weiden aber und in den Hürden sahen sie die Herden des Sonnengottes, die fetten Rinder und die wohlgenährten Schafe, und das Wasser lief ihnen im Munde zusammen.

Wenn sie hungrig am Strande nach einem Fischlein angelten, drang von den Weiden her Gebrüll und Geblöke an ihre Ohren.

Sie wurden immer mürrischer und unzufriedener. Odysseus sah ihre bösen Blicke wohl und merkte, wie sie heimlich miteinander redeten.

Seine Sorge wuchs und noch immer wollte der Wind sich nicht drehen.

Da ging er eines Tages allein fort in das Innere der Insel, um die Götter anzuflehen, dass sie doch endlich ihm und den Gefährten die Heimkehr vergönnen möchten. Er wusch sich die Hände im Fluss und begann zu beten. Aber bald wurde er so müde vor Hunger und Kummer, dass er einschlief.

Unterdessen rief Eurylochos in der Höhle die Männer zusammen. »Hört mich an, ihr Gefährten im Unglück! Zwar ist jeglicher Tod für die armen Sterblichen furchtbar, am jämmerlichsten aber scheint es mir, hungers zu sterben! Ich habe es satt, hier noch länger zu darben, wo Tag für Tag die fetten Rinder und Schafe vor unseren Augen umherwandeln, während unsere Eingeweide knurren wie hungrige Wölfe! Wir wollen endlich ein paar von den Tieren schlachten und nach langer Zeit wieder eine gute Mahlzeit halten!

Freilich gehören sie Helios, dem nichts verborgen bleibt: Aber wir wollen ja auch, ehe wir selbst zu essen beginnen, die Lenden den Göttern opfern, wie es sich gebührt. Und wenn wir je heimkehren nach Ithaka, so wollen wir dem Sonnengott zur Sühne den herrlichsten Tempel bauen. Zürnt er aber so sehr, dass er uns die Heimkehr verwehrt und uns auf dem Meere verdirbt, wahrhaftig, so will ich lieber die salzige Flut hinunterschlucken und auf einmal sterben als auf einer öden Insel langsam verschmachten!«

Er hatte kaum geendet, da schrien und brüllten die anderen Beifall und alsbald liefen sie begierig zur nächsten Wiese, wo eine Herde Rinder weidete. Sie umkreisten die Tiere, riefen die Götter an und streuten junge Eichenblätter, da sie keine Gerste mehr hatten. Dann fingen sie die schönsten Rinder ein, schlachteten sie eilig, zogen ihnen die Haut ab und zerteilten das Fleisch. Am Strand hatten sie auch schon ein Feuer entzündet, darin verbrannten sie die besten Stücke als Opfer für die Götter. Sie rösteten die inneren Teile und sprengten Wasser darüber, da sich in den Schläuchen kein Tropfen Wein mehr befand. Zuletzt kosteten sie von den Eingeweiden, und als sie so alles nach Sitte und Brauch verrichtet hatten, steckten sie das übrige Fleisch in großen Stücken auf Spieße und begannen, sie emsig über dem Feuer zu drehen. Ihre Augen funkelten begehrlich, der Duft stieg ihnen lieblich in die Nase und sie mussten immerzu schlucken, so sehr gelüstete es sie nach dem köstlichen Mahl. –

Zur selben Stunde fuhr Odysseus aus dem Schlaf auf. Er fühlte sich erquickt und hoffnungsvoll und beschloss, sogleich zu den bekümmerten Gefährten zurückzukehren, um ihnen noch einmal freundlich zuzureden und sie zur Geduld zu mahnen: Denn gewiss konnte es nun nicht mehr lange dauern, bis der widrige Sturm sich legte.

Er ging eilends dem Strand zu. Aber plötzlich blieb er stehen, wie zu Stein erstarrt: Ein Geruch war ihm in die Nase gedrungen, ein herrlicher Duft . . . nein, der schreckliche Geruch von gebratenem Fleisch!

Odysseus begann zu laufen. Aber er lief umsonst und das Unheil war schon geschehen.

»Oh, ihr Götter!«, stöhnte er. »Warum habt ihr mir zum Fluche den Schlummer gesandt! Nun haben die Gefährten den Frevel verübt und es wird unser aller Verderben sein!«

Seine böse Ahnung trog ihn nicht: Denn in diesem Augenblick stand die Nymphe Lampetie, die Hüterin der Herden, bereits auf dem Berge Olympos vor dem Sonnengott und verkündete ihm, was sich auf der Insel zugetragen hatte.

Voll grimmigen Zornes fuhr Helios auf. »Vater Zeus!«, schrie er. »Ich verlange Sühne für den Frevel! Strafe die Gefährten des Odysseus, die meine Rinder getötet haben! Die Tiere erfreuten meine Augen, sooft ich über den Himmel fuhr! Lässt du die Frevler nicht büßen, so tauche ich zum Reiche des Hades hinab und leuchte von nun an den Toten!«

Aber Zeus Kronion schüttelte begütigend das Haupt. »Leuchte du nur weiter den Göttern und den Sterblichen auf der Erde! Ich will dir Sühne schaffen und die Frevler mit meinem Blitzstrahl treffen!« –

So war das Schicksal der Achaier schon beschlossen, während sie noch fröhlich am Strande von Thrinakia saßen und schmausten. Was half es, dass Odysseus sie schalt? Die Rinder wurden nicht mehr lebendig davon.

Alsbald erschienen ihnen auch die Zeichen der zürnenden Götter: Die Häute begannen umherzukriechen, das Fleisch an den Spießen brüllte und es klang wie Rindergebrüll.

Jetzt packte freilich die Männer bleiches Entsetzen. Aber bald meinten sie, es sei nun einmal geschehen und nicht mehr zu ändern und den Zorn der Götter müssten sie eben durch reichliche Opfer zu versöhnen suchen.

Einstweilen aber verzehrten sie mit Behagen das Fleisch der geschlachteten Tiere, und als einige Tage vergingen, ohne dass die Strafe über sie hereinbrach, wurden sie allmählich wieder sorglos, wie es ja den Menschen meist zu ergehen pflegt.

Am siebenten Tag schlief endlich der Südsturm ein. Da machten sie sich eilig daran, das Schiff zur Fahrt zu rüsten, und bald segelten sie mit günstigem Wind aufs offene Meer hinaus.

Der Himmel war blau, das Meer hatte flache Wellen und leckte mit kleinen weißen Zungen an den dunklen Schiffswänden hinauf.

Aber plötzlich war der Himmel gar nicht mehr blau. Nein, eine schwarze Wolke hing da droben, gerade über dem Schiff, und niemand hatte sie kommen gesehen! Mit entsetzlicher Schnelligkeit breitete sie sich aus, die Flut ringsum verdunkelte sich, in der Luft brach ein Brausen und Heulen los. Dann sprang der Sturm das Schiff an, dass es sich mitten im Lauf aufbäumte und der Kiel hoch aus dem Wasser ragte. Die beiden vorderen Taue, die den Mast hielten, rissen wie dünne Fäden und der Mast krachte samt Segeln und Tauwerk nach rückwärts auf das Deck. Die Spitze aber traf den Steuermann, dass er kopfüber ins Wasser stürzte.

Jetzt zuckte ein greller Blitz aus der Wolke hervor, fuhr zischend herab und schlug mitten ins Schiff. Das Krachen des Donners verschlang die Schreie der Männer, Schwefeldampf erfüllte die Luft und das Schiff schwankte und zitterte wie ein zu Tode getroffenes Tier. Wer nicht vom Blitz erschlagen war, versuchte, sich verzweifelt irgendwo festzuhalten, aber es gelang keinem: Der

Sturm riss sie über Bord und die Sturzwellen spülten sie vom Deck. Wie einen Schwarm Krähen schwemmten die Wogen sie fort und einer nach dem andern versank in der tobenden Flut.

Odysseus taumelte durch das verödete Schiff. Manchmal stürzte er, dann krallten sich seine Hände irgendwo fest, während ein Wasserschwall auf ihn niederbrach und ihn fast ertränkte. Einmal, später, als er just wieder zu Atem gekommen war, sah er, dass da und dort lange hölzerne Balken auf den Wogen schaukelten. Er begriff mit Entsetzen, dass die Wände des Schiffes zu zerfallen begannen. Und immer noch wirbelte es der Sturm herum und die Wellen schleuderten es einander zu wie einen Ball.

Jetzt merkte er, dass die Planken unter seinen Füßen sich auf eine merkwürdige Weise zu bewegen anfingen – und dann tat es einen gewaltigen Ruck, das Deck barst mitten entzwei und Odysseus lag im Wasser. Er ruderte mit Armen und Beinen und versuchte, eines der treibenden Hölzer zu fassen, aber das Wasser trug sie stets wieder fort, ehe er sie festzuhalten vermochte.

Plötzlich tauchte dicht neben ihm der Kielbaum auf, in dessen Mitte noch der gebrochene Mast steckte. Wie ein Fisch schnellte sich Odysseus aus dem Wasser und im nächsten Augenblick lag er keuchend auf dem Kiel. Aber zugleich löste sich der Mast aus der Höhlung, stürzte seitwärts ins Meer und schaukelte schnell davon.

Odysseus stieß einen Wutschrei aus: Den Mast musste er haben! Denn daran hing noch ein langes ledernes Tau, er hatte es deutlich gesehen. Damit konnte er Mast und Kiel zusammenbinden zu einem Floß. Er begann, aus allen Kräften hinter dem Mast herzuschwimmen. Da streifte etwas im Wasser seinen Fuß. Hastig griff er danach und hielt das Tau in der Hand. Waren ihm die Götter noch einmal gnädig?

Ohne viel Mühe zog er jetzt den Mastbaum heran und band schnell und geschickt die beiden Stämme zusammen. Nein, man nannte ihn nicht umsonst den Erfindungsreichen!

Da saß er nun auf dem Floß und der Weststurm und die Strömung jagten ihn vorwärts, er wusste nicht, wohin.

Als es Nacht wurde, sprang aber der Wind um. Er heulte jetzt von Süden heran und Odysseus wollte das Herz stillstehen vor Schrecken: Denn so musste er geradewegs wieder auf Skylla und Charybdis zutreiben!

»Wehe mir!«, sprach er hoffnungslos zu sich. »Ein zweites Mal werde ich den Ungeheuern gewiss nicht entrinnen!«

Als das erste Frührot am Himmel erschien, erblickte er auch schon die Enge mit den beiden Klippen und dem Feigenbaum vor sich und bald vernahm er das Dröhnen des Felsens, unter dem Charybdis just zu dieser Stunde das Wasser hinunterschlang.

»Wehe mir!«, sagte Odysseus abermals voll Grauen und versuchte, mit den Händen sein Floß seitwärtszusteuern. Aber was vermochte all seine Kraft gegen Sturm und Strömung? Unaufhaltsam trieb er auf die Enge zu und bald ragten zur Linken und Rechten die Klippen auf.

Er blickte furchtsam zur Höhle der Skylla hinüber. Sie war von schwärzlichem Dunst verhangen und nichts regte sich darin: Er mochte zu weit entfernt und für das Scheusal unerreichbar sein.

Aber jetzt fühlte er, wie der Wirbel der Charybdis sein Fahrzeug erfasste. Ja, nun war es wohl aus mit ihm! Schneller, immer schneller fuhr er auf den heulenden Schlund zu und das Dröhnen des Felsens schwoll zu furchtbarem Donner an.

Dann schoss das Floß unter den hängenden Ästen des Feigenbaumes hindurch mitten in den Trichter hinein.

In dem Augenblick, als es sich in dem saugenden Wirbel zu drehen begann, griff Odysseus nach den Zweigen des Feigenbaumes und klammerte sich daran fest: Unter ihm aber verschwand das Floß im Abgrund.

Da hing er nun wie eine Fledermaus im Gezweig, fand keine Stütze für die Füße und vermochte nicht, höher zu klimmen. Er wusste nicht, ob die Kraft seiner Arme reichen würde, bis Charybdis das Floß wieder ausspie. Denn einmal, das schien ihm gewiss, würde es mit den Wassern in die Höhe steigen und dann musste er sich genau im richtigen Augenblick darauf hinabfallen lassen! Gelang ihm dies nicht – nun, so würde niemand auf Erden je Odysseus, den König von Ithaka, wiedersehen!

Die Zeit schien stillzustehen. Er wurde allmählich grenzenlos müde und in den Armen war längst jedes Gefühl erstorben. Aber er biss die Zähne zusammen und ließ die Zweige nicht los. Endlich begann es drunten, zu brodeln und zu wallen, Schaum stieg auf und weißer Dampf spritzte zum Himmel, hoch über die Spitze der Klippen hinauf.

Plötzlich sah Odysseus gerade unter sich das Floß erscheinen. Ohne Zaudern ließ er sich fallen – und dann fühlte er mit unendlicher Erleichterung die festen Balken unter seinen Füßen. Zwar schwankten sie wild auf und nieder, aber sie trugen ihn. Und der Wind fuhr hinter ihm her durch die Enge und trieb ihn jenseits aufs offene Meer.

Ja, wieder einmal war er um eines Haares Breite dem Tode entronnen! Aber was sollte nun aus ihm werden? Er würde auf diesem elenden Fahrzeug weiter über das Meer treiben, bis er hungers starb oder die Flut ihn verschlang oder vielleicht eine Brandung ihn an die Felsen schleuderte.

Mit trüben Augen und trübem Sinn starrte er voraus über die endlose, wogende Wasserfläche. Er fuhr jetzt mit Wind und

Strömung ziemlich schnell vorwärts, aber er konnte nur untätig dasitzen und warten, was weiter geschähe. Selbst wenn ich in die Nähe einer Küste käme, dachte er traurig, so müsste ich hilflos zusehen, wie das Floß daran vorbeifährt, da ich nicht einmal ein Ruder zum Steuern habe. Nein, wenn sich die Götter nicht meiner erbarmen, werde ich Ithaka und die Meinen niemals wiedersehen!

Aber ehe es noch Abend wurde, tauchte weit vorne eine Insel auf. Sie lag genau in der Richtung, in die er fuhr, merkte er mit Hoffnung und Bangen. Aber es war nur ein winziges Eiland, das sah er sogleich, und es konnte leicht sein, dass das Floß daran vorbeitrieb. »Aber dann springe ich ins Wasser und schwimme zum Strand hinüber«, schwor er sich und beobachtete atemlos, wie das Ufer immer näher kam.

Er brauchte nicht zu schwimmen: Denn das Floß fuhr geradeaus auf die Insel zu, glitt sanft auf einen flachen Strand und lag still. Odysseus blieb eine Weile regungslos sitzen. Denn dies schien ihm allzu schön, um wahr zu sein. Aber alsbald überkam ihn Besorgnis, denn zu viel Böses war ihm schon begegnet. Wer weiß, was ihn hier wieder erwartete!

Er blickte sich um. Bei den Göttern, es war herrlich hier! Vor ihm breitete sich eine Wiese aus, Klee und andere Blumen blühten zahlreich zwischen dem Gras und jenseits am Rand befand sich ein Hain von üppigen Bäumen: Pappeln, Erlen und Zypressen. Darin erhob sich eine weite vieltorige Grotte, wie ein Palast anzusehen; Rauch stieg daraus auf und der Duft von brennendem Zedernholz wehte herüber.

Alles sah schön und friedlich aus und so fasste sich Odysseus endlich ein Herz, stieg vom Floß herab und machte sich auf den Weg landeinwärts. Er blickte unzufrieden an sich herab, denn sein Gewand war zerlumpt und starrte von Schmutz und getrocknetem Schlamm. »Aber vielleicht komme ich zu freundlichen Menschen, die mir Leibrock und Mantel spenden und die mir auch zu essen geben: Denn der Hunger nagt an meinen Eingeweiden.« So tröstete er sich und ging weiter, während er sich neugierig umschaute.

Jetzt kam er an vier Quellen vorüber, die nahe beieinander aus dem Boden sprangen und in die vier Windrichtungen flossen.

Er sah, dass Scharen von Vögeln den Hain bewohnten, goldäugige Eulen, Falken und Meerkrähen. Rings um die Grotte rankte sich ein üppiger Weinstock voll dunkler Trauben.

Odysseus blieb stehen und spähte von der Seite her durch ein Tor, aus dem Feuerschein drang.

Vor ihm lag ein hoher gewölbter Raum, darin standen Tische und Stühle, kunstreich gearbeitet, mit silbernen und goldenen Beschlägen; ein Dreifuß aus blinkendem Erz stand über dem Feuer, Purpurteppiche schmückten die Wände.

Gegenüber dem Tor aber saß in einem goldenen Sessel eine Frau.

Odysseus vergaß zu atmen, als er sie erblickte. Sie trug ein weites schimmerndes Gewand, helle Locken fielen ihr über die Schultern und glänzten im Feuerschein.

Sie ist eine Göttin!, dachte er. Niemals kann eine Sterbliche so schön sein!

Er hatte recht: Die Frau war Kalypso, die Tochter des Atlas, der das Himmelsgewölbe auf seinen Schultern trägt.

Sie hatte Odysseus längst gesehen, ehe er noch einen Fuß auf die Insel setzte.

Jetzt legte sie die goldene Spule zur Seite, die sie zum Weben gebrauchte, und erhob sich. Auf ihrem Gesicht lag ein Lächeln voll unbeschreiblicher Anmut.

»Komm näher, fremder Gast!«, sagte sie freundlich.

Odysseus zuckte zusammen, als er sich entdeckt sah. Aber er trat sogleich aus dem Schatten des Felsens hervor und blieb unter dem Torbogen stehen.

»Herrin, wer du auch sein magst, Göttin oder Sterbliche, erweise dich mir gnädig: Denn ich komme als Bittender«, sprach er mit ernster Würde.

Kalypso betrachtete ihn aufmerksam. Sie wusste, wer der Fremdling war, und sie kannte seine Schicksale: Denn vieles wissen die Unsterblichen. Aber während sie ihn ansah, schwand allmählich das Lächeln aus ihrem stolzen Gesicht. Es war, als erschrecke sie. Und dann stieg plötzlich eine tiefe ratlose Traurigkeit in ihren Augen auf.

Odysseus sah es mit Verwunderung. Aber jetzt wandte sie sich so schnell ab, dass er meinte, er habe sich getäuscht.

»Tritt ein und sei mir willkommen!«, sagte sie fast herrisch und klatschte in die Hände. Die Dienerinnen kamen und sie befahl ihnen, für den Gast zu sorgen, ein Bad zu bereiten und neue Gewänder zu bringen.

Darauf ging sie fort, ohne ihn noch einmal anzusehen, und es war ihr so schwer ums Herz wie noch nie.

Als Odysseus gebadet, gesalbt und angekleidet war, führten ihn die Mägde zurück in den Saal. Da saß Kalypso an einem silbernen Tisch, ihr Gewand schimmerte wie Mondlicht und sie schien ihm noch schöner als zuvor. »Setze dich!«, sagte sie. »Wir wollen essen und danach magst du erzählen, wenn es dir gefällt.«

Odysseus seufzte vor Erleichterung: Denn sein Hunger war jetzt so entsetzlich geworden, dass ihm dunkle und feurige Kreise vor den Augen tanzten.

Die Mägde trugen ein herrliches Mahl auf. Aber er merkte bald, dass Kalypso nichts von den köstlichen Gerichten nahm. Nur manchmal aß sie ein wenig aus der goldenen Schale, die vor ihr stand, oder nippte an dem goldenen Becher: Denn die Unsterblichen genießen nicht die gewöhnliche Nahrung der Menschen, sondern Nektar und Ambrosia, Trank und Speise der Götter. –

So kam Odysseus auf das Eiland der Nymphe Kalypso und es sollten sieben Jahre vergehen, ehe er es wieder verließ.

Freilich war das Leben schön auf der Insel und jeder seiner Wünsche war schon erfüllt, ehe er ihn aussprach: Denn Kalypso besaß die große Macht der Unsterblichen. Dennoch sehnte er sich Tag und Nacht danach, Ithaka wiederzusehen und Penelope und seinen Sohn. Aber wie sollte er je von hier fortkommen?

Oft saß er lange drunten am Strand und blickte über das einsame Meer, ob nicht endlich ein Segel heraufkäme und ein Schiff ihn aufnähme.

Dann trat zuweilen Kalypso zu ihm. »Warum bist du so bekümmert?«, fragte sie.

Er hob den Kopf. Sie stand da und war so schön, dass er sie nicht ansehen konnte.

»Ich möchte heimfahren nach Ithaka!«, antwortete er und seine Stimme klang rau.

Da ging sie fort, ohne etwas zu sagen.

Kalypso war sehr traurig: Denn sie liebte Odysseus. Er aber sehnte sich danach, fortzugehen und zu seiner Gemahlin zurückzukehren.

Das ertrug die stolze Tochter des Atlas nur schwer.

»Tue ich nicht alles für dich, was du dir nur wünschen kannst?«, sagte sie eines Tages. »Und bin ich nicht schöner als Penelope und alle die anderen sterblichen Frauen?«

»Niemand kann so schön sein wie du«, sprach er düster. »Aber daheim in Ithaka warten Penelope und Telemachos auf mich!«

Doch Kalypso mochte ihn nicht freigeben und so fasste sie einen Entschluss: Sie wollte Odysseus zum Gemahl nehmen. Zwar wusste sie genau, dass es sehr gefährlich war, denn die mächtigen Götter duldeten es nur ungern, dass Unsterbliche sich mit sterblichen Menschen verbanden.

Ob Odysseus einwilligen würde, darüber dachte die stolze Nymphe kaum nach. Denn welcher Sterbliche sollte es wohl ausschlagen, an der Seite einer Göttin zu leben und so selbst Unsterblichkeit zu erlangen!

»Ich will es ihm sagen, sobald er vom Strande zurückkehrt!«, beschloss sie und rief ihre Dienerinnen, um sich schmücken zu lassen.

Aber es kam alles ganz anders.

Denn dies war gerade der Tag, an dem der Rat der Götter beschloss, Odysseus nun endlich heimkehren zu lassen.

Die Unsterblichen waren alle auf dem hohen Olympos versammelt. Zeus Kronion blickte schweigend und düster hinab auf die Erde. Sein Götterhaupt war umwölkt und die gewaltige Stirn von Unmut überschattet. Er sann über die Menschen nach und sie schienen ihm ein wunderliches unbegreifliches Volk: weder gut noch weise, verstrickt in ihre Untaten und Verhängnisse, wie zappelnde Fische in einem Netz.

Pallas Athene beobachtete den Vater der Götter und Menschen seit geraumer Weile: Denn sie hatte beschlossen, ihm eine Bitte vorzutragen, deren Gewährung ihr sehr am Herzen lag.

Ihre Augen flogen schnell über die anderen Götter. Ja, sie waren alle da, nur Poseidon fehlte, der Beherrscher der Meere. Er war in das Land der Aithiopen gefahren, die in zwei Völkerschaften geteilt die äußersten Grenzen der Erde bewohnten: die eine gen Sonnenaufgang, die andere gen Sonnenuntergang. Sie hatten ihm just ein großes Opfer gebracht, eine Hekatombe von Widdern und Stieren, und dort saß er nun und freute sich des göttlichen Mahles.

Pallas Athene dachte, dass dies sehr gut sei: Denn wäre er hier, so würde ihre Bitte ganz gewiss vergebens sein.

Sie erhob sich schnell und wollte zu sprechen beginnen. Da erscholl aber schon Zeus Kronions Stimme wie grollender Donner: »Immer erheben die Sterblichen Klagen wider die Götter! Nur von uns, so schreien sie, kommt alles Übel! Und dennoch schaffen die Toren sich selbst durch Frevel und Untat ihr Elend! Hat nicht Aigisthos gegen alles Recht die Gattin Agamemnons zur Frau genommen und ihren Gemahl erschlagen, als er dann heimkehrte von Troja? Vergebens hatten wir Hermes gesandt, ihn zu warnen. Vergebens weissagte ihm Hermes ein schreckliches Gericht: Er wollte nicht hören! Nun hat Orestes, Agamemnons Sohn, die Untat gerächt und Aigisthos getötet. So büßt er alles Böse auf einmal!«

»Der Verräter ist seiner verdienten Strafe verfallen«, sprach Pallas Athene. »Möge es allen Frevlern ergehen wie ihm! Aber warum, mein Vater und Herr, lässt du Gerechte so leiden wie den Helden Odysseus, der nie jemandem ein Unrecht zugefügt hat? Warum lässt du ihn nicht endlich heimkehren, nach all den Mühsalen, die er erdulden musste? Du weißt wohl, dass er seit sieben Jahren auf Kalypsos Insel lebt und sich Tag und Nacht danach sehnt, endlich wieder den Rauch von Ithakas Hügeln aufsteigen zu sehen!

Hat er dir vielleicht nicht genug Opfer gebracht, während er mit dem Heere der Achaier vor Troja lag? Oder war er nicht der gerechteste und gütigste Herrscher von Ithaka? Warum zürnst du ihm also?«

Zeus schüttelte das Haupt. »Was redest du, Tochter? Wie könnte ich Odysseus zürnen, dem weisesten unter den Sterblichen, der nie die Ehrfurcht vor den Göttern vergaß und uns stets die reichlichsten Opfer brachte! Aber Poseidon verfolgt ihn mit seiner Rache, weil er Polyphemos, seinen Sohn, des Auges beraubt hat. Darum beschloss der Erdumstürmer in seinem Zorn, Odysseus zwar nicht zu töten, aber ihm die Heimkehr zu verwehren. Seitdem jagte er ihn und seine Gefährten über die unendliche Wasserwüste, trieb ihn an fremde Gestade, wo wilde Völker wohnen und viele Male ein grausiger Tod ihn bedrohte. Er hetzte die Stürme und die Ungeheuer der Tiefe gegen den Verfolgten. Zuletzt warf er ihn an den Strand der Insel, die Kalypso bewohnt. Kalypso aber begehrt Odysseus zum Gemahl und hält ihn auf ihrem Eiland fest, das weit entfernt von allen menschlichen Siedlungen und von den gewohnten Pfaden der Schiffe in der endlosen Öde des Meeres liegt. Er hat keinen einzigen Gefährten mehr, der ihm beistehen könnte, und kein Schiff, das ihn über das wilde Gewässer heimtrüge nach Ithaka: Denn Poseidon hat ihm alles genommen! Aber nun, dünkt mich, ist es genug!

Wir wollen im Rate der Unsterblichen beschließen, Odysseus heimzusenden zu Penelope, seiner Gattin, und zu seinem Sohne Telemachos, der eben geboren war, als sein Vater auszog nach Troja.«

»Ja«, sprach Athene und in ihren hellen Augen blitzte Zorn auf. »Es ist hohe Zeit, dass der König von Ithaka zurückkehrt und in seinem Palast Zucht und Ordnung wiederherstellt. Denn dort prasst und schwelgt seit Langem die Schar der Freier, die Penelope bedrängen, endlich einen von ihnen zum Gemahl zu nehmen, da doch Odysseus längst in der Fremde gestorben sei, wie sie sagen. Die Königin vermag nichts gegen sie, da sie eine Frau ist. Insgeheim hofft sie noch immer, ihr Gemahl werde eines Tages zurückkehren, und so hält sie mit List und halben Versprechungen die Männer hin und wartet. Telemachos aber ist noch fast ein Knabe, über dessen Zorn sie lachen.«

Zeus winkte Hermes, dem olympischen Boten. »So mag schnell geschehen, was zu geschehen hat! Begib dich hinab zu Kalypsos Insel und verkünde der Nymphe unseren Ratschluss: Sie möge Odysseus sogleich freigeben und ihm helfen, von dem Eiland fortzukommen! Kalypso ist klug und mächtig und versteht sich auf vielerlei. Odysseus aber heißt nicht umsonst der Erfindungsreiche: Es wird ihm nicht schwerfallen, mit ihrer Hilfe ein Floß zu bauen. Damit mag er über das Meer fahren, bis er zur Insel Scheria kommt, die vom Volke der Phaiaken bewohnt ist. Am zwanzigsten Tage wird er dort an Land gehen. Die Phaiaken werden ihn fast wie einen Gott ehren, ihm reiche Gastgeschenke geben und ihn auf einem ihrer eigenen Schiffe nach Ithaka geleiten. Denn dies ist die Gnade der Götter, die diesem Volke verliehen ist: dass sie jeden Gast sicher heimbringen über das Meer. Und nicht einmal Poseidon vermag, sie daran zu hindern!«

»Ich danke dir, mein Vater und Herr!«, sagte Pallas Athene. Aber sie dachte mit Besorgnis an Poseidon. Zwanzig Tage lang würde Odysseus allein und schutzlos auf einem armseligen Floß durch die unendlichen Weiten des Meeres fahre! Wehe ihm, wenn ihn der Erdumstürmer erblickte, der ihn hasste!

Aber sogleich hob die Göttin stolz das Haupt. Nun, sie würde den geliebtesten unter den Sterblichen vor allzu großer Drangsal zu schützen wissen! Und gegen den Ratschluss der Götter konnte Poseidon ihn nicht vernichten. – Kalypso wandte sich um, weil etwas sie dazu zwang. Sie erschrak: Denn unter dem Tor stand Hermes, der olympische Bote. Sie erkannte ihn sogleich, wie die Unsterblichen alle einander kennen. Sie sah die glänzenden Sandalen, die ihn in Windeseile über Land und Meer trugen, und sie sah auch den goldenen Stab in seiner Hand, mit dem er den Sterblichen die Augen zum Schlummer schließt oder sie weckt, ganz nach seinem Gutdünken.

Schnell ging sie ihm entgegen. »Hermes, Gott mit dem goldenen Stabe«, sagte sie beunruhigt, »was führt dich her? Du besuchst mich doch sonst nicht! Gewiss kommst du auf Zeus Kronions Befehl! Tritt näher, damit ich dich gastlich bewirte und dann deine Botschaft höre!«

Sie geleitete ihn zu einem der silbergeschmückten Sessel, stellte eine Schale, gefüllt mit Ambrosia, vor ihn und einen Becher rötlichen Nektars. Dann wartete sie ungeduldig und voll böser Ahnungen.

»Du fragst, warum ich hier bin?«, begann der Götterbote, als er sich an Speise und Trank gelabt hatte. »Du hast es schon gesagt, Kalypso: Mich sendet Zeus zu dir mit einer Botschaft. Wahrhaftig, ich bin ungern den weiten Weg hierhergekommen über das unwirtliche, bergige Land und die öde Wasserwüste, wo nirgends Menschen hausen, die den Göttern Opfer bringen. Aber du weißt wohl, niemand kann sich dem Willen Zeus Kronions widersetzen. Auch du kannst es nicht, Kalypso! So höre: Zeus befiehlt dir, Odysseus, den König von Ithaka, der seit sieben Jahren auf deiner Insel weilt, sogleich zu entlassen. Denn es ist ihm bestimmt, nun in die Heimat zurückzukehren!«

Kalypso saß ganz still. Ja, das war es also! Sie hatte es gewusst, seit Hermes eingetreten war! In ihren Augen begann es zu funkeln, als wollte sie weinen: Aber die stolze Tochter des Atlas bezwang sich.

Sie zitterte vor Zorn und Schmerz. »Hart seid ihr Götter!«, stieß sie hervor. »Niemals vergönnt ihr uns, sterbliche Männer zu lieben! Als Eos Orion liebte, den schönsten der Menschen, da tötete ihn Artemis mit ihren nie fehlenden Pfeilen. Und als die lockige Demeter sich Jason zum Gatten erwählte, erschlug ihn Zeus selbst mit dem Blitzstrahl. Mir aber ist befohlen, Odysseus ziehen zu lassen, den Sturm und Wogen an meinen Strand trieben. Ich nahm ihn freundlich auf, als er halb verhungert, in Lumpen gekleidet zu mir kam. Denn ich erkannte, dass er einer der Besten unter den Menschen war. Freilich, wie könnte ich mich wider Zeus Kronion auflehnen? So muss ich Odysseus ziehen lassen! Aber ich habe weder ein Schiff, noch finden sich Männer auf der Insel, die ihm beistehen könnten! Wie soll ich ihn also fortschicken?«

Hermes lächelte. »Du wirst gewiss einen Ausweg finden, Kalypso. Odysseus aber ist klug und erfindungsreich und wird tun, was er vermag, um endlich heimzukommen. Ich rate dir, versuche nicht, Zeus Kronions Willen zu umgehen: Seine Strafe würde dich furchtbar treffen, du weißt es!«

Darauf eilte der Götterbote fort und kehrte zurück zum Olympos.

Kalypso aber begab sich hinab zum Strand, wo Odysseus düsteren Sinnes saß und auf das Meer hinausblickte. Aber er hatte jetzt keine Hoffnung mehr, es könnte doch einmal ein Schiff kommen.

Er wandte sich um, als er die leichten Schritte hinter sich hörte, die er so gut kannte – oh, viel zu lange schon!

Wieder, wie stets, wenn er sie sah, überkam es ihn, wie schön sie war: das liebliche Gesicht unter dem goldenen Haar, die schlanke Gestalt in dem schimmernden Gewand, die stolze Anmut ihres Ganges.

Aber plötzlich wurde er aufmerksam: Etwas an ihr war anders als sonst. Sie kam heran und setzte sich still neben ihn in den Sand. Lange sprach sie kein Wort. Als sie dann zu reden anhub, klang ihre Stimme unendlich traurig. »Du sollst keinen Kummer mehr haben, Odysseus«, sagte sie, »denn ich will dich nun ziehen lassen, damit du heimkehren kannst nach Ithaka.«

Er starrte sie misstrauisch an. »Willst du mich in meinem Elend verspotten? Wie könnte ich von hier fortkommen ohne Schiff, über das weite Meer?«

»Du sollst dir ein Floß bauen«, antwortete sie.

Er lachte zornig. »Mich dünkt, du trachtest mir nach dem Leben, da du mich auf einem armseligen Floß über die schreckliche Wasserwüste senden willst, in deren grausigen Schlünden selbst starke Schiffe versinken. Aber ich sage dir, ich werde das Floß nicht besteigen!« Er stockte. »Oder« – fuhr er fort und dachte an Kirke – »oder kannst du mir den Eid der Götter schwören, dass du nichts Übles gegen mich im Sinn hast?«

»Du solltest es auch ohne Eid wissen«, sprach sie traurig. »Aber es mag sein! Ich schwöre bei Himmel und Erde und den Wassern des Styx in der Tiefe, dass ich dir so raten werde, wie ich mir selbst in der gleichen Bedrängnis raten würde!«

»Ich danke dir«, sagte Odysseus schnell und zum ersten Mal seit langer Zeit wachte ein Fünklein Hoffnung in seinem Herzen auf.

»Aber ich darf dir eines nicht verhehlen«, fuhr Kalypso zögernd fort. »Noch sind deine Leiden nicht zu Ende! Und wüsstest du, was dir bevorsteht, ehe du die Heimat erreichst, so würdest du hierbleiben und als mein Gemahl Unsterblichkeit und ewige Jugend gewinnen!«

Aber Odysseus schüttelte den Kopf. »Was nützt mir Unsterblichkeit, wenn ich alle, die ich liebe, nie mehr wiedersehen soll? Ich habe viel erduldet, und wenn die Götter noch mehr über mich verhängen wollen, so werde ich auch dies ertragen!«

Kalypso erhob sich. »Ich wünsche dir alles Glück!«, sagte sie nur noch und winkte ihm, ihr zu folgen.

Sie führte ihn an das jenseitige Gestade der Insel, wo hohe Bäume standen, Pappeln, Erlen und Tannen. Viele davon waren alt und dürr, sie gaben das beste Holz für den Schiffsbau. Kalypso zeigte ihm, welche von ihnen er fällen sollte. Sie brachte ihm auch Axt und Beil, Bohrer und Richtschnur und anderes Werkzeug, das er für seine Arbeit brauchte.

So begann Odysseus mit dem Bau seines Floßes, das ihn heimtragen sollte über das Meer.

Er fällte Bäume, befreite sie von Ästen und Rinde und hieb sie mit dem Beil zurecht, genau nach der Richtschnur, dass ein Stamm sich dicht an den anderen legte. Er bohrte Löcher und verband die Balken mit Nägeln und Klammern. Dann fügte er die Planken für den Boden zusammen, setzte den Mast mit der Segelstange ein und umzäunte den Rand des Floßes mit dichtem Weidengeflecht zum Schutz gegen die Wogen. Zuletzt schnitzte er ein Steuerruder, mit dem er das Fahrzeug lenken konnte. Kalypso gab ihm Linnen für die Segel, und als er sie zugeschnitten und an den Tauen befestigt hatte, wälzte er das Floß mithilfe von Hebeln ins Wasser.

Ehe vier Tage um waren, hatte er die Arbeit vollendet. Am fünften Morgen fuhr er von der Insel aus. Kalypso hatte ihm zwei Schläuche ins Floß gelegt, einen mit Wasser, den anderen mit Wein gefüllt, und einen großen ledernen Sack voll von allerlei essbaren Dingen.

Der Wind war günstig, sein Fahrzeug schien ihm stark genug und so segelte Odysseus frohgemut hinaus aufs offene Meer.

Kalypso stand auf einer Klippe und sah dem Floß nach, wie es kleiner und kleiner wurde, bis es verschwand wie ein weißer Vogel, der über die Wogen dahinstreicht.

Dann kehrte sie zurück in ihren einsamen Palast, den Olympischen grollend, weil sie ihr Odysseus genommen hatten, der ihr doch in Wahrheit nie gehörte.

4 Zur selben Stunde befand sich, viele Tagereisen von Kalypsos Eiland entfernt, Pallas Athene auf dem Weg nach Ithaka.

Sie hatte aufmerksam beobachtet, wie Hermes der Nymphe den Befehl der Götter überbrachte, wie Odysseus sein Floß baute und von der Insel ausfuhr.

Bald würde er heimkehren, selbst wenn dies Poseidon nicht gefiel.

»Darum ist es Zeit, in Telemachos die Erinnerung an seinen Vater wachzurufen: Denn zwanzig Jahre sind für die Sterblichen eine lange Zeit und Telemachos war ein kleiner Knabe, als Odysseus auszog gegen Troja. Indessen ist er zum Jüngling herangewachsen. Aber noch mangelt es ihm an innerer Stärke und er hat seinen Mut noch nicht erprobt. Darum muss er zornig und beschämt das Unwesen der Freier in seinem Hause dulden. Das soll jetzt ein Ende haben! Ich werde ihn nach Pylos zu Nestor und zu Menelaos nach Sparta senden, damit er bei ihnen nach dem Verschollenen forsche. Sie werden ihm von den großen Taten seines Vaters erzählen. Und da Telemachos von guter Art ist, wird er mit Eifer danach streben, Odysseus ähnlich zu werden.«

Unter solchen Gedanken näherte sich Pallas Athene der Stadt. Sie hatte die Gestalt des Taphierfürsten Mentes angenommen, der mit Odysseus befreundet war und dessen Schiff just an diesen Tagen in einem Hafen der Insel lag. Dies pflegen ja stets die Götter so zu halten, dass sie in irgendeiner menschlichen Gestalt den Sterblichen erscheinen.

Es kamen viele Fremde in Geschäften nach Ithaka und so beachtete niemand sonderlich den würdigen Mann, der durch die Stadt zum Königspalast ging.

Am Tor blieb Athene stehen, stützte sich auf die eherne Lanze und blickte in den Hof.

Darin herrschte großer Lärm von vielen Männern, die sich an allerlei Spielen ergötzten oder müßig und faul auf Tierhäuten umhersaßen und manchmal herrisch nach den Dienern riefen, als hätten sie im Hause zu befehlen.

Die Göttin runzelte unmutig die Stirn. Ja, da war die ganze Schar der Freier, die um Penelope warben, obgleich sie gar nicht wussten, ob ihr Gemahl vielleicht noch am Leben sei! Nun, sie würden nicht mehr lange ihr Unwesen treiben und fremdes Gut verprassen!

Ein wenig abseits von dem lauten Schwarm saß Telemachos. Pallas Athene warf einen schnellen Blick hinüber zu dem Jüngling. Er beobachtete mit finsterem Gesicht das Treiben seiner ungeladenen Gäste, die sich so wenig um ihn kümmerten, als wäre er überhaupt nicht da.

Plötzlich sah er den Fremdling am Tor stehen. Sogleich sprang er auf: Es schien ihm ein vornehmer Gast und es geziemte sich nicht, ihn draußen stehen zu lassen.

Schnell ging er über den Hof. »Sei willkommen«, sagte er freundlich und nahm der Göttin die Lanze ab. »Tritt ein, und wenn du dich an Speise und Trank gelabt hast, so lass uns wissen, was dich herführt!«

Er ging voran zum Saal, stellte die Lanze in den Behälter zu den anderen, die einst Odysseus gehörten, und führte Athene zu einem schön geschnitzten Sessel, ein wenig entfernt von den übrigen Tischen und Stühlen, damit das ausgelassene Treiben den Gast nicht allzu sehr störe, wenn erst das Gelage der Freier begann. Auch wollte er den Fremden, der ihm weit gereist schien, befragen, ob er ihm etwa Kunde von seinem Vater bringen könnte. Dies pflegte er stets zu tun, wenn Gäste in das Königshaus kamen oder fremde Schiffe im Hafen anlegten. Aber bis zu diesem

Tage hatte ihm niemand zu sagen vermocht, ob Odysseus noch am Leben oder schon gestorben sei. Alle kannten zwar seinen Namen und seine Taten, er selbst aber blieb verschwunden, seit er von Troja ausgefahren war.

Jetzt betrat die alte Schafferin Eurykleia den Saal, hinter ihr die Diener und Mägde, die das Festmahl für die Freier vorbereiten sollten, wie es ihnen täglich befohlen wurde. Aufmerksam musterte die Alte die Zurüstungen: Denn wenn sie auch die übermütigen Männer, die sich im Hause ihres Gebieters so herrisch gebärdeten, weit fortwünschte, so achtete sie doch darauf, dass alles seine rechte Ordnung hatte und niemand sagen könne, sie verwalte das Hauswesen schlecht, seit Odysseus nicht mehr da war.

Sie befahl den Mägden, die blanken Tische noch einmal mit dem Schwamm zu reinigen. Die Diener wies sie an, Wasser und Wein zu mischen und das Fleisch zu zerteilen, das schon von den Spießen genommen war und in großen Mengen bereitlag: Denn die Freier pflegten mit dem fremden Gut nicht zu knausern und schlachteten die besten Rinder, Schweine und Ziegen, die ihnen die Hirten von den Gehöften des Königs bringen mussten.

Als Eurykleia den Saal hinabging, sah sie Telemachos und seinen Gast an der Säule sitzen. Sogleich rief sie eine Magd, die Wasser in einer goldenen Kanne und ein silbernes Becken brachte, damit sie sich vor dem Mahle die Hände waschen könnten.

Unterdessen trug schon die Schafferin die besten Gerichte herbei, um ihren jungen Herrn selbst zu bedienen und auch diesen Fremden, der ihr solcher Ehre wert schien. Der Zerleger brachte Fleisch aller Art in kostbaren Schüsseln und der Herold füllte die goldenen Becher mit Wein. Jetzt sprangen die Türen auf, die Freier drängten lärmend herein und setzten sich an die Tische. Bald war der Saal voll von ihnen, sie schrien und lachten durcheinander und machten sich begierig über die köstlichen Speisen her. Dazwischen riefen sie ungestüm nach Wein und nach dem oder jenem, dass die Diener und Mägde gar nicht flink genug sein konnten.

Eurykleia murmelte ein paar zornige Worte vor sich hin und Telemachos sagte leise und unmutig zu seinem Gast: »Ich bitte dich, verarge mir meine Rede nicht: Aber sieh doch, wie sie sich gebärden und wie sie unser Hab und Gut verprassen! Sie könnten es un gestraft tun, weil die Gebeine meines Vaters gewiss längst an irgendeinem fremden Strande modern oder von den Meereswogen umhergeschleudert werden. Aber bei den Göttern, wenn er zurückkäme, würden sich alle diese hochmütigen, prächtig gekleideten Männer nichts anders mehr wünschen als schnelle Füße, um schleunigst aus seiner Nähe fortzukommen! Aber nun erlaube mir, dich nach deinem Namen und deiner Herkunft zu fragen! Bist du ein Gastfreund meines Vaters oder kommst du zum ersten Mal nach Ithaka?«

Pallas Athene lächelte. Und da sie nun einmal die Gestalt des Taphierfürsten angenommen hatte, erzählte sie auch dessen Geschichte. »Ich bin Mentes von Taphos«, sagte sie, »und mit deinem Vater seit Langem befreundet. Mein Schiff liegt weit von der Stadt in der Bucht am Fuße des Neion und ich bin unterwegs zur Insel Kypros, um in Temesa Kupfer gegen Eisen einzutauschen. Da und dort auf meiner Reise hörte ich die Leute sagen, Odysseus sei heimgekehrt: Ich sehe, es ist nicht wahr! Andere meinten, er sei längst nicht mehr am Leben. Ich aber glaube nicht, dass er gestorben ist! Vielleicht verwehren ihm nur die Götter noch immer die Heimkehr!« Abermals lächelte die Göttin und Telemachos sah mit Verwunderung die leuchtenden Augen des würdigen Taphierfürsten. »Achte gut auf meine Worte, mein junger Freund«, fuhr Athene fort. »Ich bin kein Seher, aber du weißt, manchmal legen die Götter uns Ahnungen in die Seele, die eines Tages in Erfüllung gehen! Nun, mir ahnt, dass dein Vater sehr bald heimkehren wird! Und mir scheint, das wird gut sein! Denn, sage mir, was ist das hier für ein wüstes Gelage? Feiert ihr ein Hochzeitsfest oder ein Siegesmahl oder was bedeutet sonst das übermütige Toben dieser Leute, das einem besonnenen Mann missfallen muss und deinem Hause zur Unehre gereicht?«

»Ja, siehst du«, sagte Telemachos bitteren Tones, »die Götter verhängen viel Übles über uns! Mein Vater ist seit vielen Jahren spurlos verschollen und, glaube mir, das ist schlimmer, als wüssten wir ihn tot: gefallen im Kampfe, ehrenvoll begraben, von den Seinigen beweint und von den Sängern gepriesen! Aber nein, er ist nur verschwunden, als hätten ihn die Harpyien geraubt! Allein das ist nicht alles! Diese Männer, die da so trunken lärmen, sind samt und sonders gekommen, um meine Mutter zu werben, da sie eine reiche Fürstin ist und, wie die Leute sagen, auch schön und klug wie wenige in Achaia. Aber sie will keinen von ihnen zum Gemahl nehmen, sondern sie weint noch immer um meinen Vater und hat die Hoffnung nicht aufgegeben, ihn eines Tages doch wiederzusehen. Die Freier freilich behaupten, er sei längst tot, und schwören, unser Haus nicht zu verlassen, ehe sie einen von ihnen zum Gatten erwählt. So treiben sie hier ihr Unwesen, verprassen meine Habe, und wenn es nicht bald ein Ende nimmt, werde ich binnen Kurzem ein armer Mann sein.«

Pallas Athene betrachtete den ernsthaften Jüngling mit Wohlgefallen und alsbald begann sie, ihn mit kluger Rede zu lenken, damit er ihrem Rat folge.

»Wie sehr du deinem Vater gleichst an Gestalt und Antlitz!«, sprach sie. »Wer dich sieht, wird sogleich sagen: ›Dies muss Tele-

machos sein, der Sohn des Odysseus!‹ Nun sorge dafür, dass die
Leute hinzufügen: ›Er ist seinem Vater auch ähnlich an Mut und
Klugheit und ruhmreichen Taten!‹ Du bist noch sehr jung, Telemachos, darum magst du einen Rat von mir annehmen! Dulde nicht
länger das Treiben der Freier in deinem Haus! Da du aber allein
nichts gegen sie alle vermagst, so rufe morgen die Edlen des Landes auf dem Marktplatz zusammen! Du weißt, dies ist dein Reich,
da du der Sohn des Königs bist. Dann klage die Freier vor der Versammlung der Männer an und weise sie aus dem Palast! Die Edlen
werden dir gewiss zustimmen. Will deine Mutter sich wieder vermählen, so mag sie in das Haus ihres Vaters zurückkehren, wie es
Brauch und Sitte ist, und man wird ihr dort die neue Hochzeit rüsten, wie es sich für die Tochter des reichen Ikarios geziemt.

Freilich glaube ich nicht, dass sie dies wünscht, da sie noch immer
auf die Heimkehr ihres Gemahls hofft. Und weil auch du selbst
endlich Gewissheit über das Schicksal deines Vaters haben solltest, will ich dir noch etwas raten. Nimm ein Schiff und begib dich
nach Pylos zu Nestor! Er hat mit den anderen Achaiern vor Troja
gekämpft bis zum Ende. Vielleicht weiß er, wohin sich Odysseus
danach gewandt hat und was ihm weiter begegnet ist. Kann er dir
aber keine Kunde geben, so fahre weiter nach Sparta zu Menelaos, dem Gatten der Helena. Er ist zuletzt von allen heimgekehrt
und so sind ihm vielleicht Dinge bekannt, die die anderen nicht
wissen. Hörst du von ihnen, dein Vater sei noch am Leben, so warte trotz aller Bedrängnis noch eine Weile. Erhältst du aber Nachricht von seinem Tode, so kehre zurück nach Ithaka, errichte ihm
ein Denkmal und bringe reichliche Opfer, wie es sich gebührt.
Lassen aber die Freier noch immer nicht ab von ihrem schändlichen Treiben, so denke nach, wie du dich ihrer mit List oder Gewalt entledigen kannst! Was auch geschehen mag, Telemachos:

Die Zeit der Knabenspiele ist vorbei! Nun musst du selbst für dich sorgen!«

Pallas Athene hatte sehr ernst gesprochen. Jetzt erhob sie sich. Aber Telemachos sagte schnell: »Willst du schon fort, edler Gast? Ich bitte dich, bleibe noch: Du hast zu mir geredet wie ein Vater zu seinem Sohne. Ich werde es nicht vergessen! Aber nun will ich dir ein Bad bereiten lassen und ein Kleinod für dich aussuchen, damit du . . .«

»Nein!«, unterbrach ihn Athene und wieder erschien das seltsame Lächeln in ihren hellen Augen. »Gib mir dein Kleinod, wenn ich wiederkomme!« Dann war sie fort.

Telemachos stand da und starrte in die leere Luft, dahin, wo eben noch Mentes, der Taphierfürst, gestanden war. Er konnte . . . er konnte ja nicht durch die Tür hinausgegangen sein: Denn die Tür war verschlossen! »Fortgeflogen wie ein Vogel«, murmelte Telemachos verwirrt und ein wunderlicher Gedanke schoss ihm durch den Kopf. Aber er wagte nicht, daran zu glauben.

Es war ihm sehr sonderbar zumute und er blieb eine Weile ganz still sitzen.

Er hörte, wie drunten im Saale die Freier nach Phemios, dem Sänger, riefen.

Phemios kam unmutig, finsteren Gesichts. Er hatte früher stets beim Gastmahl des Königs gesungen: Nun musste er für die Freier singen, die er verachtete!

Lustlos begann er.

Er sang von der Heimfahrt der Achaier aus Troja, wie Pallas Athene ihnen zürnte und böses Geschick über sie verhängte.

Phemios war ein berühmter Sänger. Seine Stimme klang bald tief und gewaltig, bald sanft und leise und seine Hände lockten herrliche Töne aus den Saiten der Leier hervor.

Es wurde immer stiller im Saale und selbst die wildesten unter den Freiern verstummten endlich.

Da öffnete sich plötzlich die Tür, die zur Treppe nach den Frauengemächern führte: Auf der Schwelle stand Penelope, die Königin, von zwei Mägden begleitet.

Augenblicklich wandten sich die Köpfe der Männer ihr zu, als habe jemand an einem Strick gezogen. Penelope aber blickte über sie hinweg, als wären sie Luft. Sie sah zu dem Sänger hinüber und ihr schönes Gesicht war voll Trauer.

»Phemios«, sagt sie, »du weißt so viele Lieder, mit denen du die Menschen erfreust! Warum singst du gerade dieses eine, das mir das Herz zerreißt? Ist doch Odysseus, mein Gemahl, nicht heimgekehrt aus dem unseligen Krieg!«

Telemachos stieg schnell die Stufen hinauf und trat neben sie. »Mutter«, sprach er ehrerbietig, »verbiete dem Sänger nicht, zu singen, was ihm die Götter eingeben: Denn er muss ihrem Befehl gehorchen! Bedenke, nicht meinem Vater allein war keine Heimkehr beschieden! Nein, viele andere Krieger hat das gleiche Schicksal getroffen und ihre Frauen und Söhne trauern wie du und ich. Aber ich bitte dich, geh nun zurück in das Frauengemach zu Spindel und Webstuhl, sorge, dass die Mägde die Arbeit tun, die ihnen aufgetragen ist, und sieh auch sonst überall nach dem Rechten: Denn dies ist die Pflicht der Herrin! Unter den Männern zu reden, aber geziemt den Frauen nicht! Da mein Vater nicht hier ist, kommt es mir zu, an seiner statt im Hause zu befehlen!«

Penelope betrachtete ihren Sohn voll Staunen. So hatte er noch nie gesprochen, so ernst und so sicher, als wäre aus dem Jüngling mit einem Mal ein Mann geworden. Auch sein Gesicht schien ihr verwandelt und mehr denn je glich er Odysseus.

Da verstand die kluge Penelope, dass alles so sein musste. Sie lächelte Telemachos zu, wandte sich schweigsam um und verließ den Saal.

Einen Augenblick blieb es noch still. Dann brach der Lärm von Neuem los und ärger als zuvor. Die Freier schrien und tobten, einer gegen den anderen, und jeder vermaß sich zu behaupten, ihn werde die Königin zum Gatten erwählen.

Telemachos hörte es voll Zorn. Nein, dies gedachte er nicht länger zu dulden! Schnell sprang er die Stufen hinab und trat mitten unter den brüllenden Schwarm. »Hört gut zu, ihr Freier!«, rief er laut. Sie fuhren verwundert herum und verstummten. He, was hatte der Knabe Telemachos plötzlich für eine merkwürdige Stimme und wie konnte er es wagen, so zu ihnen zu reden? »Ich rate euch, lasst das Toben sein!«, fuhr Telemachos zornigen Tones fort. »Erfreut euch lieber am Mahl, denn heute könnt ihr es noch! Morgen aber ist eure Herrlichkeit hier zu Ende! Denn da will ich die Männer von Ithaka zum Rat berufen, öffentlich Anklage gegen euch erheben und fordern, dass ihr mein Haus verlasst! Dann mögt ihr irgendwo anders fremdes Gut verprassen und eure eigene Habe verzehren, ganz wie es euch gefällt! Wollt ihr aber dennoch nicht fortgehen, nun, so werde ich zu den Göttern flehen, dass euch hier im Palast, wo ihr so lange euer Unwesen getrieben habt, die Vergeltung ereile!«

Sie starrten ihn verdutzt an, bissen sich auf die Lippen und fanden vor Verwunderung nicht gleich eine Antwort.

Dann taumelte Antinoos auf ihn zu, mit rotem Gesicht, die Augen trübe vom vielen Wein. »Ei, Telemachos«, sagte er spottend, »dich haben gewiss die Götter selbst gelehrt, so große Worte zu reden! Hat dich Zeus etwa auch zum König unserer Insel bestellt? Dein väterliches Erbe wäre es ja wirklich!«

Die anderen lachten. Nein, sonderlich klug war Antinoos nicht, das wussten sie, aber er verstand sich auf spöttische Reden. Er war grausam und hochfahrend, und weil sein Vater einer der mächtigsten Fürsten von Ithaka war, hatte er sich selbst zum Anführer der Freier gemacht. Die Übrigen duldeten es stillschweigend und dachten bei sich, die kluge Penelope würde ganz gewiss nicht den prahlerischen Antinoos wählen, sondern einen von ihnen.

Jetzt warteten sie neugierig, ob etwa Telemachos wütend auffahren würde, weil sie ihn so verlachten.

Aber er blieb ganz ruhig. »Du hast recht, Antinoos«, sagte er ernsthaft, »es wäre mein väterliches Erbe, hier auf Ithaka König zu sein! Aber es gibt noch viele andere Fürsten in unserem Lande und ich weiß nicht, was die Götter beschließen werden, wenn mein Vater wirklich gestorben ist. Aber eines ist sicher: Hier im Hause habe ich zu gebieten, ob ihr es wahrhaben wollt oder nicht!«

Antinoos riss schon den Mund auf, um zu widersprechen. Aber da kam ihm der schlaue Eurymachos zuvor. »Freilich, Telemachos!«, sprach er schnell und begütigend. »Niemand macht dir die Herrschaft in deinem Hause streitig! Aber ich möchte dich etwas fragen«, fuhr er hinterhältig fort. »Wer war der fremde Gast, der zuvor bei dir am Tisch saß? Er war so plötzlich verschwunden, dass wir es gar nicht gewahr wurden, und wir hätten ihn doch gerne kennengelernt, denn er schien ein vornehmer Mann zu sein! Warum blieb er so abseits mit dir, als läge ihm nichts an unserer Gesellschaft?« Er blickte Telemachos lauernd an. »Brachte er etwa Kunde von deinem Vater? Sagte er, Odysseus kehre nun bald heim nach Ithaka?«, forschte er begierig.

Telemachos sah ihm gerade in die Augen. »Wahrhaftig, es ist nicht schwer, deine Gedanken zu erraten, Eurymachos«, antwortete er verächtlich. »Nein, der Fremde brachte keine Kunde von meinem Vater. Es war Mentes, der Fürst der Taphier.« Aber noch während er dies sagte, merkte Telemachos, dass er selbst nicht daran glaubte.

Eurymachos verzog sich eilig. Er fühlte sich sehr unbehaglich. Was für ein Geist war nur plötzlich in den Knaben Telemachos gefahren?

Missmutig mischte er sich unter die anderen und rief nach Wein. Sie tranken bis spät in die Nacht, ließen Sänger und Tänzer kommen und gingen endlich, als sie übersatt von allem waren, heim in ihre Häuser, um zu schlafen.

Auch Telemachos begab sich zu seinem Schlafgemach. Die alte Eurykleia trug ihm die Fackel voran. Sie überließ dies niemals anderen Mägden: Denn sie liebte ihren jungen Gebieter sehr, den sie gepflegt hatte, seit er ein kleiner Knabe war. Sorgsam legte sie jetzt sein Gewand in Falten und hängte es an den Pfosten. Sie strich die wollenen Decken des Bettes glatt, und als sie alles geordnet hatte, ging sie fort und zog behutsam die Tür mit dem silbernen Ring hinter sich zu.

Telemachos aber schlief nicht in dieser Nacht. Er dachte an den Morgen, an die Ratsversammlung und an die Reise, die er antreten sollte. Und da er noch sehr jung war, wurde ihm dabei recht schwer ums Herz.

Er dachte auch an seinen seltsamen Gast. Nein, die leuchtenden Augen, von denen so viel Mut, Weisheit und Kraft ausging, konnten nicht Mentes gehören! Und der würdige Taphierfürst konnte nicht verschwinden wie ein Vogel, der aufwärtsfliegt.

Nachdem er lange über alle diese Dinge nachgedacht hatte, beschloss er, Pallas Athene ein reiches Opfer zu bringen. –

Früh am Morgen liefen Herolde durch die Stadt und riefen die ratsfähigen Männer zur Versammlung auf den Marktplatz. Das

Volk von Ithaka horchte auf, denn niemand wusste, was dieser plötzliche Aufruf zu bedeuten hatte. Die Freier freilich wussten es: Aber sie schwiegen. Sie hatten längst miteinander beredet, wie sie Telemachos eine Niederlage bereiten wollten.

Als die Sonne aufging, kamen die Männer von allen Seiten herbei, die schön gefalteten wollenen Mäntel um die Schultern, die eherne Lanze in der Hand.

Sie befragten einander verwundert. »Wer hat zu diesem Rat aufgerufen? Gibt es etwas zum allgemeinen Wohl zu beraten oder ist ein Einzelner von uns in Bedrängnis? Naht vielleicht ein fremdes Heer, uns mit Krieg zu überziehen? Seit Odysseus nach Troja gefahren ist, haben wir keine Ratsversammlung mehr gehalten!«

So redeten sie durcheinander, während sie zu ihren Sitzen auf dem erhöhten Ratsplatz hinaufstiegen. Bald waren die steinernen Bänke besetzt, nur der Thronsessel in der Mitte blieb frei, auf dem einst Odysseus zu sitzen pflegte. Jetzt kam Telemachos die Stufen herauf, begleitet von zwei schnellen schlanken Hunden. Sein weißer Mantel schimmerte im Sonnenlicht. Die älteren Männer betrachteten ihn mit Erstaunen. Ei, was war aus dem jungen Sohn des Odysseus geworden?

Telemachos aber schritt ruhig zwischen ihnen durch und sie traten zur Seite und sahen ihm nach, wie er auf den Thron seines Vaters zuging und sich setzte.

Niemand erhob Einspruch: Er war der Sohn des Königs und er hatte trotz seiner Jugend die Würde an sich, die immer das Merkmal edler Art ist.

Nur die Freier, die sich in einer Ecke zusammengeschart hatten, warfen einander böse Blicke zu. Aber sie wagten vor den Älteren nicht zu murren.

Allmählich legte sich jetzt Schweigen über die Versammlung. Jeder wartete, wer etwa zu reden begänne.

Da erhob sich der Älteste. »Freunde, wir wissen nicht, wer uns heute zum Rate gerufen noch warum dies geschehen ist! So mag derjenige sprechen, der die Herolde ausgesandt hat!«

Telemachos stand auf. Eine leichte Röte flog über seine Stirn: Denn noch niemals hatte er vor dem Volk gesprochen und er merkte, dass viele neugierige Augen auf ihn gerichtet waren. Jetzt reichte ihm der Herold das Zepter und er trat in die Mitte des Kreises.

»Männer von Ithaka«, begann er, »ich bin es, der euch zur Versammlung geladen hat. Nicht in Sachen des Volkes, nein! Verargt es mir nicht, wenn ich von meiner eigenen Bedrängnis zu euch rede! Zweifaches Unheil hat mein Haus getroffen. Ihr wisst, dass mein Vater nicht von Troja zurückgekehrt ist: Das haben die Götter so verhängt und wir müssen es tragen. Aber es ist seither noch etwas anderes geschehen und darüber will ich vor allem Volke Klage erheben. In meinem Hause schwelgt und prasst seit Jahr und Tag eine Schar von Männern, ihr kennt sie alle! Sie werben um meine Mutter, obgleich mein Vater vielleicht noch am Leben ist! Sie zehren mein Hab und Gut auf. Sie schlachten meine Rinder und Schweine und auch meine Vorratskammern werden sehr bald leer sein! Da sie aber geschworen haben, nicht fortzugehen, ehe die Königin einen von ihnen zum Gatten erwählt, so wende ich mich an euch um Beistand, ihr Männer! Untersagt den Freiern ihr schändliches Treiben und gebietet ihnen, mein Haus zu verlassen: Denn ich allein habe keine Macht über sie!«

Es war sehr still auf dem Platz, als Telemachos geendet hatte. Die Männer blickten betreten vor sich hin und die Gesichter der Fürsten und Edlen waren plötzlich finster geworden: Denn so mancher unter ihnen hatte einen Sohn in der Schar der Freier und hörte die Anklage ungern.

Da trat Antinoos in den Kreis, den Kopf vorgeschoben wie ein wütender Stier. »Verwegener Knabe!«, schrie er. »Wagst du es, uns zu schmähen? So will ich dir etwas sagen: Deine Mutter ist selbst schuld an allem! Seit mehr als drei Jahren hält sie uns mit allerlei Listen hin und sagt weder Ja noch Nein! Oh, sie ist sehr klug, die Königin Penelope, und ihre Treue wird ihr großen Ruhm einbringen unter den Menschen. Aber eines hat sie doch nicht klug ersonnen und das gereicht euch nun zum Schaden! Hört zu! Einstmals, als wir sie bedrängten, doch einen unter uns zu wählen, sprach sie: ›Nein, ihr Freier, ich will nicht daran denken, mich neu zu vermählen, ehe ich nicht dieses Gewebe vollendet habe. Es ist ein Leichentuch für den alten Helden Laertes, den Vater meines Gemahls: Darin soll man ihn einhüllen, wenn einmal der Tod ihn ereilt!‹ So listig redete Penelope. Sie saß in ihrem Gemach an einem riesigen Webstuhl und hatte das breite Gewebe eben erst begonnen. Wir glaubten ihr, wir armen Toren, und warteten. Die Königin wob nun Tag für Tag an dem Tuch. Aber nachts, beim Schein der Fackeln, trennte sie alles wieder auf. So narrte sie uns drei Jahre lang, bis eine Magd es verriet. Nun musste die Königin wohl oder übel das Gewebe vollenden. Aber sie ersann sogleich wieder andere Listen. Ich rate dir, Knabe, sende deine Mutter zurück zu ihrem Vater Ikarios, damit er sie einem von uns vermähle: Sonst werden wir weiter deine Güter verzehren, so lange, bis die Königin ihren Sinn ändert!«

»Ich werde meine Mutter nicht aus meinem Hause verstoßen!«, erwiderte Telemachos zornig. »Denn mit Recht würden mich dann die Menschen schelten, die Strafe der Götter würde mich treffen und der Zorn meines Vaters, kehrte er etwa zurück!« Er blickte in die Gesichter ringsum. Aber die Männer sahen an ihm vorbei, zuckten mitleidig die Schultern oder betrachteten ihn mit unfreundlichen Blicken. Da überkam Telemachos ein großer Kummer, weil sie ihn alle so im Stich ließen. »So bleibt und verprasst weiter fremdes Gut, wenn ihr euch nicht vor dem Unrecht fürchtet!«, sagte er. »Einmal wird die Vergeltung über euch kommen!« Er warf ihnen das Zepter vor die Füße, wandte sich um und wollte fortgehen.

Aber in diesem Augenblick geschah etwas Seltsames.

Vom Gipfel des nahen Berges flogen zwei riesige Adler zur Stadt herüber. Als sie über dem Marktplatz waren, stießen sie herab und begannen, über die Menge zu kreisen. Sie schlugen wild mit den Flügeln, rollten die Augen und rissen sich mit den Fängen die Federn von der Brust. Dann wandten sie sich zur Rechten, stürmten über die Stadt hin und verschwanden.

Die Männer standen da, mit eingezogenen Köpfen, und starrten ihnen mit scheuen Blicken nach. »Was bedeutet dies? Es ist ein Zeichen der Götter!«, murmelten sie.

Da trat der alte Seher Halitherses vor: Er verstand den Vogelflug zu deuten und weissagte künftige Dinge.

»Hört mich, ihr Männer von Ithaka!«, sprach er streng. »Und ihr vor allem, ihr Freier der Königin! Über euren Häuptern schwebt Unheil! Odysseus bleibt nicht lange mehr fern und er wird Tod und Verderben über euch bringen! Ich rate euch, lasst augenblicklich ab von eurem schändlichen Treiben! Erinnert ihr euch, was ich Odysseus vorhersagte, als er auszog gegen Troja? Nach unendlicher Trübsal, aller Gefährten beraubt und den Seinigen fremd, würde er im zwanzigsten Jahre heimkehren. Dies alles erfüllt sich nun bald!«

Die Männer schwiegen betroffen. Aber Eurymachos versuchte zu lachen. »Ach, scher dich nach Hause, Alter!«, rief er herüber. »Und deute lieber den Kindern daheim die Zeichen der Götter, damit ja kein Übel sie treffe! Es fliegen viele Vögel unter der Sonne und nicht alle verkünden ein Schicksal. Ich sage dir, Odysseus ist längst tot! Und ich wollte, du wärest mit ihm ins Verderben gefahren: Dann könntest du hier nicht so viel von der Zukunft schwatzen, um den Zürnen den Jüngling Telemachos noch mehr gegen uns aufzuhetzen. Du erwartest dir wohl reichen Lohn von ihm? Aber stattdessen wirst du es uns bitter büßen, das verspreche ich dir! Dir aber, Telemachos, wiederhole ich noch einmal, was du schon von Antinoos gehört hast: Wir werden auf der Stelle wieder in dein Haus zurückkehren und es nicht verlassen, ehe Penelope anderen Sinnes geworden ist!«

»Darüber habt ihr schon genug geredet!«, sagte Telemachos, kehrte ihm den Rücken und wandte sich zu den anderen. »Euch aber, ihr Männer, bitte ich, mir einen Dienst zu erweisen! Gebt mir ein gutes Schiff und zwanzig Gefährten: Denn ich will nach Pylos und Sparta segeln, um dort nach meinem Vater zu forschen, damit ich endlich Gewissheit erhalte über sein Schicksal. Beratet euch miteinander und sagt mir, was ihr beschlossen habt!«

Damit ging Telemachos zurück zum Königsthron und setzte sich nieder. Er hörte die Freier lachen und sah, wie ein paar von den anderen den Kopf schüttelten. Nein, er brauchte wohl nicht zu glauben, dass er ein Schiff bekäme! Plötzlich merkte er, dass ein Mann in purpurnem Mantel in die Mitte des Kreises getreten war. Telemachos schöpfte ein wenig Hoffnung, als er Mentor erkannte. Mentor war einer der vornehmsten Edlen von Ithaka und der treueste Freund seines Vaters, dem Odysseus vor der Ausfahrt nach Troja sein ganzes Haus und Gattin und Sohn anvertraut hatte.

Seine klugen Augen blickten unmutig und in seiner Stimme war nicht viel Freundlichkeit, als er jetzt zu reden begann.

»Vernehmt meine Worte, ihr Männer! Möge es nie wieder einen guten König in Ithaka geben! Nein, er sei hart und grausam und wüte unter euch nach seiner Willkür! Dies wünsche ich euch: Denn ihr verdient es nicht besser! Hat nicht Odysseus mild und gerecht geherrscht wie ein Vater und Gesetz und Sitte geachtet wie kein anderer? Dennoch gedenkt seiner niemand mehr! Ich rede nicht von den Freiern: Die setzen wenigstens ihr Leben aufs Spiel, wenn sie wie Räuber in seinem Palast hausen: Denn eines Tages wird er sie dafür töten! Ihr anderen aber, die ihr müßig zuseht – kommt es euch nicht schmählich vor, dass ihr diese wenigen nicht zu zähmen vermögt, da ihr doch so viele seid? Nein, stumm sitzt ihr da und sagt kein Wort über ihre Frevel!«

Jetzt fuhren die Freier auf ihn los wie eine Meute bissiger Hunde.

»Wagst du es, uns zu tadeln? Was redest du da von Zähmung? Bei den Göttern, du sprichst töricht: Selbst wenn Odysseus wiederkäme, so würde Penelope kaum Freude daran haben. Denn er selber läge längst tot, ehe er uns aus seinem Hause vertreiben könnte! Kommt, Freunde, machen wir dieser Ratsversammlung ein Ende! Die anderen mögen zu ihren Geschäften zurückkehren: Wir aber gehen wieder zum Hause des Odysseus und niemand soll uns hindern, noch herrlicher zu leben als zuvor! Die Reise dieses Knaben Telemachos? Nun, dazu mögen ihm Mentor und Halitherses verhelfen, die von alters her Odysseus befreundet waren! Aber ich meine, Penelopes Söhnchen wird wohl lieber daheim in Ithaka bleiben und geduldig auf Botschaft von seinem Vater warten, anstatt sich aufs wilde Meer hinauszuwagen!«

So spotteten sie, sprangen die Stufen hinab und machten sich lachend auf den Weg zum Königspalast. Die anderen aber gingen nach allen Seiten davon, froh, der Entscheidung entronnen zu sein.

Telemachos war sehr zornig und seine Hand umklammerte den Schaft der ehernen Lanze, als wollte er sie auf die Spötter schleudern. Aber zugleich kehrte seine Besonnenheit zurück. Nein, davon würde alles nur schlimmer!

Er rief die Hunde und ging hinab an den Strand. Nachdem er sich die Hände gewaschen hatte, begann er, in seinem Kummer abermals zu Pallas Athene zu beten. »Höre mich, Göttin, wenn du wirklich gestern in meinem Hause warst! Ich kann deinen Rat nicht befolgen: Denn ich werde kein Schiff erhalten! Die Freier vereiteln mir alles!«

Pallas Athene hörte ihn. Sie hatte mit Wohlgefallen die Rede Mentors vernommen und sie beschloss sogleich, die Gestalt dieses treuen Freundes anzunehmen, um Telemachos zu helfen.

So stand sie im nächsten Augenblick neben dem bekümmerten Jüngling und sprach mit Mentors Stimme: »Kümmere dich nicht mehr um die Freier! Mögen sie tun, was sie wollen: Ihr Verderben ist schon beschlossen! Das Schiff aber sollst du haben und auch die Gefährten werde ich dir herbeischaffen, das verspreche ich dir. Dann will ich dich selber auf dieser Reise begleiten; und da du der Sohn deines Vaters bist, wirst du gewiss alles gut vollbringen. Allerdings werden nicht viele Söhne den Vätern gleich: Die meisten geraten schlechter und nur sehr wenige besser! Aber nun geh zurück in dein Haus und begib dich zuerst zu den Freiern in den Saal, damit sie nichts ahnen. Später schleiche dich fort und steige hinab in die Vorratskammer. Nimm, was du an Wegzehrung brauchst, Wein und Mehl vor allem. Aber gib acht, dass keine von den Mägden es erfährt: Denn sie sind schwatzhaft und manche von ihnen vielleicht den Freiern ergeben. Auch deine Mutter soll nichts von dieser Reise wissen; es würde ihr nur Sorgen bereiten.«

Damit ging sie fort und Telemachos machte sich auf den Weg zum

Palast. Als er sich nach ein paar Schritten noch einmal umblickte, war Mentor verschwunden. Aber wohin konnte er verschwunden sein? Es war nichts da als Sand und Steine, kein Baum und kein Strauch . . .

Telemachos seufzte verwirrt. Dennoch fühlte er sich sehr getröstet, als er den Hof des Königshauses betrat. Da fand er die Freier eifrig beschäftigt, Ziegen zu häuten, gemästete Schweine zu sengen und alles für ein üppiges Gelage zu rüsten.

Antinoos sah ihn sogleich, lief ihm entgegen, packte seine Hand und schüttelte sie. »Nun, Telemachos, brüte nicht länger Unheil gegen uns!«, sagte er lachend. »Iss und trink lieber mit uns wie früher und lass deine Freunde für Schiff und Ruderer sorgen, wenn du wahrhaftig so verwegen bist, diese Reise zu wagen!«

Telemachos zog langsam seine Hand zurück. »Nein, Antinoos, ich habe keine Lust, noch jemals mit euch beim Mahle zu sitzen! Solange ich ein Knabe war, vermochte ich nichts gegen euch; aber diese Zeit ist vorbei! Und es könnte sein, dass ich die Rachegöttin auf euch hetze, ehe ihr es vermeint!«

Johlendes Gelächter antwortete ihm. »Habt ihr es gehört? Der Knabe will uns drohen! Gewiss bringt er von Pylos oder Sparta gewaltige Rächer mit! Nehmt euch in Acht: Der wird uns ermorden! Wer weiß, vielleicht fährt er nach Ephiras, um tödliches Gift zu holen, das er uns dann in den Wein mischt. Wehe uns, mir scheint, wir sind alle verloren, da er uns so schrecklich zürnt!« So schrien und höhnten die Freier.

Telemachos kehrte sich nicht daran. Er ging ins Haus, rief die alte Schafferin Eurykleia und stieg mit ihr hinab in die Vorratskammern.

Da standen an den Mauern des Gewölbes Truhen voll herrlicher Gewänder und kunstvoller Gewebe, irdene Gefäße mit kostbaren duftenden Ölen, Geräte aus Gold und Erz und lange Reihen von großen Weinkrügen mit zwei Henkeln. Eine mächtige Flügeltür verschloss das Gewölbe und Eurykleia wachte sorgfältig darüber, dass niemand vom Gesinde die Kammern betrat.

Ein wenig mühselig humpelte die Alte hinter Telemachos die Stufen hinab und hielt die Fackel hoch, um ihm zu leuchten.

»Hör zu, Mütterchen!«, sagte der freundlich. »Du sollst mir zwölf Krüge mit Wein füllen. Nimm den besten nach jenem, den du für meinen Vater verwahrst, und verschließe die Krüge gut. Dann schöpfe zwanzig Maß fein gemahlener Gerste in dicke Schläuche und lege alles an denselben Platz. Am Abend, wenn meine Mutter in die Frauengemächer hinaufgegangen ist, werde ich kommen und es holen: Denn ich will noch heute ausfahren nach Pylos und Sparta!«

Eurykleia ließ vor Schrecken fast die Fackel fallen und sogleich schossen ihr die Tränen in die Augen. »Oh mein Söhnchen!«, schluchzte sie. »Was kommt dir in den Sinn? Dein Vater ist ausgezogen und nicht mehr zurückgekehrt: Willst du das gleiche Schicksal erleiden und deiner Mutter und mir unstillbaren Kummer bereiten?«

Er schüttelte begütigend den Kopf. »Sorge dich nicht, Mütterchen! Ich weiß, dass die Götter mir beistehen! Aber schwöre mir, dass du es meiner Mutter nicht sagen wirst, ehe zwölf Tage um sind oder sie selbst mich vermisst. Halte mir heute Abend auch die Mägde fern, damit sie nicht etwa bei den Männern im Saale schwatzen: Denn wenn die Freier erfahren, dass ich fort bin, so werden sie mich zu Schiffe verfolgen und mir irgendwo auflauern, um mich zu töten. Wenn sie mich aber einige Tage nicht sehen, so werden sie glauben, ich sei zu unseren Gehöften aufs Land gefahren.« –

Unterdessen durchschritt Pallas Athene schnell die Gassen der Stadt. Abermals hätte niemand die Göttin erkannt: Denn jetzt glich sie aufs Haar Telemachos selbst. Wo sie junge Männer traf, die Telemachos wohlgesinnt waren, blieb sie stehen. »Freunde, habt ihr Lust, mit mir nach Pylos und Sparta zu segeln?«

»Ei, warum nicht?«, meinten sie. »Das sollte wohl eine fröhliche Reise werden!«

»So seid abends, sobald es dunkel geworden ist, draußen am Hafen und wartet auf mich!«

Als sie zwanzig Jünglinge gezählt hatte, ging Athene zu Noemon, dem Schiffsbauer. »Noemon, willst du mir ein schnelles Schiff geben? Du weißt, ich muss nach Pylos und Sparta segeln, um nach meinem Vater zu forschen! In zwölf Tagen bekommst du es zurück!«

Noemon zauderte nicht lange: Denn er war Odysseus treu ergeben.

»Du sollst das Schiff haben, Telemachos«, sagte er, »und wahrhaftig, ich wäre froh, wenn ich den König endlich wiedersähe!«

Und er versprach, sogleich sein schnellstes Schiff zur Hafenausfahrt zu bringen und dort festzumachen.

Als sie dies alles geordnet hatte, begab sich Pallas Athene zum Königspalast. Niemand konnte sie sehen, als sie den Saal betrat. Da tranken und lärmten die Freier und dachten noch keineswegs daran, heimzugehen in ihre Häuser. Abseits an der Säule saß Telemachos.

Die Göttin glitt unhörbar an den Männern vorüber und etwas strich sanft wie ein Lufthauch über deren Lider. Da wurden sie mit einem Mal so müde, dass die Becher ihren Händen entfielen und sie nichts mehr wünschten, als schleunigst schlafen zu gehen. Einer nach dem andern standen sie auf, taumelten zur Tür hinaus und über den Hof und wankten durch die dunklen Gassen heimwärts.

Telemachos hatte dies alles voll Verwunderung mit angesehen und wartete, was nun weiter geschehen würde.

In diesem Augenblick vernahm er von draußen Mentors Stimme. »Komm, Telemachos. Das Schiff liegt im Hafen und die Ruderer warten schon auf dich!«

Da warf er schnell einen Mantel um, ergriff die Lanze und ging hinaus. Mit einem scheuen Blick streifte er die Gestalt, die im Dunkel neben dem Tor stand. Wie sollte er wissen, ob es wirklich Mentor war oder vielleicht . . .

Er konnte nicht sehen, wie Pallas Athene lächelte, weil sie seine Gedanken erkannte. Aber mit einem Mal strömte eine wunderliche Zuversicht in sein Herz, als müsste alles zu einem guten Ende kommen.

Sie gingen schnell hinab an den Hafen und fanden die Gefährten beim Schiff versammelt.

»Kommt mit zu meinem Haus!«, sagte Telemachos. »Wir müssen unsere Wegzehrung holen. Aber seid leise wie Diebe: Denn niemand darf uns sehen oder hören!«

Sie gelangten unbemerkt in den Palast und schlichen in das Gewölbe hinein. Da saß Eurykleia an der Mauer und wartete und ihre Fackel war schon ganz herabgebrannt. Penelope schlafe oben in ihrem Gemach und die Mägde habe sie eingesperrt, erzählte die Alte flüsternd, während sie die stumme schwer beladene Schar zum Tor geleitete. Da blieb sie stehen, solange sie noch einen der schwarzen Schatten erkennen konnte. Dann kehrte sie bekümmert ins Haus zurück.

Draußen am Hafen wartete indessen Noemon, der Schiffsbauer. Er wollte sein Schiff ausfahren sehen, denn er war doch ein wenig besorgt, weil Telemachos und die anderen Jünglinge noch nicht viel Erfahrung in der Seefahrt besaßen.

Er sah sie herankommen, schweigend und schwer beladen. Es war eine helle Nacht und er konnte jeden Einzelnen deutlich unterscheiden. Als er den Mann erkannte, der voranschritt, atmete Noemon erleichtert auf. Nein, nun brauchte er keine Sorge um sein gutes Schiff zu haben, da Mentor mit auf die Reise ging. Jedermann wusste, wie erfahren und besonnen der würdige Mentor war!

Der Schiffsbauer blieb noch eine Weile im Dunkeln auf der Mauer stehen und sah zu, wie sie das Schiff bestiegen, ihre Lasten ins Innere hinabtrugen, die Segel aufzogen und sich an die Ruder setzten. Er gewahrte auch mit Befriedigung, dass Mentor das Steuer ergriff, während Telemachos die Seile löste, mit denen das Schiff an der Hafenmauer festgebunden war.

Dann klatschten auf einen lauten Befehl Mentors die Ruder ins Wasser und das Fahrzeug drehte sich langsam dem offenen Meere zu. Noch hingen die Segel schlaff herab. Aber in dem Augenblick, als das Schiff den Hafen verließ, erhob sich der Wind. Noemon fühlte, wie er an ihm vorüberstrich und gleich darauf kräftig in die Segel blies, dass sie sich ausspannten wie riesige weiße Flügel.

»Der Zephir kommt wie gerufen!«, sagte Noemon zu sich, während er sich beruhigt heimwärts wandte. »Und wenn er so weiterweht, werden sie morgen bei Sonnenaufgang in Pylos sein.«

5 Pfeilschnell glitt das Schiff über die Wogen, die ganze Nacht hindurch. Der Wind sang in den Segeln, die Sterne wanderten über den schwarzen Himmel, der Mond sank westwärts ins Meer, und als der Morgen dämmerte, lag in der Ferne vor ihnen die Küste von Pylos.

Telemachos betrachtete Mentor verstohlen von der Seite. Aber – war dies wirklich Mentor, den er von Kindheit an kannte? Manchmal schien es ihm so. Aber zuweilen verwandelte sich das Gesicht des würdigen Mannes ganz plötzlich und wurde fremd und seltsam. Und zuweilen traf den Jüngling Telemachos ein Blick aus den hellen Augen, dass ihn ein wunderliches Erschrecken überlief. Nein, es konnte nicht Mentor sein! Aber wer war es dann? Durfte er wahrhaftig hoffen, dass die Göttin ihm beistand? Nein, es wäre wohl Vermessenheit.

Pallas Athene sah seine Ungewissheit, aber noch hatte sie nicht beschlossen, ihn davon zu befreien. So schwieg sie und blickte geradeaus über das Meer.

Telemachos versank in tiefe ratlose Gedanken. Er achtete nicht darauf, dass die Sonne strahlend aus der silbernen Flut emporstieg und die fremde Küste immer näher kam. Er fuhr erst auf, als Mentors Stimme neben ihm sagte: »Wir sind da!«

Das Schiff glitt langsam durch das seichte Uferwasser, dann schob es sich knirschend über den sandigen Grund und lag still.

Die Jünglinge standen auf dem Deck und blickten neugierig hinüber nach dem unbekannten Lande.

Vor ihnen dehnte sich ein weiter flacher Strand und sie sahen mit Verwunderung, dass eine große Menge Volkes da versammelt war. Die Leute saßen in langen Reihen im Sande, Feuer brannte ringsum, schwarze Stiere und schwarze Widder wurden herbeigeführt und von den jungen Männern geschlachtet. Man häutete und zerteilte die Tiere und verbrannte die Lendenstücke zu Ehren der Götter, während alle von den gerösteten Eingeweiden aßen. Das übrige Fleisch aber wurde an Spießen gebraten und unter die Menschen verteilt.

Eine Weile sahen sie vom Schiff aus dem geschäftigen Treiben zu und Telemachos fragte sich, welcher von den Männern dort drüben wohl Nestor sein mochte, den er suchte.

»Sie bringen Poseidon ein Opfer«, sagte jetzt Mentors Stimme wieder. »Siehst du den großen alten Mann dort drüben, dessen Haar und Bart so weiß glänzen? Das ist Nestor, der Rossebändiger! Geh hinüber zu ihm und bitte ihn, dir zu erzählen, was er über deinen Vater weiß. Er wird dich nicht belügen, denn dazu ist er zu weise.«

Telemachos betrachtete zaudernd die Volksmenge und den berühmten alten Helden. »Wie kann ich es wagen, den viel älteren Mann zu befragen? Und wie soll ich beginnen? Ich bin wenig erfahren in kluger Rede!«

»Nun, einiges wird dir gewiss selbst in den Sinn kommen!«, erhielt er zur Antwort. »Und das Übrige werden dir vielleicht die Götter eingeben! Komm, ich werde dich begleiten!«

So musste Telemachos wohl oder übel folgen, da er ja ausgezogen war, um nach seinem Vater zu forschen. Sie gingen an Land, während die Gefährten die Segel einzogen und die Anker auswarfen.

Die Leute am Strand hatten längst das Schiff gesehen. Und als jetzt Telemachos und sein würdiger Begleiter sich näherten, sprach der Fürst ein paar Worte zu einem jungen Mann, der neben ihm saß.

Der Jüngling erhob sich sogleich und ging den Fremden entgegen.

»Peisistratos, der jüngste von Nestors Söhnen«, hörte Telemachos abermals Mentors leise Stimme.

Gleich darauf stand der Jüngling vor ihnen. »Seid willkommen!«, begrüßte er sie freundlich. »Ich bitte euch, tretet näher und teilt das Mahl mit uns!«

Er geleitete sie zu seinem Vater und den Brüdern und lud sie ein, sich neben den Fürsten auf die ausgebreiteten Tierfelle zu setzen. Dann brachte er ihnen von den gerösteten Eingeweiden, damit sie davon kosten konnten, wie es beim Opfer Sitte war. Er füllte auch einen goldenen Becher mit Wein und bot ihn zuerst dem älteren Gast.

»Gieße dem Meerbeherrscher Poseidon das Trankopfer aus und bitte ihn, euch und uns gnädig zu sein«, sprach er ehrerbietig.

»Danach mag dein junger Freund das Gleiche tun.«

Unmerklich zuckte ein Lächeln in den Augen der Göttin auf und verschwand sogleich wieder. Sie nahm den Becher und begann, mit tiefem Ernst Poseidon anzurufen.

»Höre mich, Erdumstürmer! Gewähre Nestor und den Seinen und seinem ganzen Volke deinen mächtigen Schutz! Mich und Telemachos aber lass glücklich heimkehren über das Meer, dem du gebietest!«

Sie versprengte ein wenig von dem Wein und reichte Telemachos den Becher. Er nahm ihn betrübt, denn in diesem Augenblick war seine Hoffnung zunichte geworden. Nein, es war also doch nicht die mächtige Göttin, sondern nur Mentor, der Getreue: Pallas Athene hätte ja ganz gewiss nicht zu Poseidon gebetet wie irgendein Sterblicher! Er seufzte, sprach sein Gebet und brachte sein Trankopfer dar.

Indessen wurde ihm bald wieder leichter zumute. Nestor war freundlich, die Speisen, die man ihnen in goldenen Schüsseln bot, mundeten köstlich und der Wein, den die Herolde immer wieder in die Becher schenkten, rann süß und feurig durch die Kehle.

Niemand richtete eine Frage an sie, ehe sie gegessen und getrunken hatten.

Dann aber sprach Nestor: »Nun, ihr Fremdlinge, mögt ihr uns sagen, wer ihr seid, woher ihr kommt und welches Anliegen euch hierher führt!«

Telemachos erhob sich sogleich. Er fühlte sich jetzt sehr mutig; das mochte vielleicht die Göttin bewirkt oder auch der Wein vollbracht haben.

»Edler Nestor«, begann er, »wir sind von Ithaka hergefahren, um nach meinem Vater zu forschen, der mit dir um Troja gekämpft hat. Ich bin Telemachos, Odysseus' Sohn, und dies« – er zögerte und warf einen unsicheren Blick auf seinen Begleiter, der ihn mit freundlichem Spott betrachtete, so schien es ihm wenigstens –, »dies ist Mentor, ein Freund meines Vaters«, fuhr er dennoch entschlossen fort. »Ich bitte dich nun, Herr: Wenn du Kunde von meinem Vater hast, so verschweige mir nichts, wie schlimm es auch sein möge; denn alles ist besser als diese schreckliche Ungewissheit. Niemand vermochte, uns bis zu diesem Tag zu sagen, was für ein Schicksal ihn getroffen hat, ob er bei fremden Völkern im Kampfe fiel, ob das Meer ihn samt seinem Schiff verschlang oder ob er noch irgendwo in der Fremde umherirrt. Von allen anderen Helden ist Nachricht zu uns gekommen über ihren Tod oder ihre Heimkehr. Nur über das Geschick meines Vaters haben die Götter undurchdringliches Dunkel gebreitet.«

Nestor musterte seinen Gast aufmerksam, und was er sah, gefiel ihm sehr: die freie und dennoch ehrerbietige Haltung, das ernsthafte junge Gesicht und die besonnene Art zu reden.

Er nickte zufrieden. »Ich hätte es sogleich wissen müssen«, sagte er freundlich. »Du gleichst Odysseus so sehr, dass du wahrhaftig sein Sohn sein musst. Nun höre! Du sollst alles erfahren was ich weiß! Wir haben zehn Jahre miteinander vor Troja gekämpft, dein Vater und ich, und in jeder Bedrängnis sind wir einander getreulich beigestanden. Auch im Rat der Männer waren wir stets einer Meinung, und als der Krieg zu Ende war, begannen wir gemeinsam die Heimfahrt. Auch Menelaos fuhr mit uns, während sein Bruder Agamemnon nach einem erbitterten Streit zurückblieb, um seine Opfer für Pallas Athene zu vollenden, die in ihrem Zorn Zwietracht zwischen die Atreussöhne gesät hatte. Kaum aber schwammen unsere Schiffe auf dem offenen Meer, da begann es Odysseus zu reuen, dass er Agamemnon allein gelassen hatte, und er beschloss, zurückzukehren nach Troja. Da entzweiten wir uns zum ersten Mal: Denn ich und viele von den anderen Achaiern verlangten nun, endlich heimzufahren. So wandten Odysseus und die, die ihm anhingen, den Bug ihrer Schiffe abermals zurück zur troischen Küste. Damals habe ich deinen Vater zum letzten Mal gesehen. Indessen sind zehn Jahre verflossen und so viele Gäste, die bei mir einkehrten, ich auch seither nach seinem Schicksal befragte – keiner wusste, mir etwas Sicheres zu sagen. Mir und meinen Gefährten aber vergönnten die Götter eine glückliche Heimkehr. Nur Menelaos zürnten sie noch immer.

Als wir uns auf der Höhe von Sunion dem Festlande näherten, ereilte den Steuermann des Atriden ein plötzlicher Tod. Niemand in Achaia verstand ein Schiff so geschickt zu steuern wie er und Menelaos war ihm sehr zugetan. So legte er mit allen seinen Schiffen dort an der Küste an, um seinen Freund mit großen Ehren zu bestatten. Als sie aber wieder ausfuhren, gerieten sie in einen entsetzlichen Sturm. Er warf einige von den Schiffen an die Klippen, wo sie zerschellten, andere trieb er gegen Kreta, wo sich an den glatten Felsen vor den Städten Gortyn und Phaistos die Wogen brechen. Dort sanken sie auf den Grund und die Männer vermochten sich nur mit Mühe an den Strand zu retten.

Menelaos aber wurde mit den Übrigen nach Ägypten verschlagen. Dort blieb er lange und sammelte reiche Schätze. Aber er sollte nicht viel Freude daran haben: Denn indessen erschlug daheim in Argos der heimtückische Verräter Aigisthos seinen Bruder Agamemnon. Gewiss ist die Kunde von der schrecklichen Missetat auch nach Ithaka gedrungen! Im achten Jahr danach erschien freilich Orestes, Agamemnons Sohn aus Athen, rächte den Frevel und tötete Aigisthos. Genau einen Tag später legte Menelaos mit seinen Schiffen, die voll beladen waren mit den Reichtümern Ägyptens, vor Argos an. Das ist alles, was ich dir sagen kann.

Aber ich will dir einen Rat geben! Fahre nach Lakedaimon zu Menelaos! Er ist zuletzt und nach vielen Irrfahrten von Troja heimgekehrt. Vielleicht hat er Kunde von Odysseus erhalten in einem jener fremden Länder, wo die Menschen eine andere Sprache sprechen und die so weit entfernt sind, dass kein Vogel im selben Jahr von dort heimwärts zu fliegen vermöchte und keine Botschaft jemals zu uns gelangte.«

»Ja«, sagte Telemachos nachdenklich, »auch Mentes, der Taphierfürst, hat mir geraten, nach Sparta zu fahren. Oder vielleicht war es gar nicht Mentes«, fügte er ungewiss hinzu, weil er daran dachte, dass der ehrwürdige Fürst zuletzt wie ein Vogel entflogen war. »Aber ich habe wenig Hoffnung«, fuhr er fort. »Ich meine vielmehr, dass mein Vater längst irgendwo in der Fremde gestorben ist und dass wir niemals Gewissheit darüber erlangen werden. Das haben die Götter nun einmal so verhängt. Ich wünschte nur, sie hätten mir so viel Mut und Stärke verliehen wie Orestes. Dann würde ich die Freier aus meinem Hause vertreiben, die mein Hab und Gut verprassen und mich verspotten«, schloss er bekümmert.

»Ich habe davon gehört«, antwortete Nestor missmutig. »Aber du sollst darum die Hoffnung nicht aufgeben! Vielleicht ist dir Pallas Athene ebenso gnädig gesinnt wie einst deinem Vater. Dann mag wohl manchem Freier die Lust zur Hochzeit vergehen!«

»Oh Herr, das wage ich nicht zu hoffen«, sagte Telemachos kleingläubig.

Im nächsten Augenblick fuhr er erschrocken herum. »Was redest du da?«, fragte Mentors Stimme streng hinter ihm. »Weißt du nicht, dass die Götter den Menschen stets zu helfen vermögen, wenn es ihr Wille ist? Freilich, den Tod können sie keinem ersparen, selbst wenn sie ihn lieben: Denn er ist nun einmal das Los der Sterblichen.«

So redeten sie und darüber verging unmerklich die Zeit. Nestor erzählte von Odysseus und seinen Taten, wie er durch Tapferkeit oder klugen Rat den Achaiern große Dienste geleistet habe, wie er stets einen Ausweg fand, wenn die anderen ratlos standen, und wie er zuletzt die List mit dem hölzernen Pferd ersann, die endlich Troja zu Fall brachte.

Indessen brannten allmählich die Opferfeuer nieder, die Menge, satt und müde, begann sich zu zerstreuen und kehrte in die Stadt zurück.

Ehe man sich's versah, tauchte der strahlende Sonnenwagen ins Meer hinab, der Himmel wurde silbern und über die öde Wasserfläche kroch die Dämmerung heran.

Da erhob sich Nestor. »Wir wollen zum Palast gehen«, sprach er. »Es wird gut sein, wenn wir uns bald zur Ruhe begeben, da ihr morgen früh aufbrechen müsst: Denn der Weg nach Sparta ist weit und ihr werdet zwei Tage fahren müssen. Ihr sollt meine schnellsten Rosse haben und Peisistratos mag euch begleiten, da er alle Pfade kennt. Sonst könntet ihr im felsigen Land leicht die Richtung verfehlen.«

»Ich werde nicht nach Lakedaimon fahren«, hörte Telemachos plötzlich zu seiner Verwunderung Mentor sagen. »Ich muss ins Land der Kaukonen reisen, dir mir vieles schulden!«

In den hellen Augen blitzte es Unheil kündend auf: denn die stolzen Kaukonen hatten Pallas Athene seit Langem keine Opfer mehr dargebracht.

Telemachos überlief es kühl. Abermals erschien ihm Mentors vertrautes Gesicht fremd und seltsam.

»So erlaube, dass wir zum Schiff hinabgehen, um zu schlafen«, sagte er verwirrt.

»Das mögen die Götter verhüten, dass der Sohn meines Freundes Odysseus in meinem Land auf den harten Planken eines Verdeckes schlafe!«, fuhr Nestor auf. »Folgt mir zum Palast, ich lasse euch in der Halle ein Lager bereiten, wie es sich für willkommene Gäste geziemt!«

Telemachos blickte sich zweifelnd nach seinem geheimnisvollen Gefährten um. Würde er etwa Nestors Gastfreundschaft ausschlagen? Und warum lächelte er so sonderbar?

»Das ist gut und weise gesprochen, edler Nestor!«, sagte er jetzt. »Telemachos mag also gleich mit dir gehen. Ich aber will mich dennoch zum Schiff begeben, um dort nach dem Rechten zu sehen: Denn unsere Begleiter sind junge Leute ohne viel Erfahrung.«

Im nächsten Augenblick hatte er sich umgewandt und eilte davon. Und dann . . . Telemachos stieß einen überraschten Ruf aus und sein Blick wurde starr. Wo war Mentor? Fort, verschwunden wie ein Traumgebilde! Aber da! . . . An der Stelle, wo er ihn eben noch gesehen hatte, breitete jetzt ein Adler seine Schwingen aus, hob sich schnell in die Luft und strich in sausendem Flug davon.

Sie starrten einander an, der alte Held und der erschrockene Jüngling Telemachos. Dann ergriff Nestor die Hand seines jungen Gastes. »Mir scheint, du brauchst nie mehr im Leben mutlos zu sein«, sagte er fast ehrfürchtig, »denn dich geleiten die Götter schon in der Jugend! Dies war niemand anderes als Pallas Athene, Zeus Kronions mächtige Tochter, die schon deinem Vater so oft ihren Beistand gewährte. Möchte sie auch mir und den Meinigen gnädig sein! Ich will ihr morgen bei Sonnenaufgang ein einjähriges Rind mit vergoldeten Hörnern opfern!«

Darauf gingen sie zurück zur Stadt und begaben sich in den Palast, wohin Nestors Söhne schon vorausgeeilt waren, um die vornehmen Männer von Pylos, die nach dem Opfer in das Haus des Fürsten geladen waren, würdig zu empfangen.

Man trank starken alten Wein, den die Schafferin elf Jahre lang in versiegelten Krügen aufbewahrt hatte. Es wurde viel geredet über die wunderbaren Dinge, die sich zugetragen hatten, und die Gäste betrachteten voller Erstaunen den Jüngling Telemachos und nannten ihn einen Liebling der Götter.

Als die anderen gegangen waren, begaben sich Nestor und die Seinigen zur Ruhe und auch Telemachos suchte sein Lager neben Peisistratos in der Halle auf.

Aber es wollte kein Schlaf über ihn kommen.

Als die erste Morgenröte am Himmel emporstieg, stand er auf. Er ging zum Bad, und nachdem er mit duftendem Öl gesalbt und mit neuen Gewändern bekleidet war, schritt er hinab an den Strand, wo sich schon eine große Volksmenge versammelte und alles zum Opfer für Pallas Athene bereit war.

Nestors Söhne führten ein junges Rind herbei, der Schmied überzog ihm die Hörner mit einer goldenen Hülle und das Opferfeuer wurde entzündet. Dann lähmte der älteste der Fürstensöhne die Kraft des Tieres mit einem gewaltigen Hieb in den Nacken und Peisistratos schnitt ihm die Kehle durch. Man streute Gerste und sprengte Wein aus goldenen Bechern, während die besten Fleischstücke, reichlich mit Fett umgeben, zu Ehren der Göttin verbrannten.

Als dies alles nach Sitte und Brauch geschehen war, kehrten sie in den Hof des Palastes zurück und Nestor sprach: »Spannt nun schnell die Rosse vor den Wagen, schafft Wein und Zehrung für die Reise herbei und dann mögen sich Telemachos und Peisistratos auf den Weg machen nach Lakedaimon.«

So geschah es. Bald scharrten die Pferde unter dem Joch vor dem hochrädrigen Wagen, Peisistratos hielt die Zügel mit kundiger Hand, und als Telemachos seinen Platz neben ihm eingenommen hatte, jagten die Rosse zum Tor hinaus, dass ihre langen Mähnen im Wind flogen.

Peisistratos gebrauchte die Geißel behutsam und so liefen die feurigen Pferde den ganzen Tag, ohne müde zu werden.

Am Abend kamen sie nach Pharai und übernachteten im Hause eines Verwandten.

Früh am Morgen ging die Fahrt weiter, zuerst durch gebirgiges Land, später durch die fruchtbaren Weizengefilde Lakedaimons. Und als es wieder zu dunkeln begann, erreichten sie die große Stadt Sparta.

Sie fuhren zum Königspalast, der größer und herrlicher war als irgendeiner, den sie jemals gesehen hatten.

Aber als Peisistratos die Pferde durch das weite Tor in den Hof lenken wollte, hielt er verwundert an.

Die offene Halle des Palastes war hell erleuchtet, viele Menschen

saßen beim Mahl, Herolde schenkten Wein aus silbernen Misch-
krügen, Mägde trugen Schüsseln mit Fleisch und anderen Speisen
herbei. In der Mitte des Saales stand ein Sänger, schlug die Saiten
der Leier und sang mit gewaltiger Stimme eine wilde Weise; um
ihn drehten sich behände Tänzer wirbelnd im Kreise.

Menelaos feierte die Hochzeit seiner beiden Kinder. Die liebliche
Hermione hatte er Neoptolemos, dem Sohn des Achilleus, zur
Frau gegeben und Megapenthes mit der Tochter Alektors aus
Sparta vermählt.

Die ganze Sippe der Atriden war zum Fest geladen und viele andere Freunde und Verwandte.

Sie waren alle gekommen und Eteoneus, der oberste Diener des
Königs, hatte die Gäste gewissenhaft gezählt.

Darum wunderte er sich jetzt, als der Wagen mit den beiden
Fremden am Tor hielt. Er musterte sie mit einem schnellen Blick.

Sie können nicht zu den Geladenen gehören, doch scheinen sie
von vornehmer Abkunft, dachte er. Auch müssen sie weit her-
kommen, denn die Pferde sind müde und der Wagen ist mit Staub
bedeckt. Sie wollen gewiss bei uns rasten. Aber ich weiß nicht, ob
ich sie während des Festes einladen darf, da wir schon so viele
Gäste im Haus haben. So will ich lieber meinen Herrn fragen!

Er begab sich eilig zum Saal und drängte sich durch die Schar der
Gäste und Dienstleute zum Sitz des Königs.

»Herr«, meldete er, »es sind zwei Fremdlinge draußen am Tor! Soll
ich sie einlassen oder fortschicken?«

Menelaos blickte verwundert auf. »Du bist doch sonst nicht so töricht, Eteoneus«, sagte er unwillig. »Jetzt aber redest du wie ein
kindlicher Knabe! Habe ich jemals einen Fremdling fortgewiesen,
der meiner Gastfreundschaft bedurfte? Und waren wir nicht selber oft froh, wenn wir auf der Reise von freundlichen Menschen

aufgenommen und bewirtet wurden? Lass die Knechte die Rosse ausspannen und führe die Männer ins Haus! Sorge, dass die Mägde ein Bad für sie bereiten und ihnen frische Gewänder geben. Dann bringe sie zu mir!«

Eteoneus verschwand ein wenig beschämt und beeilte sich, den Befehl seines Herrn zu befolgen.

So betraten bald darauf Telemachos und Peisistratos die strahlende Halle und wurden vor den König geführt.

Menelaos sah sie einen Augenblick forschend an. Dann reichte er ihnen die Hand. Er hatte viel erfahren und verstand sich auf die Menschen. »Ich sehe, dass keine unwürdigen Gäste in mein Haus gekommen sind«, sprach er freundlich. »Setzt euch und erquickt euch an Speise und Trank! Danach wollen wir euch nach Namen und Abkunft fragen und hören, was euch herführt nach Lakedaimon!«

Er winkte den Dienern, die sogleich zwei schön geschnitzte Sessel mit purpurnen Decken an seine Seite stellten.

Da saßen nun die beiden Jünglinge ein wenig scheu und fremd mitten in dem festlichen Getriebe, genossen die köstlichen Speisen und den süßen dunklen Wein und betrachteten heimlich mit Verwunderung den herrlichen Saal mit all dem kostbaren Gerät aus Erz und Gold, Silber und Bernstein.

»Bei den Göttern, ich habe noch nie einen solchen Reichtum gesehen!«, sagte Telemachos leise zu seinem Gefährten. »Mich dünkt, selbst Zeus Kronions Wohnung auf dem hohen Olympos kann nicht prächtiger sein! Wahrhaftig, Menelaos ist glücklich zu preisen!«

Der König hatte aber diese Rede gehört. Jetzt wandte er langsam den Kopf. Sein stolzes Gesicht war voll Trauer. »Niemand kann sich mit Zeus Kronion messen!«, sprach er ernst. »Und du meinst, ich sei glücklich zu preisen? Nun, ich will dir etwas erzählen! Alle die Schätze, die du da siehst, und noch viel mehr habe ich in fremden Ländern gesammelt: in Kypros, Phoinike, Libyen und Ägypten, wohin ich auf der Heimfahrt von Troja verschlagen wurde, Aber während ich in der Fremde Reichtümer zusammenraffte, wurde daheim mein Bruder heimtückisch erschlagen. Viele von meinen Gefährten sind vor Troja gefallen oder auf der Heimfahrt zugrunde gegangen: Ich blieb am Leben! Aber ich wollte, ich besäße nur einen kleinen Teil meiner Güter und müsste nicht um meinen Bruder und meine Freunde trauern! Dennoch ist ihr Los nicht das schlimmste«, fuhr er bekümmert fort. »Über einen haben die Götter ein viel schrecklicheres Geschick verhängt: Das ist Odysseus, der König von Ithaka. Niemand weiß, ob er lebt und in fremden Ländern bei feindlichen Völkern Drangsal erleidet, ob das wilde Meer ihn verschlungen oder an den Strand eines öden Eilandes geworfen hat, von dem es keine Wiederkehr gibt. Mich dünkt, die arme Königin Penelope hat Grund genug zu klagen und auch der greise Laertes. Telemachos aber muss indessen zum Jüngling herangewachsen sein, ohne seinen Vater je zu sehen!«

Menelaos hielt verwundert inne. Warum hatte der junge Gast neben ihm plötzlich den Mantel vor das Gesicht gehoben, als wollte er es verbergen? Und an wen erinnerte ihn doch dieses Gesicht? Während er noch darüber nachgrübelte, entstand eine Bewegung im Saal. Die Tür, die zu den inneren Gemächern führte, hatte sich geöffnet und eine Frau trat ein, begleitet von einer Schar von Mägden.

Telemachos blickte auf und fast vergaß er seine Trauer. Er wusste sogleich: Dies war Helena, um derenwillen einst der Krieg um Troja begonnen hatte! Ihre Schönheit und ihre Schicksale hatten sie berühmt gemacht in ganz Achaia. Man sagte, sie stamme von

Zeus Kronion selbst ab, darum seien ihr Unsterblichkeit und ewige Jugend verliehen.

Dies schien Telemachos ganz gewiss, als er sie voll Staunen betrachtete. Sie schritt durch die Halle herab, schlank und anmutig wie die Göttin Artemis. Hinter ihr trug eine Magd den silbergeschmückten Sessel, die nächste einen Schemel für die Füße, die dritte breitete einen Teppich aus purpurner Wolle vor ihr auf den Boden, eine andere trug ein Körbchen, aus Silberstäben geflochten, mit veilchenfarbigem Garn gefüllt, und eine goldene Spindel. Die Königin ließ sich an der Seite ihres Gemahls nieder und ihr Blick streifte mit leiser Verwunderung die beiden Jünglinge, die sie nicht kannte.

Plötzlich zuckte sie zusammen. Fast erschrocken starrte sie Telemachos an.

Dann wandte sie sich hastig zu Menelaos. »Sage mir, mein Gemahl, wer sind unsere beiden jungen Gäste, die ich noch nie bei uns gesehen habe? Eben schien es mir doch, Odysseus sitze neben dir: So sehr gleicht ihm dieser Jüngling.«

Menelaos fuhr herum. »Du hast recht!«, stieß er überrascht hervor. »Auch ich habe noch keine größere Ähnlichkeit gesehen! Darum meinte ich vom ersten Augenblick an, ich müsste ihn kennen! Das sind dieselben Augen, die Stirne und die Locken auf dem Scheitel! Und gerade vorher, als ich von Odysseus sprach, verhüllte er sein Angesicht, als wollte er die Tränen verbergen!«

Eine helle Röte stieg Telemachos in die braunen Wagen. Ja, nun sollte er wohl erzählen, wie es sich für den Sohn des Königs von Ithaka geziemte! Aber die Scheu vor dem berühmten Helden und der schönen Frau hemmte seine Worte.

Da kam ihn Peisistratos zu Hilfe.

»Ja«, sagte er in seiner freimütigen Art, »mein Gefährte ist wirklich der Sohn des edlen Odysseus! Mein Vater aber ist Nestor von Pylos. Er befahl mir, Telemachos nach Sparta zu begleiten, damit er bei dir, Held, nach dem Verschollenen forsche.«

»So sei mir doppelt willkommen, Telemachos!«, sprach Menelaos und umarmte ihn herzlich. »Bleibe hier, solange es dir gefällt, du sollst mir sein wie ein eigener Sohn und ich will für dich tun, was ich vermag. So kann ich dir vielleicht ein wenig vergelten, was dein Vater meinetwegen und um meiner Gattin willen erdulden musste«, fügte er kummervoll hinzu.

Eine Weile sprach niemand ein Wort. Jeder dachte an die schlimmen Dinge, die geschehen waren.

Aber Peisistratos, der ein fröhliches Herz hatte, ertrug das bedrückte Schweigen nicht lange. Zwar schien es ihm vermessen, vor dem König und der Königin zu sprechen, da er so jung war. Dennoch sagte er tapfer: »Freilich müssen wir die Toten ehren, indem wir uns die Haare schneiden und weinen! Aber es nützt niemandem, wenn wir endlos klagen! Immer dämmert nach bösen Tagen wieder ein neuer Morgen, der Gutes bringen kann, so meine ich! Verzeiht mir die freie Rede!«

Menelaos hob den Kopf und blickte den Jüngling verwundert an. Plötzlich lächelte er. »Du sprichst so weise, wie man es von deiner Jugend kaum erwarten kann: Diese Gabe hast du von deinem Vater! Du hast recht, mein Sohn! So wollen wir uns weiter am Mahl freuen und uns dann zur Ruhe begeben. Morgen aber, Telemachos, sollst du alles erfahren, was mir über Odysseus kund geworden ist. Zwar will ich dir keine trügerischen Hoffnungen erwecken: Aber ich glaube nicht, dass dein Vater tot ist!«

Da fühlte sich Telemachos wieder ein wenig getröstet. Helena aber kam ein kluger Gedanke. Sie befahl dem Diener, einen der silbernen Mischkrüge mit Wein zu füllen. Dann zog sie ein winziges Fläschchen aus Bernstein aus ihrem Gewand hervor und schüttete daraus ein paar Tropfen einer hellen Flüssigkeit in den Wein. Sie hatte den Saft einst von einer Ägypterin erhalten. »Wer davon trinkt, dem rinnt am selbigen Tag keine Träne mehr die Wange hinab, er vergisst Kummer und Sorgen und wird so froh, als wäre ihm das größte Glück widerfahren!« So hatte das dunkelhäutige Weib gesagt. Helena wusste wohl, dass im Lande Ägypten viele wunderliche Kräuter gediehen, heilsame und verderbliche, und dass die Menschen dort allerhand geheime Wissenschaft kannten.

Jetzt befahl sie dem Diener, den Wein in die Becher des Königs und der Jünglinge zu gießen.

Dann setzte sie sich wieder an die Seite ihres Gemahls, nahm Spindel und Garn zur Hand und sagte: »Ich will euch eine Geschichte erzählen! Während ich in Troja weilte und mich längst danach sehnte, wieder heimzukehren nach Lakedaimon, begegnete mir eines Tages auf der Straße ein Mann. Er war in Lumpen gekleidet und seine Haut zeigte Striemen wie von Geißelhieben. Es mochte ein Bettler sein oder ein entlaufener Sklave. Aber als ich ihm ins Gesicht blickte, erschrak ich: Es war Odysseus! Ich sagte ihm nicht, dass ich ihn erkannt hatte, sondern befahl ihm nur, mir in mein Haus zu folgen, wo er ein Geschenk erhalten würde. Er tat es ohne Widerrede. Ich ließ ihm ein Bad bereiten und neue Gewänder geben und gebot den Mägden, ihn danach zu mir zu bringen. Als wir allein waren, fragte ich ihn, wie er es wagen könne, sich in die Festung zu begeben, mitten unter die Feinde. Zuerst versuchte er zu leugnen, aber als er merkte, dass es ihm nichts half, ließ er mich schwören, ihn nicht zu verraten, ehe er wieder heil aus der Stadt entkommen und bei den Zelten der Achaier in Sicherheit war. Dann erst erzählte er mir, wie er sich unerkannt in seiner Verkleidung durchs Tor geschlichen habe, wie ein Bettler von Haus zu Haus gegangen sei und alles über die Verteidigung der Feste und die Zahl der Krieger erkundet habe. Er verriet mir auch die Kriegslist, die er ersonnen habe, um Troja endlich zu vernichten. Als er mich verließ, wieder in seine Lumpen gekleidet, hatte ich Angst, man würde ihn dennoch ergreifen: Aber er lachte nur. Er gelangte auch glücklich aus der Stadt und niemand erfuhr, dass er sie je betreten hatte.«

»Ja, genau so war es!«, sagte Menelaos nachdenklich. »Immer wenn es mit List und Mut etwas zu erreichen galt, vollbrachte es Odysseus! Nachdem er aus der Feste zurückgekehrt war, rief er uns zusammen und enthüllte uns seinen Plan. ›Wir wollen ein riesiges hölzernes Pferd bauen, in dessen hohlem Bauch fünfzig bewaffnete Krieger Platz finden‹, sprach er. ›Ich werde mich selbst mit den tapfersten Männern darin verbergen. Dann brecht ihr das Lager ab, das Heer geht zu Schiff und segelt aufs offene Meer hinaus, als wolle es heimwärts fahren. Mein Vetter Sinon aber mag am Strand zurückbleiben. Die Troer werden ihn fangen und ihn befragen. Dann mag er erzählen, die Achaier seien heimgekehrt und hätten das hölzerne Pferd zur Sühne für Pallas Athene gebaut, deren Standbild sie einst aus Troja geraubt hatten. Er selbst aber sei mit knapper Not Odysseus entronnen, der ihn den Göttern opfern wollte: Darum habe er sich verborgen und sei allein zurückgeblieben. Das hölzerne Pferd aber bringe den Troern Verderben, wenn sie es zerstörten, jedoch großes Glück, wenn sie es in ihre Mauern aufnähmen. In ihrer Freude über unseren Abzug werden sie ihm gewiss alles glauben und das Pferd in die Stadt bringen. In der Nacht aber kommt ihr mit den Schiffen zurück und wir öffnen euch von drinnen die Tore der Festung.‹ So riet uns Odysseus und so geschah es.

Spät am Abend, ehe unser Heer zurückkehrte, saßen wir fünfzig still im Bauch des hölzernen Ungetüms, das die Troer mit vieler Mühe in die Stadt geschafft und auf dem Markt aufgestellt hatten. Da kamst du, Helena. Du gingst dreimal um unser Versteck herum, klopftest mit dem Finger an die Holzwand und sagtest leise unsere Namen: Denn du wusstest ja, was es mit dem Pferd für eine Bewandtnis hatte. Ich fuhr auf, als ich deine Stimme vernahm, und wollte dich rufen. Aber Odysseus zog mich mit Gewalt zurück und drückte die Hand so fest auf meinen Mund, dass ich keinen Laut hervorbrachte. Wahrscheinlich rettete uns seine Vorsicht das Leben: Denn hätte uns draußen jemand gehört, so wären wir wohl verloren gewesen. Nein, es gab keinen klügeren Mann unter den Achaiern als deinen Vater, Telemachos!« –

Indessen begannen die Gäste im Saal allmählich aufzubrechen, denn es war spät geworden. Sänger und Tänzer gingen fort. Die Diener löschten die Leuchten aus, dunkler Rauch strich an den schimmernden Wänden entlang und ein Duft von verbranntem Harz erfüllte den Raum.

Es wurde still im Palast. Selbst Telemachos schlief neben Peisistratos in der Vorhalle und hatte seinen Kummer vergessen.

Aber als die erste Morgenröte am Himmel emporstieg, erhob sich Menelaos von seinem Lager, kleidete sich an und begab sich hinaus in die Vorhalle.

Telemachos erwachte sogleich und sprang auf, um den König zu begrüßen. Dann wartete er begierig, was er etwa nun hören würde.

Menelaos setzte sich auf den Bettrand und winkte ihn an seine Seite.

»Ich habe in dieser Nacht lange nachgedacht«, begann er, »damit ich mich deutlich an alles erinnere! Nun höre! Als wir mit den Schiffen und all den gewonnenen Schätzen von Ägypten ausfuhren, um endlich heimzukehren, warfen wir in einem Hafen der Insel Pharos Anker, die etwa eine Tagesreise von der Küste entfernt ist. Aber kaum lagen wir da in der Bucht, kam ein widriger Wind auf. Er wehte zwanzig Tage lang ohne Unterlass und die Schiffe konnten nicht auslaufen. Zwar hatten wir Trinkwasser, aber unsere Vorräte gingen bald zur Neige. Missmutig begannen die Männer, Fische zu fangen und Jagd auf Vögel zu machen, ihre Laune wurde von Tag zu Tag übler und der Wind wollte sich noch immer nicht drehen.

Eines Morgens, als ich ratlos am Ufer stand und ins Wasser starrte, bewegte es sich plötzlich drunten in der Tiefe, etwas tauchte empor, ein lockiges Haupt erschien und dann schaukelte vor mir auf den Wogen eine zierliche Frau. Ich wusste nicht, dass es Eidothea war, die Tochter des Meergeistes Proteus, der in diesen Gewässern hauste. Sie blickte mich neugierig an, dann sagte sie: ›Bist du so einfältig und so träge, dass du so lange auf dieser öden Insel bleiben magst? Mich dünkt, deine Gefährten wären lieber irgendwo anders.‹

›Glaubst du, ich bleibe freiwillig hier?‹, fragte ich zornig.

›Aber ich muss wohl einen von den Göttern erzürnt haben, der mich nun zur Strafe auf diesem unwirtlichen Eiland festhält! Du gehörst gewiss zu den Unsterblichen! So kannst du mir vielleicht sagen, wie ich von hier fortkomme!‹

Sie schüttelte die feuchten Locken. ›Nein, ich weiß nichts darüber! Aber ich will dir einen Rat geben. In diesen Gewässern herrscht der mächtige Proteus, mein Vater. Wenn es dir gelingt, ihn zu fassen und festzuhalten, so frage ihn, welchen Gott du versöhnen musst und wie du dann heimgelangst über das Meer. Er wird dir auch erzählen, was bei dir in der Heimat geschehen ist, während du in fremden Ländern umherfuhrst.‹

›Das ließe sich hören!‹, sagte ich zweifelnd. ›Aber nun rate mir auch, wie ich den gewaltigen Meergreis fange! Gewiss ist es für einen Sterblichen schwer, einen Unsterblichen zu bezwingen!‹

›Doch ist es nicht unmöglich!‹, beschied sie mich. ›Gib gut acht! Wenn Helios seinen Wagen gerade über den Scheitel des Himmels lenkt, steigt Proteus aus dem grauen Gewässer, umgeben von seiner Robbenherde. Die Tiere lagern sich am Strand und ein scharfer Geruch aus der Meerestiefe umgibt sie. Er wird deiner Nase nicht lieblich erscheinen! Aber dennoch musst du dich mitten unter die Robben legen, du und drei deiner Gefährten: Sonst wird dir dein Plan niemals gelingen.

Nach seiner Gewohnheit geht Proteus zuerst umher und zählt seine Herde. Ist ihre Zahl voll, so legt er sich zwischen den Tieren zum Schlummer nieder wie ein Hirte mitten unter seinen Schafen. Schläft er dann fest, so werft euch alle zugleich auf ihn und haltet ihn aus allen Kräften fest. Er wird euch durch allerlei Zauber zu entrinnen trachten, sich in schreckliche Tiere verwandeln, in Bäume, sogar in Wasser und Feuer. Dennoch dürft ihr ihn nicht loslassen! Und wenn er dann wieder seine wahre Gestalt annimmt und dich nach deinem Begehren fragt, so magst du ihm getrost vertrauen: Er wird dich nicht mehr betrügen. Rufe nun deine drei Gefährten und wartet hier auf mich!‹

So sprach sie und tauchte wieder hinab in die Tiefe.

Ich machte mich eilig auf die Suche nach meinen Gefährten, rief drei von ihnen, die Mutigsten und Stärksten, zu mir und erzählte ihnen, was Eidothea mir geraten hatte. Sie waren sogleich bereit, mir beizustehen: Denn alles schien ihnen besser, als noch länger auf dieser Insel zu bleiben.

Als wir wieder ans Ufer kamen, war die Nymphe schon da. Sie hatte vier frisch abgezogene Robbenfelle mitgebracht, deren Geruch uns heftiges Unbehagen verursachte. Aber was half es? Wir mussten uns nebeneinander in den Sand legen und sie hüllte uns sorgfältig in die Felle ein, sodass es aussah, als schliefen wirklich vier Robben da im Sand.

Dann verließ sie uns. Wir aber lagen da und warteten und durften uns nicht rühren. Die Sonne stieg immer höher am Himmel empor und brannte auf die feuchten Felle herab, dass sie zu dampfen anfingen. Bei den Göttern, es war ein gräuliches Versteck und der Gestank und die Hitze brachten uns beinahe ums Leben! Zum Glück ahnte Eidothea etwas von unseren Qualen. Sie kam noch einmal zurück und strich jedem von uns ein wenig Ambrosia unter die Nase und der liebliche Duft der Götterspeise vertrieb den abscheulichen Dunst.

Indessen wurde es Mittag und alsbald sahen wir durch die Augenschlitze in den Fellen, wie sich die glatte Wasserfläche ringsum zu kräuseln begann. Runde Köpfe, glänzende, feiste Rücken tauchten allenthalben auf, die Robbenherde schwamm auf die Insel zu und eines neben dem anderen, schoben sich die Tiere mit ihren plumpen Flossenfüßen auf den Strand.

Hinter ihnen entstieg Proteus, der Meergreis, den Fluten. Er sah nicht eben freundlich aus, nein, und ich würde lügen, wenn ich sagte, dass er uns gefiel. Seine kleinen Augen blickten grimmig, Haar und Bart troffen von Schlamm, Wasserpflanzen hingen wie dünne grüne Schlangen an ihm und allerlei Meergetier kroch über seine gewaltigen Schultern und Arme.

Jetzt begann er umherzugehen und die Robben zu zählen, die sich unterdessen rings um uns gelagert hatten. Wir hielten den Atem an, als er murmelnd an uns vorüberkam: Aber er merkte nichts von dem Betrug, und weil er die Herde vollzählig fand, streckte er sich mit einem zufriedenen Brummen dicht neben uns zum Schlummer aus.

Es dauerte nicht lange, da begann er zu schnarchen, und als ich sicher war, dass er fest schlief, stieß ich meine Gefährten an. Wir sprangen alle zugleich auf, warfen die Felle ab und stürzten uns über den Schlafenden.

Der Meergreis fuhr mit einem wütenden Schrei in die Höhe und versuchte, uns abzuschütteln. Aber wir hingen an ihm und klammerten uns fest, wo wir einen Halt fanden. Wir waren vier starke Männer, und wie sehr er auch schlug und stieß, er vermochte sich nicht zu befreien.

Plötzlich wurde er still. Aber als wir just dachten, wir hätten ihn vielleicht gezähmt, fing ein so wildes Zauberwerk an, dass uns Hören und Sehen verging.

Der Alte verwandelte sich unter unseren Händen, wir wussten nicht, wie es geschah! Aber mit einem Mal umschlangen wir an seiner statt einen riesigen Löwen, der vor unserem Gesicht den Rachen aufriss und brüllte, dass wir ihn vor Schrecken fast losgelassen hätten. Wir gedachten jedoch des Rates der Nymphe und hielten ihn mit aller Kraft fest. Da wand sich plötzlich ein fauchender Leopard in unseren Armen, der uns geschmeidig zu entschlüpfen suchte. Als ihm auch dies nichts half, wurde er zu einem gräulichen blauen Drachen, der pfeifend vor Wut auf uns losfuhr. Aber wir ließen uns nicht abschütteln, obgleich uns vor Entsetzen die Zähne klapperten. Auch als wilder Eber vermochte er uns nicht in die Flucht zu schlagen.

Da verwandelte er sich in einen Baum: Aber wir hängten uns an seine Äste. Danach wäre er uns fast entronnen, weil er zu einem unscheinbaren Wässerlein wurde, das flink davonfloss. Als wir ihm den Weg versperrten, schoss eine Feuersäule vor uns in die Höhe; aber wir wichen nicht zurück.

Da gab der Alte das Spiel auf. Alsbald stand er wieder in seiner

wahren Gestalt da, blickte mich finster an und sagte: ›Ich möchte
wohl wissen, welcher von den Unsterblichen dir den Rat gegeben
hat, mich mit dieser List zu fangen! Was willst du von mir, Atride?‹
Ich antwortete schnell: ›Du sollst mir sagen, warum mich die zürnenden Götter hier festhalten und was ich tun muss, um sie zu
versöhnen!‹

Proteus lachte grimmig. ›Das will ich dir wahrhaftig verkünden!
Sage mir, hast du etwa Zeus oder den anderen Olympischen Opfer gebracht, ehe du von Ägypten ausfuhrst? Nein, du hast es
nicht getan! Du hast Schätze gesammelt und die Götter vergessen! Kehre nur wieder zurück nach Ägypten und opfere eine Hekatombe: Dann erst wird dir die Heimkehr vergönnt!‹

Uns brach fast das Herz vor Kummer, als wir das hörten: Aber wir
wussten, gegen den Willen der Götter vermochten wir nichts.

So sprach ich voll Betrübnis: ›Ich will tun, was du mir befiehlst!
Aber sage mir noch eines: Sind die anderen Helden der Achaier,
die mit uns vor Troja kämpften, alle glücklich heimgelangt?‹

›Nicht alle‹, sprach Proteus mürrisch. ›Zwei haben zwar die Reise
vollendet, aber bei ihrer Ankunft in der Heimat hat sie der Tod
ereilt. Ein Dritter irrt noch in der Fremde umher.‹

›Und wer sind die drei, von denen du redest?‹, forschte ich angstvoll.

›Der Erste ist Ajax, der Lokrer, den ihr den ›Kleinen‹ nanntet. Sein
Schiff scheiterte an den Klippen. Aber Poseidon erbarmte sich seiner und sandte eine hohe Woge, die den Schiffbrüchigen auf den
gyräischen Felsen warf. Da begann Ajax alsbald zu prahlen, dass
er den Göttern zum Trotz dem Schlunde des Meeres entflohen
sei. Poseidon hörte voll Zorn die lästerliche Rede. Er ergriff den
Dreizack, schleuderte ihn nach dem gyräischen Felsen und spalte-
te ihn in zwei Teile: Der eine blieb stehen, der andere versank in

den Fluten. Und das war gerade der, auf dem Ajax saß. So musste er ertrinken und seine Seele fuhr zum Hades.‹

Proteus hielt inne und jetzt sah er mich fast mitleidig an. ›Der Zweite‹, sagte er dann langsam, ›der Zweite ist dein Bruder Agamemnon!‹ Und während ich voll Schmerz und Entsetzen lauschte, erzählte er, wie Agamemnon bei seiner Heimkehr den Tod gefunden hatte.

Ich vermochte lange, kein Wort zu sprechen. Aber als ich mich wieder ein wenig ermannt hatte, fragte ich ihn, wer der dritte Achaier sei, der noch irgendwo in der Fremde irre.

›Das ist Odysseus aus Ithaka‹, gab er zur Antwort. ›Ich sah ihn auf Kalypsos Insel, die weit von allen bewohnten Küsten im endlosen Meere liegt. Die Nymphe hält ihn dort fest und er hat auch kein Schiff und keine Gefährten, um heimzufahren.‹ –

Dies, mein Sohn, erzählte mir der Meergreis und ich glaube nicht, dass er mich betrogen hat«, schloss Menelaos. »Du darfst also hoffen, dass dein Vater lebt, und wenn die Götter es so fügen, wirst du ihn eines Tages wiedersehen!«

Telemachos war aufgesprungen, das Gesicht vor Freude gerötet. »Ich danke dir, Herr!«, sagte er strahlend. »Ja, nun wage ich selbst, wieder daran zu glauben: Mein Vater wird heimkehren, meine Mutter wird endlich aufhören zu trauern und die Herrlichkeit der Freier in unserem Haus wird ein übles Ende nehmen!«

Menelaos lächelte über den Eifer des Jünglings. »Darüber wird sich jeder gerechte Mann freuen: Denn die Kunde von ihrem schändlichen Treiben ist längst bis an die Grenzen Achaias gedrungen. Aber nun magst auch du dich freuen und mit Peisistratos eine Weile bei mir zu Gast bleiben!«

»Nein, edler Menelaos«, erwiderte Telemachos freimütig, »ich kann nicht länger bleiben. Denn in Pylos warten meine Gefährten mit dem Schiff, das Noemon gehört, und in Ithaka wird meine Mutter in großer Sorge um mich sein. Erlaube also, dass wir bald aufbrechen!«

»Nun, so muss ich euch ziehen lassen!«, sagte der König. »Ich werde dir drei Rosse und einen Wagen schenken, damit du dich daheim an mich erinnerst!«

Aber Telemachos schüttelte lachend den Kopf. »Was soll ich damit, Herr? In Ithaka gibt es keine ebenen Straßen für schnelle Pferde und unsere Weiden taugen eher für Ziegen und Schafe! Ich danke dir, aber wenn es dir gefällt, so schenke mir lieber irgendein Kleinod, an dem ich mich stets erfreuen kann!«

Da musste auch Menelaos lachen.

»An dieser Rede erkenne ich den Sohn meines Freundes Odysseus! So sollst du meinen kostbarsten silbernen Mischkrug erhalten, den Hephaistos selbst geschmiedet hat! Aber nun kommt, wir wollen den Göttern opfern und uns dann zum Mahl setzen. Unterdessen mögen die Knechte Wagen und Rosse bereitmachen!«

So jagte bald darauf Nestors herrliches Gespann zum Tor des Palastes hinaus und schlug den Weg nach Pylos ein. – Daheim in Ithaka aber ergötzten sich zur selben Stunde die Freier im Hof des Königshauses an allerlei Spielen: Sie warfen den Diskus, schleuderten Lanzen nach entfernten Zielen und übten sich in Lauf und Sprung.

Nur Antinoos und Eurymachos saßen missmutig an der Mauer. Wie schon oft redeten sie davon, wen etwa Penelope eines Tages erwählen würde, und keiner gönnte dem andern die Braut und den Reichtum.

Da trat Noemon durch das Tor. Er blickte sich um, als suche er jemanden. Dann schritt er auf die beiden Männer zu, grüßte und wandte sich dann zu Antinoos, der ihm wohlbekannt war. »Kannst du mir sagen, edler Antinoos, wann wohl Telemachos von Pylos und Sparta zurückkehrt? Ich habe ihm mein schnellstes Schiff gegeben: Nun aber muss ich selber eilig nach Elis fahren und . . .«

Er brach verdutzt ab, weil die beiden jäh in die Höhe fuhren wie gestochen. Antinoos lief feuerrot an und Eurymachos stand da, Mund und Augen aufgerissen, als hätte er unversehens einen Schlag auf den Kopf erhalten. Einen Augenblick brachte keiner ein Wort hervor.

Dann schob Antinoos den stämmigen Nacken vor wie ein wütender Stier. »Was hast du gesagt, Noemon?«, fragte er langsam. »Ich habe es nicht genau verstanden! Sollte es heißen, dass Telemachos wirklich nach Pylos und Lakedaimon gefahren ist?«

»Ja«, antwortete Noemon verwundert.

»Und sage mir«, fuhr Antinoos heiser vor Wut fort, »sage mir, wann fuhr er von Ithaka aus und wer sind seine Gefährten? Und hat er dir etwa dein Schiff gewaltsam weggenommen oder gabst du es ihm freiwillig?«

»Er bat mich und ich gab es ihm!«, sprach Noemon missmutig. »Wahrhaftig, er tat mir leid in seinem Kummer! Du willst wissen, wer ihn begleitet? Nun, zwanzig von den vornehmsten Jünglingen Ithakas und der würdige Mentor, der sie anführte!« Er schwieg plötzlich und starrte mit gerunzelter Stirn vor sich hin. »Ja, ich sah doch mit eigenen Augen, wie er das Schiff bestieg und das Steuerruder ergriff, als sie aus dem Hafen fuhren. Was mich aber wundert: Gestern früh begegnete ich Mentor hier in der Stadt und nun ist er noch gar nicht zurückgekommen! Begreift ihr das?«

Aber sie achteten nicht mehr auf ihn, sondern liefen hinüber zu den anderen Freiern, die noch immer ihre Spiele trieben und nichts gehört hatten.

»Lasst endlich euer kindisches Getue sein!«, brüllte Antinoos, dem vor Grimm fast die Augen aus dem Kopf quollen. »Während wir hier wie unreife Knaben spielen und unseren Bauch pflegen, macht Telemachos alle unsere Pläne zunichte! Ist er doch wahrhaftig heimlich nach Pylos und Sparta gefahren, um nach Odysseus zu forschen! Und, wer weiß, vielleicht bringt er wirklich Kunde von ihm nach Ithaka! Aber es soll ihm nicht gelingen! Wir müssen schleunigst ein Schiff rüsten und zur Küste von Same segeln. Dort, in der Meerenge zwischen den Felsen, wollen wir ihm auflauern und, beim Hades, seine Seefahrt soll ihm übel bekommen!«

Sie schrien ihm Beifall und stürmten fort, um den schändlichen Plan sogleich auszuführen.

Am Tore des Palastes aber lehnte indessen, unbeachtet von den zornigen Männern, Medon, der Herold, und hatte schreckensbleich dies alles mit angehört. Die Götter hatten ihm nicht viel Mut verliehen und er wagte den Freiern niemals zu trotzen. Aber dass sie dem Sohn seines Herrn nach dem Leben trachteten – nein, dazu durfte er nicht schweigen!

So machte er sich eilig auf die Beine, rannte den Saal hinab und über die Stiege, die zu den Frauengemächern führte. Er stieß ein paar Mägde zur Seite, die gerade aus einer Tür traten, und im nächsten Augenblick stand er vor der Königin. Penelope ließ verwundert die Spindel sinken. »Nun, Medon«, sagte sie tadelnd, »bist du so sehr in Eile? Senden dich vielleicht die edlen Freier, weil sie es nicht erwarten können, bis meine Mägde ihnen zu Diensten stehen? Sie gebärden sich ja stets, als hätten sie im Haus zu gebieten!«

»Oh, Herrin, das ist noch lange nicht das Schlimmste!«, stieß Medon hervor. »Aber sie wollen Telemachos töten! Ich habe es selbst gehört. Sie wollen ihm auflauern in der Enge zwischen Ithaka und den Felsen von Same und sein Schiff überfallen, wenn er heimkehrt von Pylos!«

Penelope starrte ihn an, als habe sie ihn nicht verstanden, langsam wich alle Farbe aus ihren Wangen. »Von Pylos?«, fragte sie ratlos. »Ist ... mein Sohn denn nach Pylos gefahren? Warum tat er das, Medon?«

»Ich weiß nicht, Herrin«, antwortete Medon bedrückt. »Ich hörte aber Antinoos sagen, er wollte dort nach seinem Vater forschen.«

Da begann Penelope vor Angst und Kummer bitterlich zu weinen. Nun war Odysseus über das Meer gefahren und nicht zurückgekehrt: Sollte sie auch noch Telemachos verlieren?

Eurykleia und die Mägde eilten erschrocken herbei. »Oh, warum habt ihr es mir verschwiegen? Ihr wusstet doch sicher, dass mein Sohn diese Reise antreten wollte!«, warf ihnen die Königin weinend vor.

Aber die Mägde schüttelten nur verwundert den Kopf und sagten, nein, sie wüssten von keiner Reise. Wohl hätten sie Telemachos einige Tage nicht gesehen; aber sie dachten, er wäre bei Laertes, seinem Großvater, auf dem Land oder bei Eumaios, dem Schweinehirten, den er oft auf seinem Hof zu besuchen pflegte.

Jetzt trat Eurykleia vor die Königin hin, über ihr altes Gesicht liefen die Tränen herab. »Verfahre mit mir, wie du willst, Herrin!«, sagte sie. »Lass mich töten oder bestrafe mich oder vielleicht wirst du mich auch schonen! Zwar wusste ich von der Reise: Aber Telemachos ließ mich schwören, dir nichts davon zu erzählen, ehe zwölf Tage um wären oder du selbst davon erführest.«

»So lass uns beraten, wie wir den Anschlag der Freier vereiteln! Wir müssen Telemachos retten!«, sprach Penelope verzweifelt. Aber solange sie auch hin und her überlegten, es wollte ihnen kein Ausweg einfallen: Denn Frauen vermochten nicht viel in solchen Dingen. Zuletzt sagte Penelope: »Sende einen Diener zu Laertes. Er ist freilich alt und müde, aber sein Ruhm ist groß und sein Wort gilt viel im Rat der Männer. Vielleicht kann er das Volk aufrufen gegen die Freier, die sein Geschlecht ausrotten wollen!« – Mittlerweile war es Nacht geworden.

Die Freier waren im Dunkeln ganz heimlich zu Schiff gegangen und jetzt segelten sie längst weit draußen auf dem Meer gegen Same. Dort lag vor der Küste ein winziges Felseneiland mit einer kleinen versteckten Bucht. Darin ankerten sie und warteten auf Telemachos.

Aber da konnten sie lange warten.

Denn zu dieser Zeit fuhren Telemachos und Peisistratos gen Pylos. Telemachos war unruhig und schweigsam. Er dachte an den wunderlichen Traum der letzten Nacht und er wusste nicht genau, was er zu bedeuten hatte. Pallas Athene, so schien es ihm, war an sein Lager getreten und hatte sehr ernst zu ihm geredet. »Beeile dich heimzukommen, Telemachos«, sprach sie. »Es könnte sonst bald noch mehr Unheil geschehen. Schon haben der Vater und die Brüder deiner Mutter beschlossen, sie mit Eurymachos zu vermählen, der der klügste und reichste unter den Freiern ist. Aber er hat ein falsches, heimtückisches Herz und ist genauso begierig, dich zu töten wie Antinoos, obgleich er es hinter schönen Worten verbirgt. Nimm dich in Acht! Die Freier lauern dir bei dem Felseneiland in der Enge von Same auf! Darum fahre nicht dort vorüber, sondern segle um die Insel herum bis an die Spitze von Ithaka. Da verlässt du das Schiff, das deine Gefährten zur Stadt und in den Hafen steuern mögen, und begibst dich zu Fuß zum Gehöft des Schweinehirten Eumaios. Du weißt, er ist deinem Vater und dir treu ergeben. Bei ihm übernachtest du und sendest ihn am frühen Morgen zur Stadt, um Penelope die Nachricht von deiner glücklichen Heimkehr zu bringen.« So sprach die Göttin und war alsbald wieder verschwunden.

Als Telemachos lange hierüber nachgedacht hatte, beschloss er, es genau zu befolgen, obgleich er manches nicht begriff.

So sprach er, als sie sich im Morgengrauen Pylos näherten, zu Peisistratos: »Hör zu, mein Freund! Ich kann nicht mehr bei euch im Palast einkehren: Der edle Nestor würde mich in seiner Freundlichkeit zum Bleiben nötigen, ich aber muss eilig zurück nach Ithaka.«

Peisistratos nickte und lenkte die Pferde hinab an den Strand, wo das Schiff lag. »Es ist wahr«, sagte er lachend, »mein Vater würde dich gewiss nicht sogleich wieder ziehen lassen. So ist es besser, du gehst schon hier zu Schiff, und ich muss eben sein Zürnen ertragen, wenn ich ohne dich vor ihm erscheine!«

So half er Telemachos, die Gastgeschenke, die ihm Menelaos und Helena mitgegeben hatten, aufs Schiff zu tragen, während die Gefährten schleunigst alles zur Abfahrt bereitmachten.

Dann nahm Telemachos Abschied von dem fröhlichen Jüngling. »Hab Dank!«, sagte er. »Du warst mir ein treuer Reisegenosse und wir wollen in aller Zukunft Freunde bleiben!«

Peisistratos legte ihm den Arm um die Schulter. »Ja, das wollen wir! Aber nun schnell zu Schiff, der Wind ist günstig! Und wenn ich heimkomme, müsst ihr schon weit draußen auf dem Meer schwimmen: Sonst kommt gewiss mein Vater selbst herab und holt dich mit Gewalt zurück!«

Damit sprang er behänd auf den Wagen, wandte die Rosse und fuhr zur Stadt hinauf.

Telemachos aber stieg auf das Verdeck, ließ sich einen Becher Wein geben und goss ihn zum Opfer für Pallas Athene aus.

Da sah er drunten an der Schiffswand einen Mann stehen. Der Fremde sah aus, als wäre er weit gewandert. Sein Gewand, Haar und Bart waren bestaubt, die Augen lagen tief in den Höhlen, Trauer und Müdigkeit überschatteten sein Gesicht.

Er blickte stumm hinauf, bis Telemachos Gebet und Opfer vollendet hatte. Dann rief er ihn an. »Willst du mir sagen, wer du bist und woher du in deinem Schiff gekommen bist?«

Telemachos horchte verwundert auf: Es schien ihm, als habe der Fremde Angst.

»Ich bin Odysseus' Sohn aus Ithaka«, antwortete er freundlich.

Er sah, wie der andere aufatmete.

»Ich bitte dich, erlaube mir, auf dein Schiff zu kommen!«, sprach der Mann hastig und blickte sich scheu um. »Die Götter mögen es dir lohnen, wenn du mir Zuflucht gewährst!«

»So komm!«, sagte Telemachos. »Zeus gebietet uns, einen Bittenden nicht abzuweisen!«

Gleich darauf stand der Fremde vor ihm. »Ich danke dir!«, murmelte er und wischte sich den Schweiß von der Stirn. Dann richtete er sich auf. »In meiner Heimat nennt man mich Theoklymenos, den Seher: Denn die Götter haben mir die Gabe verliehen, ihre Zeichen zu deuten! Zu meinem Unglück erschlug ich in Argos einen mächtigen Mann im Zweikampf. So musste ich fliehen, um der Verfolgung zu entrinnen. Vielleicht kann ich dir eines Tages vergelten, was du für mich tust!«

»So magst du mit uns nach Ithaka fahren!«, sagte Telemachos und nahm das Steuer.

Die Gefährten schoben mit langen Stangen das Fahrzeug in tieferes Wasser. Dann griffen sie zu den Rudern. Aber da fuhr schon der Wind in die Segel und wie ein riesiger schneller Vogel schoss das Schiff aufs offene Meer hinaus. Telemachos hielt das Steuer und dachte an seinen Traum und an die Freier, die auf ihn warteten, um ihn zu töten.

Aber er empfand keine Furcht. Nur eine merkwürdige Ahnung verließ ihn nicht mehr, dass sehr bald allerlei geschehen würde.

6 Unterdessen war Odysseus siebzehn Tage lang mit seinem Floß durch die endlose Wasserwüste gefahren. Die Götter schienen ihm diesmal gnädig: Das Meer war ruhig und der Wind trieb ihn schnell und stetig vorwärts. Am Tag richtete er sich nach der Sonne, nachts zeigten ihm die Sterne den Weg: Bootes, der spät unterging, die Plejaden und der Bär, der sich um den Orion im Kreis dreht und niemals ins Meer hinabsinkt.

So fuhr der einsame Schiffer Tag und Nacht und kein Schlaf kam in seine Augen.

Am achtzehnten Tag erschien in der Ferne eine felsige Küste.

Odysseus wusste nicht, dass es die Insel Scheria war, wo das Volk der Phaiaken wohnte. Er wusste auch nicht, dass dort nach dem Ratschluss der Götter seine Irrfahrten und Leiden ein Ende finden sollten.

Aber er freute sich, endlich wieder Land zu sehen, und beschloss, sein Fahrzeug zu jenem Strand zu lenken, um frisches Wasser in die Schläuche zu füllen und vielleicht, wenn die Bewohner freundlich waren, ein wenig Fleisch und Brot zu erhalten.

Und ich werde fragen, wie weit Ithaka von ihrem Land entfernt ist, dachte er und die Sehnsucht trieb ihm fast die Tränen in die Augen. Nein, es kann nun nicht mehr weit sein! Vielleicht noch ein oder zwei Tagesreisen, dann werde ich den bewaldeten Gipfel des Neïon aus dem Meer steigen sehen und die Wachfeuer an der Küste und bald werde ich auch mein Haus von den anderen Häusern der Stadt unterscheiden. Und dann . . .

In diesem Augenblick erblickte ihn Poseidon.

Der Erdumstürmer kehrte just heim aus Aithiopien und von den fernen Solymerbergen ließ er seinen Blick über das weite Meer schweifen.

Plötzlich verfinsterte sich sein Antlitz und Zorn loderte in seinen

Augen auf. »Sieh da! Das ist wahrhaftig Odysseus, der dort die Wogen durchfährt!«, sprach er grollend. »Da haben die anderen Götter also über seine Heimkehr entschieden, ohne mich nach meinem Willen zu fragen, während ich bei den Aithiopen weilte! Schon ist er dem Land der Phaiaken ganz nahe, wo, seinem Schicksal gemäß, seinen Leiden ein Ende gesetzt ist. Aber er mag sich nicht zu früh freuen: Noch ist er mir nicht entronnen und er soll mir noch allerlei Drangsal erdulden!«

Wütend schwang er den Dreizack und wühlte das Meer auf. Er jagte die Winde von allen Seiten zu wilden Wirbeln zusammen, Wolken stürmten über den Himmel wie schwarze Drachen, Nacht stürzte herab und hüllte Himmel und Meer ein.

Odysseus wollte das Herz stillstehen vor Entsetzen und die Knie wankten ihm.

»Wehe mir!«, sprach er zu sich. »Was wird mir am Ende noch geschehen? Ich fürchte, alles wird Wahrheit, was mir Kalypso geweissagt hat: dass mir noch viele Leiden auf dem Meer beschieden sind, ehe ich die Heimat erreiche. Wie grässlich sich die Wolken ballen und wie die Wirbel der Winde von allen Seiten heranbrausen und das Wasser zu Bergen türmen! Wehe, nun ereilt mich das Verderben! Oh, wäre ich doch damals gestorben, als mich die Lanzen der Troer neben dem toten Achilleus scharenweise umflogen! Dann wäre ich rühmlich bestattet und die Achaier sängen mein Lob! So aber werde ich eines elenden Todes sterben!«

Jetzt türmte sich dicht vor ihm eine Woge hoch empor und brach nieder auf das Floß. Es richtete sich fast senkrecht auf, dass der Bug weit aus dem Wasser ragte. Das Steuer flog Odysseus aus den Händen und ein furchtbarer Stoß schleuderte ihn selbst über den Rand in die tobenden Wogen. Der Mast stürzte splitternd und krachend ins Meer, Rahen und Segel fuhren durch die Lüfte davon.

Odysseus kämpfte verzweifelt um sein Leben. Lange vermochte er nicht, wieder an die Oberfläche zu kommen. Schwere Wellen rollten über ihn hinweg, seine wollenen Gewänder hatten sich mit Wasser vollgesogen und zogen ihn in die Tiefe.

Aber endlich gelang es ihm doch aufzutauchen. Es dauerte eine Weile, bis er das salzige Wasser wieder ausgespien hatte, das er da drunten schlucken musste. Dann schüttelte er den Kopf, von dem es in Strömen herabrann, und sah sich nach dem Floß um. Das schwankte, schon ein gutes Stück entfernt, auf den Wogen dahin.

Aber er schwamm hinterher, klammerte sich an den Rand und schwang sich hinauf.

So rettete er zwar sein Leben. Aber jetzt begannen die Winde mit dem steuerlosen Fahrzeug ihr Spiel zu treiben, dass ihm Hören und Sehen verging. Die Sinne drohten ihm zu schwinden und er meinte abermals, sein letztes Stündlein sei gekommen.

Doch sah ihn die Nymphe Leukothea, die da in der Tiefe des Meeres wohnte. Schnell tauchte sie neben ihm auf. »Du Armer, warum zürnt dir Poseidon so entsetzlich?«, sagte sie mitleidig. »Aber sei ruhig: Vernichten wird er dich nicht! Tu nur genau, was ich dir sage! Wirf deine Gewänder ab, denn so kannst du nicht schwimmen! Dann binde dir diesen Schleier um die Brust und springe getrost ins Wasser. Dein Floß mögen die Winde entführen; kümmere dich nicht darum und versuche, schwimmend das Land der Phaiaken zu erreichen, denn dort ist dir Rettung bestimmt! Du kannst nicht untergehen, davor bewahrt dich mein Schleier. Sobald aber deine Hand das Ufer berührt, wirf ihn mit abgewandtem Gesicht zurück ins Meer!« So sprach sie und verschwand in der Tiefe.

Odysseus aber hatte in seinem Elend allmählich ein großes Misstrauen gegen Götter und Menschen überkommen.

»Wehe mir!«, sprach er darum zu sich, während ihn das Floß auf und nieder stieß wie ein wütender Ziegenbock. »Vielleicht spinnt mir wieder eine der Unsterblichen Verderben, indem sie mir gebietet, vom Floß zu steigen. Aber ich werde ihr nicht gehorchen! Ich bleibe hier, solange die Planken zusammenhalten. Zertrümmern mir aber die Wellen mein Fahrzeug, nun, so werde ich schwimmen! Das scheint mir der beste Ausweg!«

Kaum hatte er dies gedacht, da stürmte eine gewaltige Woge heran, wie ein Gebirge anzusehen. Einen Augenblick lang stand eine riesige Wassermauer senkrecht vor ihm: Dann neigte sie sich vornüber und stürzte herab.

Krachend zerbarst das Floß und die starken Balken wurden umhergewirbelt wie Spreu im Wind. Odysseus kauerte auf einer der schwimmenden Planken wie ein Reiter auf einem scheuenden Pferd. Mit den Beinen klammerte er sich fest, während er das Gewand abwarf und sich hastig Leukotheas Schleier umband. Dann ließ er sich ins Wasser gleiten und begann, mit kräftigen Zügen zu schwimmen, dahin, wo zwischen den Wolken manchmal die Felsenküste von Scheria auftauchte.

Unweit von ihm jagte Poseidon seine Rosse mit den langen weißen Mähnen über das Meer und sah ihm mit grimmigem Lächeln zu. »Schwimme nur!«, sprach er. »In zwei Tagen wirst du zum Volk der Phaiaken gelangen, das die Götter besonders lieben! Bis dahin aber gedenke ich dir noch mancherlei Drangsal zu bereiten!«

Und er lenkte sein Gespann zurück nach Aigai, wo seine Behausung war.

Odysseus schwamm. Zwei Tage und zwei Nächte trieb er auf den wilden Fluten umher. Zuweilen wurde er so müde, dass er schon den Kampf um sein Leben aufgeben wollte. Aber dann dachte er an Penelope und seinen Sohn. Nein, er musste heimkommen nach Ithaka! Und er biss die Zähne zusammen und hielt sich mit Mühe über Wasser. Manchmal trugen ihn die Wogen ein Stück vorwärts, dann warfen sie ihn wieder zurück und er besaß keine Kraft mehr, sich dagegen zu wehren. –

Pallas Athene hatte seine Reise mit wachsamen Augen verfolgt. Zwar konnte sie Zeus Kronions Ratschluss nicht ändern und Odysseus auch nicht vor dem Zorn Poseidons beschützen. Aber sie konnte sein Schicksal erleichtern und das tat sie alsbald.

Sie hemmte das Toben der Stürme und ließ nur dem Nordwind freien Lauf. Der fuhr glättend über die Wogen und Odysseus merkte voll Freude, dass er nun der Küste schnell näher kam.

Am dritten Morgen hörte er vor sich das Brüllen der Brandung und weißer Wasserstaub stieg wie Dampf in die Höhe.

Da erfasste ihn von Neuem Mutlosigkeit. »Wehe mir!«, sprach er abermals zu sich. »Das Ufer dort vorne ist steil und felsig und die Brandung wird mich an die Klippen schleudern! Wie soll ich an Land gelangen? Ich muss wohl an der Küste entlangschwimmen, bis ich eine flache Stelle finde!«

Aber in diesem Augenblick erfasste ihn schon eine große Welle und warf ihn an die glatte Felswand! Zwar vermochte er den Rand schnell mit den Händen zu fassen, und so hing er keuchend da, während die Brandung unter ihm zurückflutete.

Er versuchte, sich hinaufzuschwingen, aber seine Arme waren wie gelähmt. Und als eine neue mächtige Woge an der Klippe emporschlug, riss sie ihn mit sich fort, obgleich er sich so verzweifelt festklammerte, dass die abgeschundene Haut seiner Hände am Felsen klebte.

Noch einmal gelang es ihm, sich aus den saugenden Wirbeln zu befreien, die ihn in die Tiefe ziehen wollten.

Er ruderte seitwärts fort, und als er die zerklüftete Felswand umschwommen hatte, erkannte er aufatmend, dass er sich an der Mündung eines Flusses befand, der sich flach und fast ohne Strömung ins Meer ergoss.

Da nahm Odysseus seine letzte Kraft zusammen, schwamm ein Stück den Fluss hinauf und kroch ans Ufer. Dort sank er nieder und die Besinnung verließ ihn.

Als er wieder erwachte, lag er eine Weile ganz still und es schien ihm ein unsagbares Glück, feste Erde unter sich zu fühlen statt schwankender Planken und tückischen Gewässers.

Er löste Leukotheas Schleier von der Brust und warf ihn abgewandten Gesichts in den Fluss, der ihn ins Meer hinaustrug.

Draußen tauchte einen Augenblick das lockige Haupt der Nymphe aus der Flut und ihre Hand nahm den Schleier an sich.

Odysseus aber begann, sorgenvoll zu überlegen, was nun geschehen sollte. Da lag er also, nackt und zerschunden, der salzige Geschmack im Mund verursachte ihm Übelkeit, Schlamm bedeckte seine Haut und trocknete allmählich zu einer harten Kruste und er fühlte sich so elend, dass er sich kaum zu erheben vermochte.

Die Sonne war untergegangen, kühle Luft strich vom Wasser herein und es fröstelte ihn.

Hier kann ich nicht bleiben, dachte er, sonst wird die kalte Nachtluft mich töten, so schwach wie ich bin!

Er blickte sich um. Am Ufer des Flusses lag eine kleine Wiese und dahinter stieg ein sanfter bewaldeter Hang an. Alten Laubbäumen hingen die Äste tief herab, am Boden wucherte allerlei Gestrüpp. Darin mochte es wohl einen Platz geben, wo er sich verbergen und fürs Erste einmal schlafen konnte.

So stand er mühsam auf und ging mit schmerzenden Gliedern wie ein alter Mann quer über die Wiese in den Wald. Da fand er bald einen Zwillingsbaum, dessen Stämme miteinander verwachsen waren und an ihrem Fuß eine Höhlung bildeten. Das dicht belaubte Gezweig war so ineinander verflochten, dass weder Wind noch Sonne noch Regen es durchdrangen. Darunter am Boden aber lag eine Menge abgefallener Blätter.

Das schien Odysseus ein gutes Versteck. Er kroch in die Höhlung, legte sich nieder und häufte mit beiden Händen Laub über sich. Dankbar fühlte er die gute Wärme und den Geruch der Erde, schloss die Augen und schlief ein.

Er wusste nicht, dass er sich gar nicht weit von der Stadt der Phaiaken befand.

Er wusste auch nicht, dass später in der Nacht, als es schon gegen Morgen ging, Pallas Athene vorüberkam und dem müden Helden sanft über die Lider strich. Nun, da er Poseidons Gewalt entronnen war, mochte er tief und lange schlafen, damit seine Kräfte wiederkehrten: Denn die würde er bald brauchen.

Die Göttin hatte beschlossen, nun ihrem geliebtesten unter den Sterblichen zu schneller Heimkehr zu verhelfen, und sie begann sogleich, ihren Plan auszuführen.

Sie begab sich in die Stadt, betrat ungesehen, wie die Götter es vermögen, durch die verschlossenen Tore den Palast des Königs Alkinoos und ging zum Schlafgemach seiner Tochter Nausikaa. Auf der Schwelle schliefen zwei Mägde. Wie ein Lufthauch glitt Pallas Athene an ihnen vorüber und zwischen Tür und Pfosten hindurch in die Kammer.

Im nächsten Augenblick stand sie in der Gestalt ihrer Gespielin am Lager der Königstochter.

»Ei, Nausikaa«, sagte sie, »ich muss mich über dich wundern! Was bist du für ein nachlässiges Mädchen! Bald sollst du Hochzeit halten und doch liegen fast alle deine schönen Gewänder beschmutzt in der Kammer und auch viele Leibröcke und Mäntel deines Vaters und deiner Brüder. Wie soll Alkinoos zur Ratsversammlung gehen und die Brüder zum Tanz? Wahrhaftig, die Leute würden dich schelten, erschienen die Männer oder das Brautgeleit bei deiner Vermählung nicht in frischem Gewand! Steh auf! Wir wollen zum Fluss hinausfahren und waschen!«

Nausikaa schlug die Augen auf und sah sich verschlafen um: Aber da war niemand! Nun, so musste es wohl ein Traum gewesen sein, obgleich sie ihre Gefährtin so deutlich vor sich gesehen hatte. Sie dachte nach. Freilich, es war wahr: In der Wäschekammer lag eine Menge schmutziger Gewänder, Mäntel und Decken! Und was hatte das Traumbild von Hochzeit und Brautgeleit gesagt?

Nausikaa seufzte ein wenig. Ja, auch dies war wahr! Schon warben die edelsten jungen Männer der Phaiaken um sie. Wem würde der Vater sie wohl zur Gattin geben? Sie hätte es gerne gewusst! Aber es geziemte sich nicht, danach zu fragen. Sie stand flink auf und kleidete sich an, dann begab sie sich zum Saal. Da saß schon ihre Mutter, die Königin Arete, umgeben von den Mägden, die emsig die Spindeln drehten und mit feiner purpurner Wolle füllten.

Alkinoos trat eben unter die Tür, den schön gefalteten weißen Mantel um die Schultern: Er ging zum Rat der Männer auf den Markt.

»Vater, willst du mir einen Wagen geben und zwei Maultiere, um an den Fluss hinauszufahren?«, bat Nausikaa. »Es müssen viele Gewänder gewaschen werden für dich und die Mutter und die Brüder. Auch meine eigenen und die meiner Gespielinnen wollen wir waschen: Denn vielleicht werden wir sie bald brauchen. Es könnte doch sein . . .« – sie stockte und helle Röte überflog ihr Gesicht –

»ich meine, es könnte sein, dass wir ein Fest feiern, zu dem viele Gäste kommen . . .«

Alkinoos blickte lächelnd auf seine Tochter hinab: Es fiel ihm nicht schwer, ihre Gedanken zu erraten.

»Nimm einen von den hochwandigen Wagen und die Knechte sollen dir die Tiere davorspannen«, sagte er und strich ihr freundlich über die Wange. »Du hast recht: Es könnte sein, dass wir bald ein Fest feiern!«

Aber während er zum Markt schritt, dachte er, dass es damit wohl noch gute Weile hatte: Denn er konnte sich für keinen der jungen Edlen entscheiden, die um seine einzige Tochter warben.

Indessen rief Nausikaa ihre Gespielinnen und die Mägde; sie trugen Gewänder aus der Kammer und luden sie auf den Wagen mit den hohen Rädern und dem geräumigen Behälter. Die Königin brachte einen Korb, mit Fleisch und allerlei Backwerk gefüllt, einen Schlauch voll Wein und ein Krüglein mit duftendem Salböl.

Dann stieg Nausikaa auf den Wagen und ergriff die Zügel. Sie ließ die Maultiere langsam gehen, damit die Mädchen ohne Mühe folgen konnten: Denn es wäre ihr unrecht erschienen, selbst zu fahren, während die anderen laufen mussten.

Bald ließen sie die Stadt hinter sich, zur Rechten lag der Hain der Göttin Athene mit seinen hohen Pappeln, zur Linken dehnte sich der Strand und davor endlos das Meer. Nach einer Weile kamen sie an einen Wald, der sanft anstieg, und endlich erreichten sie die kleine Wiese am Fluss, wo die Waschplätze waren.

Sie spannten die Maultiere vom Wagen, damit sie weiden konnten, und begannen alsbald, emsig zu waschen.

Und weil sie so miteinander wetteiferten, dauerte es nicht allzu lange, bis die vielen Wäschestücke in Reihen zum Trocknen am Strande lagen, da, wo die Wellen die Kiesel sauber gespült hatten.

Danach badeten die Mädchen im Flusse und setzten sich dann am Ufer nieder, um zu essen.

Und weil es noch früh war, sagte Nausikaa: »Wir wollen noch eine Weile Ball spielen! Indessen werden auch die dicksten Gewebe getrocknet sein.«

Eines der Mädchen lief, den Ball aus dem Wagen zu holen, und alsbald begann auf der Wiese ein anmutiges Spiel. –

Im Wald unter dem Zwillingsbaum aber schlief Odysseus noch immer.

Da schien es Pallas Athene Zeit, ihn zu wecken, damit er die Gelegenheit nicht versäume.

Sie lenkte also den Ball, den gerade Nausikaa einer der Gespielinnen zuwarf, zur Seite und er flog ins Meer.

Da schrien die Mädchen laut auf und davon erwachte Odysseus.

Er fuhr in die Höhe und lauschte erschrocken. »Was ist das? Es klang doch just wie die hellen Stimmen von Mädchen! Wollen mich etwa übermütige Nymphen narren! Oder bin ich doch endlich zu Menschen gekommen? Gleichviel – ich will hingehen und sehen!«

Aber das war leicht gesagt. Nackt und schlammüberkrustet, mit schmutzstarrendem Haar und Bart – wie konnte er sich da unter Menschen blicken lassen – schon gar, wenn es Mädchen waren!

Allein was half es? Er hatte nun einmal nichts, um sich zu bekleiden, und er musste zu Menschen, weil ihn bitterste Not dazu trieb.

Also brach er einen dicht belaubten Zweig vom Zwillingsbaum, bedeckte damit seine Blöße und verließ mit entschlossenem Schritt das schützende Gehölz.

Fast wäre er sogleich wieder umgekehrt, als er die Mädchenschar auf der Wiese sah.

Aber es war schon zu spät. Sie schrien vor Entsetzen laut auf, als sie ihn erblickten, und stoben nach allen Seiten auseinander, um sich hinter einem Hügel oder im Gebüsch zu verstecken.

Nur Nausikaa blieb stehen, wo sie stand. Sie hatte ein mutiges Herz und ihr Stolz verbot ihr fortzulaufen, obgleich der Fremde eher aussah wie ein schrecklicher Unhold als wie ein Mensch. So betrachteten sie einander eine Weile stumm.

Odysseus überlegte schnell, ob es wohl besser wäre, zu ihr hinüberzugehen und das Knie zu beugen oder sie aus der Ferne um ihren Schutz anzuflehen. Zuletzt beschloss er zu bleiben, wo er war, um sie nicht zu erschrecken.

»Sie ist von edelster Art«, dachte der Vielerfahrene, »und ich werde gewiss nicht vergebens ihre Hilfe anrufen, wenn ich es nur klug anfange.«

Und da er ein Meister der klugen Rede war, fiel ihm dies nicht schwer.

»Herrin«, begann er ehrfürchtig, wie es sich für einen Bittenden schickte, »ich weiß nicht, wer du bist: eine Göttin oder eine Sterbliche! Aber ich flehe dich an um deinen Schutz! Gestern hat mich das Meer an diese Küste geworfen, nachdem ich zwanzig Tage durch die Wasserwüste geirrt war. Du bist die Erste, der ich hier begegne. Vielleicht bist du Artemis, so schlank und anmutig erscheinst du mir! Ich habe einmal am Altare Apollos in Delos eine junge Palme gesehen: Davor bin ich lange bewundernd gestanden. Du gleichst ihr, Herrin, und ich muss dich bewundern wie sie! Doch ich wage nicht, mich dir zu nahen! Gehörst du aber dem Volke an, das dieses Land bewohnt, so bitte ich dich: Zeige mir den Weg zu den Behausungen der Menschen und gib mir ein Stück Linnen, mit dem ich mich bedecken kann! Dafür mögen dich die Götter segnen und dir alle deine Wünsche erfüllen!«

Nausikaa hörte die Rede mit Verwunderung. Nein, so sprach kein geringer Mann! Und so antwortete sie mit freundlichem Ernst: »Du hast wohl Schweres erduldet, Fremder! Aber wir müssen tragen, was uns die Götter verhängen! Nun aber will ich gerne tun, worum du mich bittest«, fuhr sie fort. »Du befindest dich im Lande der Phaiaken und ich bin Nausikaa, die Tochter des Königs Alkinoos.« Sie wandte sich um und klatschte in die Hände. Da tauchten hinter Hügeln und Büschen lockige Köpfe auf, ängstliche Gesichter lugten hervor und endlich kamen die Gefährtinnen zögernd näher, immer noch ungewiss, ob sich nicht etwa ein böser Dämon in dieser schrecklichen Gestalt verberge.

»Kommt her, ihr Mädchen!«, rief Nausikaa. »Ihr braucht euch nicht zu fürchten! Dies ist kein Feind, sondern ein armer Verirrter. Wir müssen ihn pflegen. Zeus sendet uns ja die Fremden und Armen. Gebt ihm also zu essen und bringt ihm eines von den gewebten Gewändern und einen Mantel!«

Sie blickte Odysseus an, der indessen unter den entsetzten Augen ihrer Gefährtinnen näher gekommen war. Und plötzlich lächelte sie.

»Es wird aber gut sein, wenn du zuvor im Fluss badest!«, sagte sie. »Die Mädchen sollen dich an eine windgeschützte Stelle führen!«

Sie gehorchten, zwar noch zaudernd, aber sie begannen, Odysseus schon mit leiser Neugier zu betrachten.

Er merkte es wohl, und als sie drunten am Fluss, waren, sagte er: »Nun geht fort, ihr Mädchen! Ich will nicht vor euch baden!« Es klang so herrisch, dass sie erschrocken den Korb mit den Speisen und das Krüglein mit dem Salböl ins Gras stellten, die Gewänder danebenlegten und davonliefen.

Danach hatten sie eine Weile damit zu tun, die gewaschenen Stücke schön zu falten und auf den Wagen zu laden und die Maultiere anzuspannen: Denn es war Zeit heimzufahren.

Da kam Odysseus vom Fluss herauf, gebadet und gesalbt und erquickt vom köstlichen Mahl. Er trug einen weißen Leibrock, darüber den purpurnen Mantel.

Die Mädchen verstummten vor Staunen: So herrlich erschien ihnen nun der Fremde, der ihnen zuvor ein solches Entsetzen eingejagt hatte.

Nausikaa sah ihn lange verwundert an. Dann sagte sie leise: »Wahrhaftig, ich wünschte, mein künftiger Gemahl gliche diesem Fremdling!«

Aber als er dann vor ihr stand, sprach sie gelassen und mit der Würde, die Alkinoos' Tochter nie verließ: »Höre mich an! Ich will dich zum Palast meines Vaters führen. Solange der Weg durch Felder und Wiesen führt, magst du mit uns gehen. Nähern wir uns aber der Stadt, so bleibe zurück: Denn missgünstige Leute könnten böse über mich reden, wenn sie mich mit einem fremden Mann sehen! ›Ei, wen hat sich Nausikaa denn da mitgebracht?‹, würden sie etwa sagen. ›Gewiss wird sie den Fremdling zum Gatten nehmen: Denn sie verachtet ja ihre Freier unter den Phaiaken.‹ Solches Geschwätz will ich vermeiden. Aber gib gut acht, ich werde dir den Weg bezeichnen, den du einschlagen musst. Zuerst wirst du an den Hafen kommen. Da führt nur eine schmale Straße entlang und auf beiden Seiten liegen die Schiffe angekettet. Dann gelangst du zum Markt, auf dem der Tempel Poseidons steht. Ringsum sind gewaltige behauene Steinblöcke in den Boden eingesenkt, denn dort werden die Geräte für die Schiffe verfertigt. Du sollst wissen, die Phaiaken kümmern sich nicht um Bogen und Pfeile und andere tödliche Waffen. Nein, ihre Freude sind schöne schnelle Schiffe und die Fahrt über das Meer.

Bist du einmal auf dem Markt, so wirst du leicht das Haus meines Vaters erkennen: Es ist größer und prächtiger als alle anderen in der Stadt. Durchschreite den Hof und begib dich getrost in den Saal: Da wirst du König Alkinoos finden und meine Mutter. Sie ist so gut, dass niemand sich je vergebens mit einer Bitte an sie gewandt hat. Beuge das Knie vor ihr und bitte sie, dir beizustehen, dass du heimgelangest zu den Deinigen. Gewiss gelingt es dir, ihr Herz zu rühren, und dann magst du sicher sein, dass du bald die väterlichen Gefilde wiedersehen wirst, wie weit entfernt du auch wohnst.«

So sprach Nausikaa, bestieg den Wagen und ließ die Maultiere langsam gehen, damit die anderen ohne Mühe folgen konnten. Als sie zu Athenes Hain kamen, hieß sie Odysseus zurückbleiben. »Setze dich dort in den Garten!«, gebot sie. »Er gehört meinem Vater. Dort wartest du, bis du glaubst, wir müssten nun den Palast erreicht haben. Dann erst magst du uns folgen!« –

So war Odysseus allein im sinkenden Abend, und während er wartete, kamen ihm allerlei trübe Gedanken. Da saß er nun in einem fremden Garten, in einem unbekannten Land. Er besaß nichts, nicht einmal die Kleider an seinem Leib gehörten ihm. Er wusste nicht, wie ihn die Phaiaken aufnehmen würden. Freilich, die Tochter ihres Königs war freundlich zu ihm gewesen. Aber vielleicht waren die Männer anderen Sinnes und dachten nicht daran, eines verirrten Fremdlings wegen die gefahrvolle Fahrt über das Meer zu wagen. Und selbst wenn sie es taten, wer weiß, was ihn daheim erwartete! In zwanzig Jahren konnte viel geschehen! Vielleicht hatte Penelope längst einen anderen Gatten genommen und irgendeiner von den Fürsten Ithakas war an seiner statt König. Und Telemachos? Nun, was sollte er sich viel um seinen Vater kümmern, den er nicht einmal kannte? Ja, sie hatten ihn gewiss vergessen, und wenn er nun wiederkäme, würde er ihnen im Wege sein. Vielleicht würden sie ihn töten, wie sie Agamemnon getötet hatten . . .

Da sprang er auf, zornig über sich selbst. »Bin ich denn ein jämmerlicher Greis geworden?«, sagte er zu sich. »Freilich, ich habe viel erdulden müssen: Aber ich lebe noch immer. Mag Pallas Athene mir gnädig sein, damit ich bei den Phaiaken Erbarmen finde: Dann will ich wohl das Meinige dazu tun, um der Not ein Ende zu machen! Nun aber scheint es mir an der Zeit, in die Stadt zu gehen! Ich wünschte nur, es begegnete mir keiner von den phaiakischen Männern, ehe ich den Palast des Königs erreiche: Denn sie würden mich vielleicht aufhalten, mich misstrauisch befragen und mir nicht erlauben, ihre Stadt zu betreten.«

Aber dies hatte Pallas Athene längst fürsorglich bedacht. Dichter Nebel zog vom Meer herein und umgab den einsamen Wanderer. So merkte niemand, dass er ein Fremdling war.

An der Stadtmauer traf er ein Mädchen, das einen Wasserkrug trug.

»Kannst du mir den Weg zum Haus des Königs zeigen?«, fragte er.

Sie lächelte und ihre hellen Augen schienen ihm seltsam vertraut, als hätte er sie schon früher gesehen.

»Folge mir nur!«, sagte sie und ging ihm voran durch das Tor. Zwar kamen sie jetzt an vielen Menschen vorüber, aber keiner kümmerte sich um Odysseus. Es ist, als sähen sie mich nicht!, dachte er verwundert. Woher sollte er wissen, dass sie ihn wirklich nicht sehen konnten und dass dies Pallas Athene bewirkte, damit ihm niemand den Zutritt zum Palast verwehre.

Jetzt blieb seine Führerin stehen. »Dies ist das Haus des Königs«, sprach sie und er betrachtete mit Staunen die hohen schimmernden Mauern, das goldene Tor mit den silbernen Pfosten und der ehernen Schwelle, an dem zu beiden Seiten riesige Hunde, aus Gold und Silber geschmiedet, Wache zu halten schienen.

»Fürchte dich nicht«, fuhr sie fort und abermals blickten die leuchtenden Augen ihn an, dass ihn eine wunderliche Ahnung durchfuhr. »Einem mutigen Mann gelingt alles viel besser als einem zaghaften. Darum begib dich getrost in den Saal, beuge vor der Königin das Knie und bitte sie um ihren Beistand: Ist dir Arete gewogen, so magst du hoffen, bald die heimatlichen Gefilde wiederzusehen!«

Im nächsten Augenblick stand er allein. Und obgleich er sich hastig nach allen Seiten umsah – das Mädchen war verschwunden.

Da richtete er sich mit einem tiefen Atemzug auf und ging festen Schrittes auf das goldene Tor zu.

Aber auf der Schwelle blieb er betroffen stehen: Denn so viele Länder und Städte er auch kannte – noch nirgends hatte er eine solche Pracht gesehen wie in diesem Saal.

Rings an den glänzenden Wänden standen Jünglingsgestalten, aus Silber und Gold kunstvoll gebildet, mit Fackeln in den Händen. Hoch unter der Decke zog sich ein leuchtend blaues Gesims hin, herrlich gestickte Teppiche schmückten die Sessel. Denn wie die phaiakischen Männer nicht ihresgleichen hatten in Schiffsbau und Seefahrt, so waren die Frauen berühmt wegen ihrer Webkunst.

Es saßen viele Menschen um die Tische, auf denen in kostbaren Schüsseln allerlei Speisen bereitstanden und roter Wein in goldenen Bechern funkelte.

Als Odysseus den König und seine Gemahlin gesehen hatte, die in hohen geschnitzten Stühlen neben dem Herde saßen, schritt er schnell in den Saal hinein. Noch immer beachtete ihn niemand. Jetzt aber stand er vor der Königin und im selben Augenblick wurde es jäh still. Die Phaiaken starrten ihn an. Wie kam der Fremdling hierher? Ihre Gesichter wurden verschlossen und abweisend: Denn Fremde, die ungeladen in ihr reiches Land kamen, flößten ihnen stets Misstrauen ein.

Odysseus beugte das Knie vor der Königin. »Heil und langes Leben dir und allen in diesem Haus!«, sprach er und seine Stimme klang laut in der Stille. Er sah stolz und stattlich aus, obgleich er kniete. Der purpurne Mantel fiel in schönen Falten von seinen Schultern und Arete hob verwundert die Brauen, als ihr Blick das kunstvolle Gewebe erkannte. Aber noch sagte sie nichts.

»Ich komme als irrender Fremdling zu euch, den das Meer an diese Küste verschlagen hat«, fuhr Odysseus fort. »Ich bitte euch um Schutz und Beistand! Helft mir, heimzukommen in das Land meiner Väter: Denn seit vielen Jahren habe ich meine Heimat und die Meinigen nicht gesehen.«

Er stand auf, ging ein wenig zur Seite und setzte sich auf die behauenen Steine des Herdes, um zu warten, was sie über ihn beschließen würden.

Eine Weile sprach niemand. Die Männer sahen einander an und Odysseus fühlte, dass sie ihm misstrauten. Vielleicht fürchteten sie, er sei mit Seeräubern im Bunde und ausgeschickt, um ihre Schätze auszukundschaften. Der Fluch des Reichtums ist ja stets die Angst, ihn zu verlieren.

Endlich erhob sich einer. Er war der Älteste unter ihnen und Alter und Erfahrung hatten ihn gütig und weise gemacht.

»Nun, Alkinoos«, sagte er mahnend, »willst du den Fremdling noch länger da in der Asche sitzen lassen? Das dünkt mich unziemlich! Du siehst, die Männer warten auf deine Entscheidung. So lade den Gast ein, sich zu uns zu setzen: Er scheint mir nicht von schlechter Herkunft.«

Dies dachte auch Alkinoos und er merkte, dass Arete den Fremden freundlich betrachtete. Da ging er hinüber, reichte Odysseus die Hand und führte ihn an den Tisch, wo sein Lieblingssohn, der tapfere Laodamas, ihm sogleich seinen Platz an der Seite des Vaters überließ. Auf den Wink des Königs schenkte der Herold dem Gast Wein ein und die Schafferin bot ihm von den köstlichen Gerichten.

Er aß und trank und horchte dabei auf die Reden der Phaiaken: Denn er hätte gern gewusst, ob sie ihn heimzubringen gedachten oder etwa Böses gegen ihn im Sinn hatten.

Allein sie redeten von anderen Dingen und nur manchmal warf ihm einer einen forschenden Blick zu.

Erst als Alkinoos merkte, dass sein Gast satt war, sprach er: »Nun wollen wir uns zur Ruhe begeben. Und morgen werden wir beraten, was wir für dich tun können!«

Da gingen die anderen Gäste fort zu ihren Behausungen und die Mägde begannen, im Saal aufzuräumen.

Nur Alkinoos und die Königin saßen noch mit Odysseus am Feuer. Arete blickte ihn nachdenklich an und etwas schien ihr verwunderlich: Den Mantel und den Leibrock, den er trug, hatte sie selbst gewoben; sie hatte das feine Tuch sogleich wiedererkannt. Wie kam er zu den Gewändern?

Sie musste es erfahren! »Fremder Gast«, begann sie behutsam, »du sagtest, das Meer habe dich an unsere Küste verschlagen? Wer aber gab dir diese Gewänder?«

»Oh, Königin«, erwiderte Odysseus traurig, »mir ist so viel Schlimmes widerfahren, ehe ich hierherkam, dass ich heute nicht alles erzählen kann: Denn es ist schon spät in der Nacht. Aber deine Frage will ich gerne beantworten! Mantel und Leibrock lieh mir deine Tochter! Sie gab mir auch zu essen, als sie mich ohne Gewand und halb tot vor Hunger draußen am Fluss traf, wo sie mit ihren Mägden wusch. Ihr seid glücklich zu preisen, da euch die Götter diese Tochter geschenkt haben! Man könnte von ihrer Jugend kaum so viel verständigen Sinn erwarten: Junge Leute sind ja meist wenig bedachtsam. Sie aber wusste sogleich, was zu tun war, um mir zu helfen. Sie hieß mich im Fluss baden und befahl den Mägden, mir das Salböl und die Gewänder zu bringen und mir Fleisch, Brot und Wein von ihrem Mundvorrat zu geben.«

»Dennoch hat Nausikaa eines nicht bedacht«, sagte Alkinoos. »Sie hätte dich, begleitet von den Mädchen, selbst zu uns führen müssen, anstatt dich allein hierher gehen zu lassen, wo niemand von uns dich kannte.«

»Darum sollst du deine Tochter nicht tadeln!«, widersprach Odysseus. »Sie wollte nur das Geschwätz der Leute vermeiden – und ich deinen Zorn, König Alkinoos«, fügte er lächelnd hinzu.

»Nun, ich zürne nicht so schnell, denn es geziemt einem Manne, sich zu bezwingen und Maß zu halten!«, antwortete Alkinoos, dem sein Gast immer besser gefiel. »Aber nun höre! Willst du bei uns bleiben, so sollst du ein Haus und andere Güter erhalten. Drängt es dich aber fort, so lasse ich morgen ein Schiff rüsten, das dich sicher heimbringt! Denn dies ist den Phaiaken von den Göttern verliehen, denen sie verwandt sind: Ihre Schiffe erreichen stets wohlbehalten das Ziel!«

Odysseus überkam eine große Freude, als er das hörte. Ja, nun hatten alle Leiden ein Ende, die Heimkehr war wirklich nahe und alles schien gut!

Die Mägde kamen und meldeten, dass das Lager für den Gast in der Halle bereit sei, und der Herold öffnete die goldene Tür, die zu den inneren Gemächern führte.

Da wandte sich Alkinoos noch einmal Odysseus zu. Sein Gesicht war sehr ernst. »Zwar wird dich kein Unheil mehr treffen, solange du auf einem phaiakischen Schiff bist«, sagte er. »Aber wenn du einmal das heimische Gestade betreten hast, musst du ertragen, was dir die Schicksalsgöttinnen bestimmt haben!« Dann ging er mit der Königin fort nach dem Innern des Palastes.

Odysseus stand einen Augenblick still und starrte vor sich hin. Hatte es nicht wie eine Drohung aus den Worten des Königs geklungen, so, als warte in der Heimat ein neues Verhängnis auf ihn?

Aber sogleich richtete er sich trotzig auf. »Bin ich erst in Ithaka, dann soll schon alles nach meinem Willen gehen«, sagte er zu sich. »Und nach dem Willen der Götter«, fügte er hinzu, weil ihm sein Stolz allzu vermessen erschien. – Pallas Athene hatte ihren geliebten Helden indessen nicht vergessen.

Früh am Morgen des nächsten Tages, als in der Stadt der Phaiaken noch alles schlief, schritt sie durch die Straßen, anzusehen wie ein Herold, und rief die Männer zur Versammlung auf den Markt.

Ihre Stimme drang laut und hell in die Häuser und selbst die ärgsten Langschläfer vermochten ihr nicht zu widerstehen.

»Kommt eilig zum Markt, ihr phaiakischen Männer!«, rief sie. »Hört die Bitte des Fremden, der gestern, nach langen Irrfahrten, dem Meer entronnen, zu Alkinoos kam! Vernehmt die Entscheidung des Königs!«

Dies alles tat die Göttin, um die Reise zu beschleunigen: Denn die Zeit drängte.

Zwar wunderten sich die Phaiaken über solche Eile, die ihrer Art sonst fremd war, aber sie strömten sogleich aus der ganzen Stadt in Scharen dem Markt zu.

Da war bald ein großes Gedränge und das Stimmengewirr schwoll an wie das Rauschen der Brandung im Sturm.

Dann wurde es plötzlich still: Alkinoos und sein Gast kamen die Stufen herauf.

Das Volk reckte die Hälse. Bei den Göttern, der Fremde sah keineswegs aus wie ein armer Schiffbrüchiger, sondern eher wie einer der herrlichen Helden, von denen die Sänger erzählten! Wer er wohl sein mochte? Aber niemand wusste es.

Jetzt begann Alkinoos zu sprechen. »Hört mich an, ihr Phaiaken! Dieser Fremde kam gestern in mein Haus. Noch kenne ich seinen Namen und seine Herkunft nicht. Aber er bittet uns, ihm ein Schiff und sicheres Geleit in die Heimat zu gewähren! Ihr wisst, dies tun wir stets, wenn ein Gast unserer Hilfe bedarf! So rüstet eines unserer schnellsten Schiffe mit zweiundfünfzig Rudern zur Reise! Die jungen Leute sollen alle Geräte bereitmachen, Ruder, Segel und Mastbaum, und das Schiff ins tiefe Wasser ziehen, damit es dann sogleich auslaufen kann. Ist die Arbeit getan, so kommt in mein Haus! Die älteren Männer aber mögen mir schon jetzt zum Palast folgen. Wir wollen den Göttern opfern und eine festliche Mahlzeit halten zu Ehren des Fremden. Später werden wir ihn nach seinem Namen fragen und nach dem Land, in dem seine Sippe wohnt. Auch wird er uns gewiss erzählen, nach welchen Irrfahrten und Abenteuern er zu uns gekommen ist. Ich will auch nach Demodokos, dem blinden Sänger, senden: Er wird uns beim Mahle die schönsten Lieder von Göttern und Helden singen.« –

So begann das große Gastmahl des Königs.

Er ließ zwölf Schafe, acht Schweine und zwei Rinder schlachten und im Hof über großen Feuern braten.

Wer nicht im Saal Platz fand, wurde draußen in der offenen Halle bewirtet.

Behutsam führte ein Herold den blinden Sänger in den Saal. Er geleitete ihn zu seinem Sitz an der Säule, hängte die Leier über seinem Haupt auf und zeigte dem Blinden, wie seine Hände sie finden konnten. Dann stellte er den Becher und die Schüsseln handlich vor ihn auf den silbernen Tisch: Denn der König wünschte, dass man dem berühmten Sänger alle Ehre erweise.

Die Götter hatten Gutes und Böses über Demodokos verhängt. Sie hatten ihm das Augenlicht genommen, aber dafür hatten sie ihm die herrlichste Stimme gegeben, die je einem Sterblichen verliehen war.

Als er ein wenig gegessen und getrunken hatte, erhob sich der Sänger, nahm seine Leier und begann zu singen.

Er sang ein Lied, das zu dieser Zeit in ganz Achaia und auf den Inseln berühmt war: die Mär von dem gewaltigen Streit zwischen Achilleus, dem Peliden, und Odysseus.

Alle im Saal kannten die wilde Weise: Nur Odysseus kannte sie nicht.

Er hob verwundert den Kopf, als die Worte an sein Ohr drangen. Im selben Augenblick begriff er, was Demodokos erzählte. Sein dunkles Gesicht wurde bleich: Mit solcher Macht ergriff ihn die Erinnerung. Seine Hand umklammerte die Lehne des Sessels, dass der silberne Knauf abbrach. Er merkte es nicht einmal. Wie verzaubert lauschte er. Ja, genau so hatte es sich damals zugetragen!

Tobender Beifall erfüllte den Saal, als der Sänger geendet hatte. Nur Odysseus saß da und hatte den purpurnen Mantel vor das Gesicht gezogen, damit die anderen seine Tränen nicht sähen.

Demodokos begann eine neue Weise. Er erzählte jetzt von der Not und Drangsal der Achaier und ihrer unglückseligen Heimkehr von Troja.

Alkinoos gewahrte das seltsame Verhalten seines Gastes mit Erstaunen. Gefiel ihm der Gesang nicht oder was hatte ihn sonst überkommen? War ihm vielleicht vor Troja ein Bruder oder ein Freund gefallen? Der König hätte den Fremden gerne heiter gesehen, und als Demodokos schwieg und das Beifallsgebrüll verstummt war, sagte er schnell: »Nun haben wir uns am Mahle erquickt und an der Kunst des Sängers erfreut! So wollen wir zum Markt gehen und die jungen Männer mögen sich im Wettkampf messen, damit unser Gast in seiner Heimat ihre Kraft und Gewandtheit rühme.«

Bald drängte sich die Menge Kopf an Kopf um den großen Platz und an den Schranken der Rennbahn und die Kämpfe begannen. Die Phaiaken waren tüchtig in Lauf und Sprung und auch nicht ungeübt im Diskuswerfen; im Ringen und im Faustkampf taten sie sich wenig hervor und mit Waffen kämpften sie niemals.

Als sie einmal rasteten, sagte Laodamas zu seinen Gefährten: »Freunde, wir wollen doch den Fremden fragen, ob er sich nicht auch im Kampf versuchen will! Er scheint ja kein Schwächling zu sein und auch das Alter ist ihm noch nicht hinderlich!«

Sie stimmten ihm übermütig zu und begaben sich zu Odysseus, der ohne viel Freude den Spielen zusah: Denn die Erinnerung hatte ihn traurig gemacht und er wäre viel lieber zu Schiff gegangen und fortgefahren. Aber er mochte die Phaiaken nicht kränken.

»Fremder Gast«, redete ihn jetzt Laodamas fröhlich an, »willst du dich nicht auch mit uns messen? Gewiss bist du nicht unerfahren in allen diesen Kämpfen!«

Aber Odysseus schüttelte den Kopf. »Mir liegt anderes im Sinn!«, sagte er unwillig. »Ich habe viel Schlimmes erfahren und sehne mich nach der Heimkehr!«

»Ei, Fremdling«, lachte ein anderer von den jungen Männern, »du scheinst mir kein Held zu sein! Eher würde ich dich für einen Händler halten, der mit seinem Schiff von Land zu Land zieht und nach Gewinn jagt!«

»Das ist eine üble Rede!«, fuhr ihn Odysseus zornig an. »Dir haben die Götter zwar eine stattliche Gestalt verliehen, aber mit Klugheit haben sie dich nicht gesegnet, sonst könntest du nicht so törichte Worte sprechen! Was weißt du von mir? Ich sage dir, Knabe, dir würde vor Staunen der Mund offen bleiben, wollte ich dir erzählen, was ich im Krieg und auf dem Meer erlitten habe! Meine Kraft ist darum nicht mehr so groß wie einst. Aber diesen Kampf will ich dennoch bestehen!«

Und ohne den Mantel abzulegen, hob er eine der steinernen Wurfscheiben auf. Sie war größer und schwerer als alle, die die Phaiaken zu gebrauchen pflegten.

Odysseus wog die Scheibe in der Rechten. Dann ließ er sie mit einem gewaltigen Schwung des Armes kreisen und schleuderte. Sausend flog sie durch die Luft. Die Leute, die an den Schranken standen, zogen die Köpfe ein. Beim Hades, einen solchen Wurf hatte noch niemand getan!

Der Diskus sauste an ihren verdutzten Gesichtern vorüber, weit über die andern hinaus, die zuvor die Phaiaken geschleudert hatten.

Odysseus wandte sich zu den jungen Männern, die betreten schwiegen. »Nun?«, sagte er. »Wen gelüstet es, mir diesen Wurf streitig zu machen? Oder vielleicht möchte es einer mit Ringen versuchen oder mit einem Faustkampf? Ich stelle mich jedem! Nur gegen Laodamas möchte ich nicht kämpfen, da er der Sohn meines Gastfreundes ist!«

Aber es gelüstete niemanden mehr nach einem Kampf mit dem Fremden.

Alkinoos sah es mit leiser Betrübnis. Der Fremde würde nun gewiss denken, die Phaiaken seien ein feiges und weichliches Volk! Indessen waren sie nur von anderer Art: Das musste der Gast erkennen, damit er nicht daheim oder anderswo Übles von ihnen berichtete.

»Du hast recht getan, Fremdling«, sagte er darum mit kluger Überlegung, »der Mann dort hat dich gekränkt und du wolltest uns beweisen, dass er unwahr geredet hat. Das ist dir gelungen und wir bewundern deine Stärke! Keiner von den Unsrigen wird es dir gleichtun! Sie würden dich auch nicht im Faustkampf oder im Ringen besiegen. Und gewiss vermagst du viel besser den Bogen zu spannen, der die todbringenden Pfeile versendet, und die Lanze mit solcher Gewalt zu schleudern, dass sie einem Feind noch das Leben nimmt, wenn er auch weit entfernt ist. Wir aber sind keine Kämpfer. Zeus hat uns anderes verliehen. Vielleicht könnten dich die Phaiaken in Lauf und Sprung übertreffen: Denn sie sind leicht und behänd. Darum gibt es auch keine besseren Tänzer als unsere Jünglinge; davon sollst du dich sogleich selbst überzeugen! Aber wir lieben auch Gesang und Saitenspiel und andere schöne Dinge: ein warmes Bad, frische Gewänder oder eine köstliche Mahlzeit. Dies ist jedoch nicht alles! Du hast unsere Schiffe gesehen und den Platz, wo wir sie bauen! Und du wirst sehr bald merken, was es bedeutet, in einem solchen Schiff und mit phaiakischen Männern über das Meer zu fahren: Denn wir sind Meister der Seefahrt und sie ist unsere größte Freude! Nun aber geleitet den Sänger hierher und ruft die Tänzer, damit unser Gast erkennt, dass ich nicht nur eitle Worte geredet habe!«

Demodokos kam und die Jünglinge, die zum Tanz befohlen waren.

Und dann vergaß Odysseus beinahe seinen Kummer und seine Sehnsucht nach der Heimat: Denn noch nie hatte er solche Kunst und Schönheit gesehen! Kaum schienen die Füße der Tänzer die Erde zu berühren, eine schwebende Leichtigkeit lag in jeder Bewegung der schlanken Leiber, die glatte, sorgfältig geölte Haut glänzte goldbraun. Mit unbeschreiblicher Anmut schritten sie nach der

Weise des Sängers im Reigen, bogen sich, streckten sich, kauerten sich nieder und schnellten wieder in die Höhe und jeder Sprung verriet die Kraft der schmalen, geschmeidigen Glieder.

»Wahrhaftig, du hast eure Tänzer mit Recht gerühmt, König Alkinoos!«, sagte Odysseus, als der Tanz zu Ende war. »Niemand in den vielen Städten und Ländern, die ich gesehen habe, kommt ihnen gleich!«

Da freute sich Alkinoos über das Lob und sprach zu den phaiakischen Fürsten, die ihn umstanden: »Der Fremdling scheint mir ein verständiger Mann zu sein! Wir wollen ihm ein reiches Gastmahl geben! Ihr seid zwölf Fürsten, ich selbst der dreizehnte. Jeder von uns soll ihm ein Talent Goldes, einen Leibrock und einen Mantel geben! Sendet eure Herolde heim, damit sie die Gaben noch vor dem Nachtmahl in meinen Palast bringen!«

Jetzt trat der junge Phaiake, der zuvor so spottend geredet hatte, auf Odysseus zu. »Heil sei dir, fremder Gast!«, sagte er ernsthaft. »Wenn ich ungebührliche Worte gesprochen habe, so mag der Wind sie verwehen! Ich bitte dich, nimm als Sühne dieses Schwert von mir an! Es ist kostbar: die Klinge aus Erz, der silberne Griff mit kunstreichen Buckeln verziert und die Scheide aus Elfenbein! Möge es dir von Nutzen sein!«

»Heil auch dir, mein Freund!«, antwortete Odysseus. »Und möchtest du in Zukunft des Schwertes nie bedürfen: Dies ist mein Wunsch für dich!«

Indessen hatten die Dienstleute im Königspalast alles für das Gastmahl gerüstet, zu dem die Fürsten und die vornehmsten Phaiaken geladen waren.

Einer nach dem anderen kamen die Herolde mit den Geschenken und die Königin hieß sie alles in eine große Truhe legen, die für den Gast bereitstand.

Arete hätte längst gerne gewusst, wer der Fremde war. Nun, am Abend nach dem Mahl würde ihn Alkinoos gewiss nach Namen und Herkunft fragen!

Sie befahl der Schafferin, den Dreifuß mit dem großen ehernen Kessel über das Feuer zu rücken und Wasser heiß zu machen, damit der Fremde baden könne, bevor man zur Tafel ging.

Odysseus lachte, als die Alte ihn einlud, in die große Wanne voll warmen Wassers zu steigen. »Das wird mir guttun, Mütterchen!«, sagte er. »Seit ich von Kalypsos Insel fort bin, hat sich niemand mehr um die Pflege meines Leibes gekümmert.« Erfrischt entstieg er nach einer Weile dem Bad, ließ sich salben und mit neuen Gewändern bekleiden und begab sich zum Saal.

An der Tür traf er Nausikaa. »Ich habe das Schiff, das dich von hier fortbringen wird, draußen im Hafen liegen gesehen«, sagte sie. »Darum habe ich auf dich gewartet. Lebe wohl und gedenke manchmal meiner, wenn du in der Heimat bist!«

»Ich werde dich ehren wie eine der Unsterblichen, solange ich lebe!«, sprach Odysseus schnell. »Denn du hast mich gerettet! Die Götter mögen dich dafür segnen!«

Sie wandte sich zögernd ab und ging fort. Heimlich wünschte sie sehr, der Fremde bliebe für immer im Lande der Phaiaken. Aber das hätte Alkinoos' stolze Tochter niemals ausgesprochen.

Odysseus betrat den Saal und ließ sich an der Seite des Königs nieder. Das Mahl nahm seinen Anfang, die Herolde mischten den Wein und die Mägde eilten mit den Schüsseln von Tisch zu Tisch.

Odysseus erblickte Demodokos, der nicht weit von ihm an der Säule lehnte.

Da überkam ihn plötzlich eine unbezwingliche Sehnsucht, den herrlichen Sänger noch einmal von jener Zeit erzählen zu hören, da die Achaier um Troja kämpften.

Er winkte der Magd, die mit einer Schüssel voll Fleisch vorüberging, nahm das beste Stück und gebot dem Herold, es dem Sänger zu bringen.

»Demodokos, ich muss dich preisen!«, rief er ihm zu. »Du hast das Schicksal der Achaier besungen, als wärest du selbst dabei gewesen! Nun aber sollst du uns noch ein anderes Lied singen! Kennst du die Mär von dem hölzernen Pferd, das Troja zuletzt zum Verderben wurde? So beginne, wenn es dir die Musen gebieten!«

Demodokos sang. Er erzählte, wie die Achaier auf den Rat des klugen Odysseus das riesige hölzerne Pferd bauten, in dem der Held sich mit den tapfersten Kriegern verbarg, während die anderen das Lager verbrannten und zum Schein davonfuhren. Wie dann, abermals durch die List des Odysseus verführt, die Troer das Pferd in die Stadt brachten; wie nachts, im Schutze der Dunkelheit, die Männer dem hohlen Bauch entstiegen und dem heimlich zurückgekehrten Heer der Achaier die Tore öffneten und wie darauf Troja zerstört wurde.

Atemlos lauschten die Phaiaken. Und abermals saß Odysseus da, den Mantel vor das Gesicht gezogen, damit sie seine Tränen nicht sähen: Mit solcher Gewalt ergriff ihn die Erinnerung und so groß war die Kunst des Sängers, die Herzen der Menschen zu rühren.

Als Demodokos geendet hatte und der tobende Beifall im Saal verstummt war, schien es Alkinoos Zeit, seinen seltsamen Gast nach Namen und Herkunft zu befragen.

»Ich sehe, die Lieder des Sängers machen dich traurig, Fremder«, sprach er behutsam. »Hat dir vielleicht jener schreckliche Krieg einen nahen Verwandten geraubt, dein Haus zerstört oder anderes Unheil über dich gebracht? Wenn es dir gefällt, so erzähle uns davon! Nenne uns auch deinen Namen und das Land, aus dem du kommst, damit wir wissen, wohin unser Schiff dich bringen soll.

Unsere Männer kennen alle Straßen des Meeres und jede Küste, sei sie nahe oder in weiter Ferne. So magst du ruhig schlafen, während der Kiel die Wogen durchschneidet. Wenn du erwachst, wirst du in deiner Heimat sein! Noch niemals ist ein phaiakisches Schiff gesunken oder an den Klippen zerschellt! Zwar –«, er hielt einen Augenblick nachdenklich inne, ehe er fortfuhr »zwar redete mein Vater manchmal von einer alten Weissagung: Poseidon zürne uns, weil wir durch die Gnade der Götter jeden sicher heimgeleiten über das Meer, ohne dass er es hindern kann! Darum werde er einmal, nach einem solchen Geleit, eines unserer Schiffe draußen auf hoher See verderben und unsere Stadt rings mit einem steilen Gebirge umgeben. Nun, das mag der Erdumstürmer halten, wie es ihm gefällt! Du aber sage uns jetzt, wer du bist und was für ein böses Geschick dich nach unserer Insel verschlug!«

Da richtete sich Odysseus auf und schüttelte die Traurigkeit von sich ab. »Wie soll ich beginnen?«, fragte er. »Mir ist so viel widerfahren, seit ich ausfuhr von Troja, dass wir in dieser Nacht nicht viel Zeit zum Schlafen haben werden, soll ich euch alles erzählen! Wisset, ich bin Odysseus, der Sohn des Laertes aus Ithaka, das von den achaischen Inseln am weitesten gegen Norden im Meer liegt. Es ist ein karges, felsiges Land. Aber ich liebe es mehr als die herrlichsten Länder der Erde, denn es ist meine Heimat.«

Er konnte nicht weitersprechen. Die Phaiaken waren aufgesprungen, laute verwunderte Rufe umschwirrten ihn, die Männer starrten ihn an, als hätten sie ihn noch nie gesehen. Odysseus, einer der berühmtesten Helden Achaias! Es gab keinen unter ihnen, der nicht von seinen Taten gehört hatte.

Arete, die Königin, hob nur mit kaum merkbarer Überraschung den Kopf. Das war es also! Sie hatte wohl geahnt, dass es mit dem seltsamen Fremdling eine besondere Bewandtnis haben musste.

Alkinoos aber beschloss bei sich, dass die Fürsten dem berühmten Gast noch reichere Geschenke geben sollten. Denn die Phaiaken gewinnen selbst Ehre dadurch, dachte er schlau, und danach werden wir durch eine Sammlung beim ganzen Volk Ersatz schaffen, weil so kostbare Geschenke den Einzelnen zu sehr belasten.

Im Saal herrschte jetzt eine erwartungsvolle Stille.

Da begann Odysseus zu erzählen.

Niemand merkte, wie die Zeit verging. Kein Laut war ringsum zu hören, nur die Holzscheite knisterten auf dem Herd. Die Leuchten in den Händen der goldenen Knaben brannten nieder; aber niemand rief die Diener, dass sie neue entzündeten. Allmählich wurde es immer dunkler im Saal, nur der Feuerschein flackerte rot über die Gesichter der begierig Lauschenden, die mit Grausen und Wonne von all den Schrecknissen hörten, die der Held bestanden hatte: von Polyphemos und den Laistrygonen, von Kirke, Skylla und Charybdis und von der schönen Nymphe Kalypso.

Als Odysseus erzählte, wie seine Abenteuer und Irrfahrten am Strande von Scheria ein Ende genommen hatte, graute draußen der Morgen.

Müde, aber voll Entzücken über die wunderbare Mär gingen die Phaiaken fort in ihre Häuser, um noch ein wenig zu schlafen.

Odysseus aber mochte sich nicht zur Ruhe begeben, und als auch der König und die Königin gegangen waren, saß er allein im Saale und wartete. –

Die Sonne stand schon hoch, als endlich alles zur Abreise bereit war. Man hatte den Göttern geopfert, um eine glückliche Heimkehr zu erflehen, und die Gastgeschenke aufs Schiff gebracht. Die reichen phaiakischen Fürsten hatten noch allerlei kostbare Geräte gesandt: goldene Schüsseln und Becher, Dreifüße aus Erz, silberne Mischkrüge und Schmuck aus Gold und Bernstein. Die Königin schickte ihre Dienerinnen mit der Gewandtruhe, ließ Brot, Fleisch und Wein auf das Schiff bringen und hieß die Mägde, auf dem Verdeck ein Lager aus wollenen Decken, Polstern und linnenen Tüchern bereitmachen.

Dann nahm Odysseus Abschied von den Phaiaken und bestieg das Schiff.

Man löste die Haltetaue und zweiundfünfzig Ruder tauchten ins Wasser. Da stieg der Bug hoch empor, eine gewaltige Woge schäumte auf und dann stürmte das Schiff aus dem Hafen aufs offene Meer hinaus. Nicht einmal der Falke könnte uns einholen und er ist doch der schnellste unter den Vögeln, dachte Odysseus staunend. Aber, bei den Göttern, ich bin so müde, dass ich ein wenig schlafen muss!

Er legte sich nieder, wickelte sich in die Decken und schloss die Augen. Später würde er aufstehen und sich vorne auf das Verdeck stellen, um zu warten, bis der Strand von Ithaka aus der Flut tauchte! Denn nun war Ithaka nicht mehr weit . . . nein, ganz nahe . . . ganz nahe war Ithaka . . .

Da schlief er schon. –

Er schlief die ganze Nacht, während das Schiff über das Meer jagte. Er schlief auch noch, als der helle Stern am Himmel erschien, der den nahenden Morgen verkündet.

So sah er nicht, wie in der Dämmerung der Strand von Ithaka auftauchte, dem sich das Schiff jetzt in sausender Fahrt näherte.

Ein kleiner Hafen lag da an der Küste, durch zwei Felsen vom offenen Meer getrennt; darin gab es weder Sturm noch Wellen und die Schiffe brauchten keinen Anker und kein Haltetau.

Die Phaiaken kannten die Stelle und steuerten ihr schlankes Fahrzeug geschickt durch die Einfahrt, dass es mit leichtem Schwung den flachen Strand hinauffuhr. Dann lag es still.

Odysseus aber schlief noch immer.

Da begannen die Phaiaken schnell und schweigend alles, was ihm gehörte, an Land zu tragen. Am Rand des Hafens stand ein riesiger alter Ölbaum mit tief hängenden Zweigen: Darunter verbargen sie sogleich die Schätze, damit nicht etwa jemand des Weges käme und sie raubte, während Odysseus schlief.

Zuletzt trugen sie den Schläfer behutsam aus dem Schiff und legten ihn samt Polstern und Decken ein wenig abseits vom Pfad, der landeinwärts führte, ins Gras.

Und weil Odysseus auch jetzt nicht erwachte, bestiegen sie alsbald das Schiff, wandten den Bug dem Meer zu und fuhren heimwärts. –

Vom Gipfel des Olympos aus sah Zeus, wie der Ratschluss der Götter sich erfüllte und Odysseus zu der Zeit, die ihm bestimmt war, das heimatliche Gestade erreichte.

Aber auch Poseidon sah es. Schon längst hatte er mit bösen Blicken das schöne schnelle Schiff beobachtet, das sich unaufhaltsam Ithaka näherte. Die Phaiaken waren ihm ein Dorn im Auge, obgleich sie von ihm abstammten! Sie durchfuhren gänzlich unbekümmert kreuz und quer seine Gewässer, weil sie wussten, dass er ihnen nichts anhaben konnte. So hatten sie wahrhaftig jetzt auch Odysseus in Sicherheit gebracht!

»Siehst du, wie wenig die Sterblichen meiner achten?«, sprach er ergrimmt zu Zeus Kronion. »Ich hätte Odysseus ja nicht gerade vernichtet: Aber ich hätte ihn noch sattsam auf dem Meer umhergehetzt! Nun ist er mir entronnen, weil diese Phaiaken im Vertrauen auf die Gnade der Götter tun, was ihnen gefällt. Jeden geleiten sie wohlbehalten zur Heimat, ohne auch nur nach meinem Willen zu fragen! Schau hinab, Vater der Götter und Menschen! Was für Schätze haben sie da drunten um ihn aufgehäuft! Vergebens habe ich die ganze Beute, die er von Troja mitbrachte, in den Schlünden des Meeres versinken lassen: Nun besitzt er mehr als zuvor, so viele Gastgeschenke haben ihm die Phaiaken gegeben! Aber nun ist ihr Maß voll! Ich werde dieses Schiff zerschmettern und ihre Stadt rings mit steilen Bergen umgeben: Dann hat das Geleit ein Ende!«

»Das scheint mir zu hart!«, suchte Zeus Kronion den erzürnten Bruder zu begütigen. »Lass meinetwegen das Schiff vor ihren Augen zu Stein werden, damit es ihnen zur Warnung vor allzu großem Übermut diene. Ihre Stadt aber sollst du nicht mit Bergen umgeben!«

Da musste sich Poseidon wohl oder übel fügen und machte sich eilig auf nach Scheria.

Auf einer Klippe nahe der Küste wartete er.

Bald flog das schnelle Schiff heran: Aber es kam nicht an ihm vorüber.

Poseidon streckte die Hand aus und schlug es. Da bäumte es sich mitten im Lauf hoch auf und stand still. Alsbald verwandelte es sich in Stein samt allem, was darauf war, und wurzelte auf dem Meeresgrund.

Am Ufer standen die Phaiaken und sahen es herankommen. Plötzlich schien es, als hemme eine furchtbare Gewalt das vorwärtsstürmende Fahrzeug.

»Was ist das?«, sagten sie erschrocken. »Wer hält das Schiff dort draußen an den Klippen fest? Es war doch schon ganz nahe: Nun kommt es nicht mehr von der Stelle!«

»Wehe uns!«, sprach Alkinoos. »Nun erfüllt sich das alte Orakel. Mein Vater pflegte zu sagen, Poseidon zürne uns, weil wir alle Menschen sicher über das Meer geleiten. Darum werde er eines Tages ein Schiff, das vom Geleit heimkehrt, zerschmettern und um unsere Stadt hohe Berge auftürmen. Das Erste hat sich erfüllt! Wir wollen Poseidon schleunigst zwölf Stiere opfern, damit sich nicht auch das Zweite erfülle. Vielleicht hat er Erbarmen!«

7 Odysseus fuhr aus dem Schlaf auf. Einen Augenblick lag er still und blickte sich verwirrt um. Wo befand er sich nur? Hatte er sich nicht gerade erst auf dem phaiakischen Schiff zum Schlummer niedergelegt? Aber er war auf keinem Schiff mehr! Er lag im Gras, dicht neben ihm hingen die Zweige eines uralten Ölbaumes herab, seitwärts führte ein zugewachsener Pfad vorüber und jenseits davon stiegen Felsen auf. Unklar unterschied er den Eingang einer Höhle, sonst aber konnte er nichts sehen: Denn ringsum lag dichter Nebel, grau wie Spinnennetze. Nur das eintönige Rauschen der Brandung verriet ihm, dass er sich am Ufer des Meeres befand. Wo aber waren die Phaiaken und wo war das Schiff?

Sogleich erwachte sein Misstrauen. »Wehe mir!«, sagte er zu sich. »Die Phaiaken haben mich betrogen und mich an irgendeiner fremden Küste ausgesetzt: Denn diesen Ort habe ich gewiss nie gesehen! Vielleicht haben sie auch meine Schätze geraubt und sind davongefahren!«

Aber als er sich umsah, fand er alles am Fuß des Ölbaumes beisammen und nichts fehlte.

Da stand er auf und schlich ein Stück den Pfad entlang, um zu sehen, wohin er führte. Aber er erkannte die Gegend immer noch nicht: Denn in den zwanzig Jahren hatte sich vieles verändert und der Nebel ließ die Landschaft fremd erscheinen.

Plötzlich prallte er erschrocken zurück. An einer Biegung des Pfades stand wie aus dem Boden gewachsen ein Jüngling vor ihm. Er sah aus wie ein Hirte, trug einen Mantel um die Schultern und Sandalen an den Füßen. In der Hand hielt er einen Wurfspeer.

Odysseus war froh, einen Menschen zu treffen, den er befragen konnte. Aber ich werde mich hüten, von mir selbst zu reden, dachte er. Niemandem, wer es auch sei, werde ich mich zu erkennen geben: Denn ich weiß ja nicht, wer hier wohnt und ob nicht jemand Böses gegen mich im Sinn hat!

Unterdessen betrachtete ihn der Jüngling schweigend und schien zu warten, dass er ihn anrede.

»Sei gegrüßt!«, sagte er darum eilig. »Ich bin fremd hier und weiß nichts von Land und Leuten! Ist dies eine Insel oder eine Spitze des Festlandes, die ins Meer vorspringt? Und wer sind die Bewohner?«

In den hellen Augen des Jünglings blitzte es auf wie freundlicher Spott.

»Ei, wie weit kommst du her, dass du dies alles nicht weißt? Ithaka ist zwar klein und keineswegs reich, aber sein Name ist doch überall bekannt – selbst vor Troja nannte man ihn, das doch sehr weit entfernt liegt, habe ich sagen hören!«

Das vernahm Odysseus voll Entzücken. So war er nun doch heimgekommen und dies war Ithaka, obgleich es ihm noch immer fremd erschien! Fast hätte er sich in seiner Freude verraten. Aber schnell mahnte er sich zur Vorsicht. Agamemnon war heimgekehrt und getötet worden! Aber weil er doch dem Jüngling irgendetwas sagen musste, ehe er ihn weiterbefragte, begann er, eine flink erdachte Geschichte zu erzählen, in der Erfindung und Wahrheit wunderlich gemischt waren. »Jaja«, sagte er, »ich habe in Kreta von Ithaka reden gehört! Von dorther komme ich.

Ich musste fliehen, weil ich einen Mann erschlug, der mir meine ganze Beute aus dem Krieg um Troja rauben wollte. Ich lief mit meinen Schätzen zum Hafen, wo ein phoinikisches Schiff gerade ausfahren wollte. Für viel Gold nahmen mich die Schiffer mit. Der Sturm verschlug uns hierher und wir gingen an Land, um ein wenig zu schlafen. Als ich erwachte, waren die anderen fort, mich aber hatten sie samt meinen Schätzen zurückgelassen.«

Der Jüngling hörte ihm lächelnd zu, während er eifrig sein Märchen erzählte. Dann begann er wirklich zu lachen, und als ihn Odysseus verdutzt anstarrte, strich er ihm schnell mit der Hand über die Lider.

Odysseus riss die Augen auf. Da war der Jüngling verschwunden und eine schöne hochgewachsene Frau stand vor ihm. »Wahrhaftig, niemand kann dich an Vorsicht und Klugheit übertroffen, Odysseus, Sohn des Laertes«, sprach sie spottend.

Er zuckte zusammen. Wo kam sie plötzlich her und wer war sie, dass sie ihn kannte?

»Aber diesmal warst du doch nicht klug genug«, fuhr die Frau fort, »denn obgleich ich dir schon in vielen Gefahren beigestanden bin, hast du mich nicht erkannt. Du hättest sonst gewiss nicht versucht, Pallas Athene dein Lügenmärchen zu erzählen!«, fügte sie lächelnd hinzu.

Da fiel es Odysseus wie ein Schleier von den Augen. »Verzeihe mir, Göttin!«, sagte er beschämt. »Aber es ist für einen Sterblichen schwer, dich immer zu erkennen, da du in so vielerlei Gestalten erscheinst. Auch habe ich dich nicht mehr gesehen, seit ich von Troja ausfuhr. In meiner Drangsal habe ich viele Male gehofft, du würdest mich retten: Aber ich musste alles durchleiden. Erst in der Stadt der Phaiaken schien mir wieder, dass du es warst, die mich mit guten Ratschlägen zum Palast wies. Ich bitte dich, treibe jetzt nicht deinen Spott mit mir, sondern sage mir, ob dies wirklich Ithaka ist!«

»Ich konnte nicht für dich gegen Poseidon, den Bruder meines Vaters, kämpfen!«, beschied sie ihn ernst. »Aber da du immer noch an meinen Worten zweifelst, so gib acht!« Sie hob die Hand. Da zerteilte sich der Nebel und vor Odysseus lag die vertraute Gegend am Hafen: der alte Ölbaum, die Grotte der Najaden, in der die steinernen Webstühle der Nymphen standen, die hohen steinernen Krüge und zweihenkeligen Urnen, die den Bienenvölkern zur Wohnung dienten.

»Ich bin gekommen, mit dir zu beraten, wie wir die Dinge in deinem Haus ordnen«, sprach Pallas Athene wieder, »und wie wir die Freier bestrafen, die seit drei Jahren Penelope bedrängen, Telemachos nach dem Leben trachten und deine Güter verprassen. Zuerst aber wollen wir deine Schätze in der Höhle verbergen, damit niemand sie rauben kann, wenn du fortgegangen bist.«

Sie trugen alles in die Grotte und die Göttin wälzte einen großen Felsen vor den Eingang.

Dann setzten sie sich an den Fuß des Ölbaumes und Pallas Athene begann wieder zu sprechen. »Ich habe dich hierher bringen lassen, fern von der Stadt, denn in deinem Haus hätten dir die Freier wohl einen üblen Empfang bereitet.«

»Das ist wahr!«, sagte Odysseus und es graute ihm bei dem Gedanken. »Gewiss hätte ich Agamemnons Schicksal geteilt, wäre ich ihnen in die Hände gefallen!«

»Du sollst dennoch sehr bald in deinen Palast zurückkehren«, fuhr sie fort. »Aber zuvor will ich dich verwandeln, dass niemand dich erkenne. Freilich wird dann von dem herrlichen Helden Odysseus nicht viel übrig bleiben! Denn ich werde deine glatte Haut einschrumpfen lassen und das feste Fleisch deiner Glieder wird erschlaffen. Deine strahlenden Augen werden triefen und blöde aus den Höhlen starren und die bräunlichen Locken grau und glanzlos um dein Gesicht hängen. Du wirst einen Kittel tragen, so zerlumpt und schmutzig, dass niemand ihn anrühren möchte. An der Seite soll dir an einem Strick ein geflickter Ranzen baumeln, wie ihn die Bettler tragen.«

So sprach die Göttin und berührte ihn sanft mit ihrem Stab und alsbald saß statt des herrlichen Helden Odysseus ein jämmerlicher Greis im Grase, starrte blöde aus triefenden Augen und zog mit runzligen Händen seine Lumpen zurecht.

Pallas Athene musterte ihn zufrieden. »Nein, wahrhaftig, niemand wird dich erkennen, nicht einmal deine Gemahlin. So kannst du ohne Gefahr durch geschickte Fragen die Gesinnung der Leute erforschen: Darin bist du ja ein Meister! Nun aber mache dich auf und begib dich zum Hof des Schweinehirten Eumaios! Dort wartest du, bis Telemachos, dein Sohn, zurückkommt, den ich nach Pylos und Sparta gesandt habe, um nach dir zu forschen.«

Odysseus blickte die Göttin erschrocken an. »Warum hast du das getan, da du doch wusstest, dass ich heimkehren würde? Soll er dieselben Gefahren bestehen wie ich, so jung und unerfahren, wie er ist?«

Aber sie schüttelte begütigend den Kopf. »Sorge dich nicht um Telemachos! Ich habe ihn selbst in Mentors Gestalt auf dieser Reise begleitet und er wird morgen in der Nacht wohlbehalten hier an Land gehen. Zwar lauern ihm einige von den Freiern in der Enge von Same auf. Aber ich verspreche dir: Eher wird sie alle der Erdboden verschlingen, als dass deinem Sohn ein Leid geschieht. Und nun geh, hier ist dein Stock, auf den du dich stützen kannst, wenn deine alten Beine dir den Dienst versagen.«

Sie lachte leise und dann war sie fort und Odysseus starrte vor sich in die leere Luft.

So machte er sich wohl oder übel auf den Weg. Er ging eine Weile den felsigen Pfad entlang, dann stieg er durch Wald und über karge Grasflächen hinauf, wo viele Ziegen und Schafe weideten, und endlich kam er in einen weiten Felsenkessel. Da lag das Gehöft des Schweinehirten Eumaios vor ihm.

Er blieb stehen und überschaute schnell sein Besitztum. Alles schien ihm gut instand; die Umzäunungen waren neu, die Pfähle dicht nebeneinander in den Boden geschlagen und oben mit Dornengestrüpp umflochten. Das Haus kannte Odysseus nicht. Ehemals gab es da nur eine kleine Holzhütte. Eumaios mochte das Steinhaus gebaut haben, während er in der Fremde war.

Daran schlossen sich zwölf Ställe für die Nacht, von denen jeder fünfzig Tiere aufnehmen konnte. Ein großes umzäuntes Gehege war da, in dem sich tagsüber Scharen übermütiger Ferkel tummelten; in einem anderen befanden sich die trächtigen Schweine und am äußersten Rand des Hofplatzes, gegen die Felsen zu, waren die wilden Eber hinter einem starken Zaun eingeschlossen.

»Guter, treuer Eumaios!«, dachte Odysseus. »Er sorgt für mein Eigentum, als wäre ich die ganze Zeit daheim gewesen. Zwar – wie kann ich wissen, ob er mir wirklich noch immer so treu ergeben ist wie früher? Vielleicht hält er es längst mit den Freiern, weil er meint, ich käme doch nicht wieder! Nun, ich werde es bald erfahren!«

Er näherte sich dem Hoftor. Da sah er drinnen auf der Schwelle des Hauses den Schweinehirten sitzen, der gerade ein Stück Leder in Streifen schnitt, um sich Sandalen daraus zu verfertigen. Die anderen Hirten waren nicht da, aber an der Mauer lagen vier riesige Hunde und schliefen.

Odysseus betrachtete den Hirten mit Rührung. Er kannte ihn, seit sie beide kleine Knaben waren. Laertes hatte ihn von phoinikischen Händlern gekauft und der kleine Fremdling mit den klugen, ernsthaften Augen zeigte sich bald ehrlich und anstellig zu allerlei Diensten. Odysseus war ihm sehr zugetan und Eumaios hätte sich für seinen jungen Gebieter in Stücke hauen lassen. Als er alt genug war, übertrug man ihm die Aufsicht über die großen Schweineherden und die anderen Hirten.

Während ihn Odysseus, hinter dem Türpfosten verborgen, beobachtete, hoben die Hunde drinnen mit einem Ruck den Kopf: Sie hatten die Witterung des Fremden aufgefangen. Im nächsten Augenblick rasten sie mit wütendem Gebell auf das Tor zu.

Odysseus biss die Zähne zusammen: Er kannte diese Art Hunde! Sie waren wild und blutdürstig wie die Wölfe. Schnell ließ er den Stock fallen und stand ganz still, um sie nicht zu reizen.

Schon waren sie ganz nahe, er sah ihre hechelnden Zungen und die schillernden Augen.

Aber ehe sie ihn erreichten, hörte er die zornige Stimme des Schweinehirten. Eumaios rannte durch den Hof, dass die Lederstücke nach allen Seiten flogen. Er schrie auf die Hunde ein, warf mit Steinen nach ihnen, und als sie sich endlich knurrend verzogen, stand er, ein wenig außer Atem, vor Odysseus und betrachtete ihn mit gerunzelter Stirn.

»He, Alter, um ein Haar hätten dich die Hunde zerrissen!«, sagte er. »Als ob ich nicht sonst schon genug Kummer und Sorgen hätte! Hier sitze ich und mäste die Schweine für diese elenden Freier, während mein armer Herr vielleicht irgendwo in der Fremde umherirrt und kein Stücklein Brot zu essen hat – wenn er überhaupt noch am Leben ist«, fügte er traurig hinzu. »Aber tritt ein, fremder Vater: Du sollst essen und trinken und mir dann erzählen, wer du bist und woher du kommst!«

Er führte Odysseus in die Hütte, warf ein dickes zottiges Ziegenfell über sein Lager und lud seinen Gast ein, sich daraufzusetzen.

»Mögen die Götter dir gewähren, was du am meisten ersehnst, da du mich so gastlich aufnimmst!«, murmelte Odysseus bescheiden, wie es sich für einen Bettler geziemte.

»Ich missachte selbst den Ärmsten nicht, wenn ich auch nur geringe Gaben spenden kann!«, antwortete Eumaios freundlich. »Und wenn die Götter mir meinen sehnlichsten Wunsch gewähren wollen, so müssten sie meinen Herrn heute noch heimkehren lassen! Aber das wird nicht geschehen: weder heute noch in Zukunft!«

Da wurde es Odysseus ganz eng ums Herz vor lauter Freude, als er das hörte. Aber noch schwieg er aus Vorsicht.

Der Schweinehirt ging zum Stall, in dem die Ferkel eingesperrt waren, holte zwei heraus, schlachtete sie und briet sie am Spieß. Dann stellte er das Fleisch in einer Holzschüssel vor Odysseus hin und auch einen hölzernen Becher mit Wein.

»Wir müssen mit Ferkelfleisch vorliebnehmen«, sagte er grimmig, »denn die gemästeten Schweine essen die Freier! Mich wundert nur, dass sie es wagen, um die Königin zu werben und die Habe meines Herrn so zu verprassen! Sie müssen wohl sichere Kunde haben, dass er nicht wiederkommt!«

»Willst du mir nicht sagen, wer dein Herr ist, von dem du immer redest?«, fragte Odysseus. »Ich bin viel in der Welt herumgekommen: Vielleicht bin ich ihm begegnet!«

»Gib dir keine Mühe, mir irgendein Märchen zu erzählen, Alter!«, fuhr ihn Eumaios fast zornig an. »Mein Herr ist Odysseus, der seit zwanzig Jahren verschollen ist. Lange hofften wir, ein Fremder brächte uns einmal Nachricht. Aber jeder Fahrende, der zu uns kommt, will Odysseus irgendwo anders gesehen haben. Das ist nun einmal so Brauch bei diesen Leuten: Wenn ihnen jemand Leibrock oder Mantel verspricht, erzählen sie alles, was den Geber erfreuen könnte. Ich sage dir aber, weder Penelope noch Telemachos oder ich glauben in Zukunft noch einer solchen Botschaft: Denn sooft wir nachforschten, war alles lauter Lüge!«

Odysseus dachte schnell nach. Sollte er sich zu erkennen geben? Nein, Eumaios könnte in seiner Freude oder aus Unachtsamkeit das Geheimnis verraten.

Weil er den treuen Diener aber doch ein wenig trösten wollte, sprach er: »Hör zu, Freund! Ich sage dir nicht nur, dass dein Herr wiederkommt, sondern ich schwöre dir: Ehe der Mond sich rundet, ist er daheim!« Er lächelte plötzlich. »Habe ich wahr gesprochen, so schenkst du mir an dem Tag, an dem Odysseus sein Haus betritt, Leibrock und Mantel!«

»Du wirst die Gewänder nie bekommen!«, sagte Eumaios halsstarrig. »Denn mein Herr wird niemals heimkommen. Und wer weiß, ob wir Telemachos wiedersehen, der nach Pylos gefahren ist! Mich dünkt, die Götter müssen seinen Verstand verdunkelt haben. Jetzt lauern die Freier auf ihn, um ihn zu töten! Aber wir wollen nicht mehr von diesen traurigen Dingen reden: Das hilft niemandem und der Kummer wächst nur dabei! Erzähle mir also jetzt von dir selbst!«

Da begann Odysseus abermals eine schnell erdachte Geschichte zu erzählen, in der sich Wahrheit und Erfindung wunderlich mischten.

»Ich stamme aus Kreta. Mein Vater war ein vornehmer Mann, meine Mutter aber eine gekaufte Sklavin. Dennoch liebte mein Vater mich ebenso wie die Söhne seiner ebenbürtigen Gemahlin. Aber er starb und meine Brüder verstießen mich und so zog ich mit unseren Kriegern zu vielen Kämpfen aus. Auch vor Troja kämpfte ich an der Seite der berühmtesten Helden Achaias. Ich machte viel Beute und wurde allmählich reich. Da lockte es mich, nach Ägypten zu segeln, und ich zog mit neun Schiffen und vielen Gefährten aus und kam glücklich an der Mündung des großen Stromes an, wo wir die Anker auswarfen. Zwar hatte ich den Männern geboten in der Nähe der Schiffe zu bleiben und kein Unheil anzurichten. Aber sie gehorchten mir nicht, schwärmten im Land umher, plünderten Häuser, verwüsteten Äcker, raubten Frauen und erschlugen die Männer, die sich zur Wehr setzten. Aber am nächsten Morgen kam die Rache über uns. Die Klagen des Volkes waren sehr bald an das Ohr des Königs gedrungen. Noch in der Nacht versammelte er ein großes Heer in der Stadt, und als die erste Morgenröte am Himmel emporstieg, öffneten sich die Tore. Ehe wir uns versahen, wimmelte das weite Feld vor den Schiffen von Kriegern, Pferden und Streitwagen. Was vermochten wir gegen die Übermacht? Es dauerte nicht lange, da waren viele von meinen Gefährten erschlagen, die anderen fortgeführt in die Gefangenschaft, wo die harte Arbeit der Sklaven auf sie wartete. Ich sah, dass ich allein stand! Da riss ich mir den Helm vom Kopf, warf Schild und Speer von mir und lief dem Wagen des Königs entgegen, der gerade über das Schlachtfeld jagte. Er riss die Rosse zurück, als ich mich vor ihm niederwarf und um Gnade bat. Zwar stürmten seine Krieger mit erhobenen Lanzen heran, um mich zu töten, aber er schenkte mir das Leben, hieß mich in seinen Wagen steigen und nahm mich mit in sein Haus. Da blieb ich sieben Jahre und wieder gelang es mir, großen Reichtum zu erwerben. Da kam ein Mann aus Phoinike, der mich mit List überredete, mit ihm in seine Heimat zu fahren. Zu meinem Unglück folgte ich ihm. Bald darauf nahm er mich mit auf eine Reise nach Libyen. Ich wollte mich weigern, da ich ahnte, er gedenke mich in dem fremden Land als Sklaven zu verkaufen. Aber er zwang mich, das Schiff zu besteigen. Nun, es brachte ihm keinen Gewinn! Kaum waren wir auf dem offenen Meer, da erhob sich ein Sturm, schwarzes Gewölk zog auf, Blitze fuhren zischend herab und der Donner krachte und rollte fast unaufhörlich. Und dann schlug ein Blitz mitten ins Schiff! Schwefeldampf erfüllte die Luft, das Geschrei der Männer ging in dem entsetzlichen Krachen des Donners unter! Das Schiff stieg senkrecht auf, als sollte es sich im nächsten Augenblick überschlagen, der Mast stürzte seitwärts ins Meer, herabstürzende Wogen schwemmten uns vom Deck und wie ein Schwarm Krähen trieben wir rings um das sinkende Schiff auf dem wilden Gewässer. Einer nach dem anderen versank in den schwarzen Schlünden. Ich aber fühlte plötzlich den Mast zwischen meinen Händen und schwang mich hinauf. So trieb ich neun Tage hilflos über das Meer. In der zehnten Nacht warfen mich die Wogen ans Land der Thesproten. Der Sohn ihres Königs Pheidon fand mich halb tot und führte mich in das Haus seines Vaters. Von ihm erfuhr ich, Odysseus sei auf der Heimfahrt bei ihm eingekehrt und nur für eine kurze Zeit nach Dodona gefahren, um das Orakel zu befragen. Er zeigte mir auch die Schätze, die Odysseus ihm anvertraut hatte, bis er wiederkäme.

Ich hätte gerne auf ihn gewartet, aber der König sandte mich mit einem Schiff, das gerade auslief, nach dem Weizenland Dulichion: Denn darum hatte ich ihn gebeten. Er gab mir auch neue Gewänder und reiche Gastgeschenke und das wurde mein Verderben. Denn die Männer, die mit mir fuhren, segelten nicht nach Dulichion, sondern gegen Ithaka. Als wir uns dem Strand näherten, fesselten sie mich mit Stricken und nahmen alles, was mir gehörte. Selbst Gewand und Mantel zogen sie mir vom Leib und warfen mir ein paar Lumpen über. So ließen sie mich gebunden liegen und gingen selber an Land, um sich ein Mahl zu bereiten und zu schlafen. Aber es gelang mir, meine Fesseln zu lockern; ich rollte schleunigst die Lumpen zusammen und band das Bündel auf meinem Kopf fest. Dann ließ ich mich am Steuerruder hinabgleiten, schwamm an den Strand und kroch in ein Gebüsch, um mich zu bekleiden. Aber da hatten sie schon meine Flucht entdeckt und ich hörte sie keuchend und fluchend nach mir suchen. Ich wagte mich nicht zu rühren, vor Angst, sie könnten mich entdecken. Doch nach einer Weile gaben sie zu meinem Glück das Suchen auf, bestiegen das Schiff und fuhren davon. Ich aber machte mich auf den Weg landeinwärts und da ließen mich die Götter deine Behausung finden!«

Eumaios hatte mit großer Aufmerksamkeit zugehört: Denn er liebte solche Geschichten, die von Abenteuern in fremden Ländern und auf dem Meer erzählten. Es kamen aber nur selten Fremde zu ihm.

»Das war eine gute Geschichte, Alter«, sagte er, zufrieden aufatmend, als Odysseus schwieg. »Aber eines ist gewiss nicht wahr: nämlich das, was du von Odysseus gesagt hast! Warum lügst du denn so töricht? Ich werde dich deshalb keineswegs besser bewirten! Was ich dir gebe, gebe ich aus Mitleid und weil Zeus es gebietet!«

»Du willst mir also nicht glauben, dass dein Herr heimkehren wird?«, fragte Odysseus. »Nun, so wollen wir einen Vertrag miteinander schließen! Kehrt dein Gebieter vor dem nächsten Vollmond zurück, so gibst du mir Leibrock und Mantel! Habe ich aber gelogen, so magst du den Knechten befehlen, mich von den Felsen dort droben in die Tiefe zu stürzen!«

Eumaios betrachtete ihn kopfschüttelnd: Die Götter mochten wissen, warum er so etwas wie Zuneigung für diesen schmutzigen alten Fremdling empfand. »Wahrhaftig, du hast wunderliche Einfälle!«, brummte er. »Da verdiente ich wohl höchstes Lob für meine Tugend, wenn ich dich zuerst in meinem Haus freundlich bewirte und dir dann das Leben nähme! Denn du würdest es verlieren, sage ich dir! Darum wollen wir lieber nicht mehr davon reden. Ich höre die Knechte mit den Schweinen kommen! So ist es Zeit, das Nachtmahl zu rüsten!« Er begann allerlei Verrichtungen, hackte Holz, schürte das Feuer auf dem Herd und legte Beil, Messer und Bratspieße bereit.

Draußen trieben die jungen Hirten die quiekende, grunzende Herde für die Nacht in die Ställe. Dann betraten sie die Hütte und musterten neugierig den Gast, während sie die Wurfspeere in die Ecke lehnten und ihre Mäntel an den Pfosten hängten.

»Hört zu!«, sagte Eumaios. »Wir wollen heute zu Ehren des Gastes einmal gutes Fleisch essen, das ja doch sonst die Freier verzehren. Holt eines von den gemästeten Schweinen!«

Das ließen sie sich freilich nicht zweimal sagen. Sie liefen hinaus und kamen alsbald mit einem feisten fünfjährigen Eber zurück. Während sie ihn festhielten, schnitt ihm Eumaios ein Büschel Borsten vom Schädel, warf sie ins Feuer und rief die Götter an, sie möchten Odysseus die Heimkehr vergönnen. Dann schlachteten sie das Schwein, sengten es, und als Eumaios es mit geschickten Beilhieben zerteilt hatte, steckten sie die Stücke an die Spieße und begannen, sie sorgsam über dem Feuer zu drehen.

Bald durchzog lieblicher Duft von gebratenem Fleisch und heißem Fett die Hütte. Die besten Teile warf Eumaios ins Feuer zum Opfer für die Götter, das Übrige verteilte er redlich unter sie alle. Das schönste Stück des Rückens aber legte er vor den Gast auf den Tisch.

Während sie schmausten und tranken und allerlei Reden hin und her gingen, kam die Nacht, stürmisch und mondlos. Ein sausender Wind fuhr um die Hütte, Regen schlug gegen Tür und Mauern und bog die triefenden Bäume zur Erde. Feuchte, kalte Luft drang durch alle Fugen herein. Die Männer meinten, in einer solchen Nacht suche man am besten früh das Lager auf, wickelten sich in ihre Mäntel und streckten sich auf Laubstreu und Fellen zum Schlafen aus.

Odysseus hatte keinen Mantel und es fror ihn. Weil er aber weder Eumaios noch die Knechte bitten wollte, ihm einen der ihrigen zu leihen, verfiel er auf einen listigen Ausweg.

Er kicherte, wie es manchmal kindische alte Leute tun, und sagte: »Der Wein hat mich wohl geschwätzig gemacht! Ich muss euch eine Geschichte erzählen! Einmal, während wir Troja belagerten, hatten wir uns in einen Hinterhalt gelegt: Odysseus, Menelaos und ich mit einer kleinen Schar von Kriegern. Es war eine kalte Nacht, wir lagen im Sumpf und Röhricht versteckt, Schnee fiel auf uns herab und fror an Helm und Schildrand fest. Die anderen hatten sich in die warmen wollenen Mäntel gehüllt, ich aber hatte den meinen aus Leichtsinn auf dem Schiff zurückgelassen. So war ich nur mit Leibrock und Gürtel bekleidet und die Kälte drang mir bis in die Eingeweide. Um die dritte Nachtwache konnte ich es nicht mehr ertragen und ich stieß Odysseus an, der neben mir lag. ›Bald werde ich nicht mehr unter den Lebenden weilen‹, sprach ich zähneklappernd, ›denn die Kälte tötet mich, da ich keinen Mantel habe.‹ Odysseus schwieg einen Augenblick. Dann wandte er sich zu den jungen Kriegern zurück, die hinter uns lagen. ›Einer von euch soll schnell zu den Schiffen gehen und Agamemnon bitten, uns noch eine Abteilung seiner Männer zu senden: Wir haben uns weit von den anderen entfernt, und wenn es zum Kampf kommt, sind wir zu wenige.‹ Sogleich sprang einer der Jünglinge auf, warf den Mantel ab und lief zum Strand hinab. Seht ihr, das war sehr gut: Denn er fror nicht, weil er lief, ich aber konnte mich in seinen Mantel wickeln und darum fror ich auch nicht mehr!«

Eumaios hatte sich im Eifer des Zuhörens längst auf seinem Lager aufgerichtet. Er lachte leise in seinen Bart. »Ja, genauso pflegte mein Gebieter zu handeln!«, sagte er. »Immer verstand er es, dem einen zu helfen, ohne dem anderen zu schaden. Nun glaube ich dir auch, dass du Odysseus wirklich kennst! Aber du sollst deine Geschichte nicht umsonst erzählt haben!«

Er stand auf, holte einen zweiten Mantel, den er zum Wechseln brauchte, wenn der andere durchnässt war, und breitete ihn über Odysseus. »Schenken kann ich ihn dir freilich nicht«, fügte er hinzu, »weil bei uns jeder nur das hat, was er selber benötigt. Aber warte nur, wenn Telemachos heimkehrt, wirst du bald Rock und Mantel haben!«

Bald wurde es still in der Hütte. Die Knechte schliefen. Eumaios aber warf sich den Mantel um, dazu noch ein Schaffell über den Rücken, nahm seinen Wurfspieß und ging hinaus, um Nachschau zu halten, ob alles in Ordnung wäre.

Odysseus sah es mit Freuden. Hätte ich lauter so treue Leute wie ihn, so könnte ich ohne Sorge in mein Haus zurückkehren, dachte er, schon im Einschlafen. –

Am nächsten Tag machte er sich allerlei im Hof und in den Ställen zu schaffen, damit die Zeit verginge und auch damit die anderen ihn nicht heimlich einen unnützen Esser schelten sollten.

Er wartete ungeduldig, bis es endlich Abend würde: Denn in dieser Nacht musste ja Telemachos von Pylos zurückkommen. So hatte Pallas Athene gesagt.

Nach dem Nachtmahl begann er, davon zu reden, dass er am Morgen in die Stadt gehen wolle. »Denn ich will dir nicht länger zur Last fallen, Eumaios. In der Stadt, wo viele Menschen wohnen, gibt mir gewiss da und dort jemand ein Stück Brot oder ein Schälchen Gerstenbrei. Ich will auch das Haus des Odysseus aufsuchen.« Er verstummte und starrte eine Weile vor sich hin. »Vielleicht«, fuhr er dann fort und jetzt war seine Stimme laut und grimmig, »vielleicht könnte ich auch den Freiern der Königin meine Dienste anbieten, damit sie mir dafür aus den Vorräten des Odysseus eine Mahlzeit reichen lassen. Ihr müsst wissen, ich bin geschickt zu allerlei Verrichtungen. Ich kann Feuer machen, Holz spalten, Fleisch zerlegen und braten, Wein mischen und einschenken – eben alle Arbeiten, die niedrige Leute für die Vornehmen und Reichen verrichten«, schloss er und es klang so zornig, dass ihn die anderen verwundert betrachteten.

»Schlage dir das aus dem Kopf, Freund!«, sagte Eumaios mit einem mitleidigen Lächeln. »Die Diener dieser Männer sehen anders aus als du! Sie haben gesalbte Häupter, glatte Gesichter und schöne Gewänder! Nein, nein, bleibe ruhig bei uns. Die Freier würden dich nur verspotten und vielleicht misshandeln: Denn sie sind gewalttätig und böse. Warte darum lieber hier auf Telemachos, er wird gewiss für dich sorgen!«

»Wenn du mich bleiben lässt, so will ich es gerne tun«, antwortete Odysseus gefügig und die Runzeln in seinem Gesicht zuckten, als verbeiße er ein Lachen. »Aber willst du mir nicht noch ein wenig von Odysseus erzählen? Leben seine Eltern oder wohnen sie schon im Haus des Hades?«

»Laertes, sein Vater, lebt, aber er hat keine Freude mehr im Alter, seit sein Sohn verschollen und seine Gattin vor Kummer darüber gestorben ist. Ich sage dir, sie war so gut zu mir wie eine Mutter! Sie zog mich neben ihren eigenen Kindern auf und liebte mich kaum weniger. Seit sie tot ist, kümmert sich niemand mehr so fürsorglich um mich. Penelope ist zwar gut und freundlich: Aber seit die Freier im Haus schalten, kommt sie kaum mehr aus ihren Gemächern. Und man möchte manchmal gerne mit der Herrin selbst über etwas reden oder sie um Rat fragen. Zwar kann ich nicht klagen! Ich habe meine Arbeit, die mich ernährt, und dann und wann kann ich sogar noch einem Armen etwas schenken.«

»So bist du schon als Kind in das Haus des Laertes gekommen?«, fragte Odysseus, um den Schweinehirten zum Reden anzuregen. Eumaios legte sich behaglich zurecht. »Das ist eine lange Geschichte!«, begann er. »Aber es ist noch früh am Abend und allzu langes Schlafen ist schädlich. Wir wollen lieber noch ein wenig Wein trinken und uns an der Erinnerung längst vergangener Leiden ergötzen. So höre! Wo die Sonne sich wendet, liegt eine Insel im Meer. Sie heißt Syria, du kennst sie vielleicht. Dort gibt es zwei reiche Städte, die einstmals mein Vater beherrschte. Als ich ein kleiner Knabe war, lebte in unserem Haus eine phoinikische Sklavin. Sie schien redlich und meinen Eltern ergeben und darum gab mich meine Mutter in ihre Obhut.

Eines Tages kamen phoinikische Kaufleute ins Land, die mit allerlei Waren Tauschhandel trieben. Sie trafen die Sklavin am Fluss, wo sie Wäsche wusch, und erkannten sogleich, dass sie aus ihrer Heimat stammte. Ich stand unbeachtet dabei, während sie mit dem Mädchen redeten, betrachtete neugierig die schwarzbärtigen Fremdlinge und hörte ihren Reden zu, ohne zu ahnen, was sie für mich bedeuteten. ›Wie bist du hierhergekommen?‹, fragten sie die Sklavin.

›Als ich einmal allein auf dem Feld meiner Eltern in der Nähe von Sidon arbeitete, raubten mich fremde Männer und brachten mich hierher und der Fürst dieser Städte kaufte mich!‹, sagte das Mädchen.

›Möchtest du wieder zurückkehren nach Phoinike?‹, forschten sie weiter.

›Ja!‹, antwortete die Sklavin. ›Und ich könnte diesen Knaben mit mir nehmen, der der Sohn meines Gebieters ist. Wenn ihr ihn verkauft, wird er euch viel Geld einbringen.‹

›Das lässt sich hören!‹, meinten sie. ›Wir werden also jetzt eine Weile im Land umherziehen und unsere Geschäfte machen. Sind wir damit fertig, so geht einer von uns unter irgendeinem Vorwand in das Haus deines Gebieters und gibt dir ein Zeichen. Dann kommst du, sobald du es ohne Gefahr tun kannst, zu uns auf das Schiff.‹

Gesagt, getan! Nach einiger Zeit erschien eines Tages ein Fremder in unserem Haus und bot meiner Mutter und den anderen Frauen ein kostbares Geschmeide aus Gold und Bernstein zum Kauf an. Die Sklavin stand an der Tür, während sie im Saal um den Preis feilschten. Da winkte ihr der Fremde schnell mit den Augen. Sie ging hinaus und ich lief ihr nach, ohne dass sich jemand darüber verwunderte. Sie nahm meine Hand und zog mich hastig mit sich fort aus dem Haus und durch die enge Gasse zum Hafen hinab. Da lag schon das Schiff der Phoiniker zur Abfahrt bereit. Wir stiegen ein und nach uns kam noch eiligen Laufes der Mann, der meiner Mutter das Halsband verkauft hatte. Gleich darauf fuhr das Schiff aus dem Hafen und mit gutem Wind hinaus aufs offene Meer. Wir fuhren ohne Unterbrechung sechs Tage lang. Manchmal fragte ich die Sklavin, ob wir nun bald heimkämen. Aber sie hieß mich mit böser Stimme schweigen. Am siebenten Tag starb sie plötzlich: Sie stürzte nur eben nieder und war tot. Da warfen die Männer den Leichnam ins Meer. Ich war allein mit ihnen, fürchtete mich und weinte. Aber sie kümmerten sich nicht um mich, bis wir vor Ithaka anlegten. Da boten sie mich Laertes zum Kauf an. So kam ich hierher!«

»Du hast früh viel Schlimmes erfahren!«, sagte Odysseus. »Aber die Götter waren dir zuletzt doch gnädig, da sie dich in das Haus eines guten Mannes führten!«

Sie redeten noch eine Weile, dann schlief Eumaios ein.

Odysseus aber horchte in die Nacht hinein, ob vielleicht die Hunde anschlügen oder Schritte sich näherten.

Bald würde Telemachos hier sein. »Ich werde auf ihn warten«, dachte er. Aber unversehens überwältigte ihn der Schlaf. –

Als der erste Schimmer der Morgenröte am Himmel emporstieg, lenkte Telemachos sein Schiff zur Spitze der Insel, wie es ihm Pallas Athene im Traum befohlen hatte. Er legte an, übergab das Steuer Peiraios, dem treuesten der Gefährten, und sagte: »Ich will hier an Land gehen, denn ich muss nach den Hirten und nach den Feldern sehen. Ihr aber fahrt weiter zur Stadt, bringt das Schiff in den Hafen und meldet Noemon unsere Rückkehr. Morgen bin ich wieder in meinem Haus und wir wollen miteinander ein fröhliches Mahl halten.«

Da trat Theoklymenos, der Seher, auf ihn zu. »Und wohin soll ich gehen, Telemachos? Erlaubst du mir, deine Mutter um Zuflucht im Palast zu bitten?«

»Ich würde es gerne tun«, sagte Telemachos zögernd. »Aber ich fürchte, meine Mutter wird dich kaum sehen, da sie nicht vor den Freiern erscheinen mag. Aber Peiraios wird dich in seinem Haus beherbergen, bis ich selbst mich deiner annehmen kann. Denn ich bin ja nicht Herr im Palast, ehe nicht für die Freier der Tag des Unheils anbricht!«, fügte er bitteren Tones hinzu.

In diesem Augenblick zuckte zu seiner Rechten ein dunkler Schatten durch die Luft. Mit lautlosem Flügelschlag strich ein Habicht vorüber, der eine Taube in den Fängen hielt. Er zerriss sie und die Federn sanken zur Erde herab.

Theoklymenos beobachtete aufmerksam das Zeichen der Götter. »Dir und den Deinen wird Heil widerfahren, Telemachos!«, sprach er. »Wie der Habicht die Taube getötet hat, so werdet ihr die Freier vernichten!«

Das schien Telemachos eine tröstliche Botschaft. Er band sich die Sandalen an die Füße, nahm seinen Wurfspeer und sprang fröhlich ans Ufer.

Gleich darauf schlug er denselben Pfad ein, dem zwei Tage zuvor Odysseus gefolgt war, und stieg hinauf zum Gehöft des Schweinehirten. –

Es war noch nicht vollends hell geworden, als Eumaios sich von seinem Lager erhob, die Knechte weckte und das Frühmahl bereitete. Danach trieben drei von ihnen die Schweine ins Freie, während der vierte sich mit einem feisten Eber auf den Weg machte, um in die Stadt hinabzugehen. »Siehst du«, sagte der Schweinehirt zu Odysseus, als sie allein in der Hütte waren, »siehst du, so treiben sie es! Jeden Tag ein gemästetes Schwein, dazu eine oder zwei Ziegen und ab und zu ein junges Rind! Und den Wein vergeuden sie in Strömen! Was hast du denn?«

Odysseus war aufgesprungen und starrte zur Tür. »Jemand kommt!«, sagte er und seine Stimme klang rau. »Die Hunde scheinen ihn zu kennen, denn sie laufen auf das Tor zu und wedeln und winseln vor Freude!«

Eumaios füllte gerade aus dem Mischkrug einen Becher mit Wein. Er warf einen Blick hinaus in den Hof, der noch im grauen Morgenlicht lag. So erkannte er Telemachos nicht gleich, der jetzt unter die Tür trat. Aber im nächsten Augenblick ließ er Becher und Mischkrug fallen und lief auf ihn zu.

»Bist du doch zurückgekommen, Telemachos?«, rief er und umarmte ihn wie einen wiedergefundenen Sohn. »Ich dachte schon, wir würden dich auch nicht wiedersehen wie deinen Vater, nachdem du so heimlich nach Pylos gefahren bist! Aber tritt ein, du warst lange nicht hier! Gewiss bleibst du so gern drunten in der Stadt und in der Gesellschaft der Freier«, fügte er mit grimmigem Spott hinzu.

Das Gesicht des Jünglings verfinsterte sich. »Ich wollte zuerst hierherkommen, um von dir zu hören, wie es in unserem Haus steht!«

Er brach ab, denn jetzt hatte er den Fremden bemerkt.

Odysseus erhob sich sogleich, um ihm Platz zu machen. Er hätte kein Wort hervorgebracht: Die Kehle war ihm wie zugeschnürt! Dies war also Telemachos, sein Sohn! Telemachos, den er als kleinen Knaben auf den Armen seiner Mutter zum letzten Mal gesehen hatte!

»Bleib, Fremder!«, sagte Telemachos und drückte ihn sanft auf seinen Sitz zurück. »Hier ist Platz für uns alle!« Und er setzte sich auf einen Haufen Laubstreu, den Eumaios mit ein paar Fellen bedeckt hatte.

Jetzt brachte er eilig die Reste des gestrigen Mahles, Fleisch, Brot und Wein, und lud die beiden ein zuzulangen. Während sie aßen, erzählte er allerlei, was sich unterdessen zugetragen hatte. Odysseus aber tat den Mund nicht auf.

»Wer ist dein Gast, Väterchen?«, fragte Telemachos nach einer Weile. Der schweigsame Fremde schien ihm ein wenig seltsam.

»Er sagt, er stamme aus Kreta und habe viele Länder durchwandert und viele Städte gesehen«, antwortete Eumaios. »Nun ist er gerade thesprotischen Räubern entronnen und in meine Hütte gekommen. Er bittet dich um Schutz und Hilfe!«

»Es ist schwer für mich, ihm zu helfen!«, sagte Telemachos bekümmert. »Nehme ich ihn in mein Haus, so muss ich befürchten, dass die Freier ihren Spott mit ihm treiben, und das brächte mir Schande. Dennoch vermag ich sie nicht zu hindern. Aber ich will deinem Gast neue Gewänder heraufsenden und auch einiges an Nahrung, damit er dir nicht so zur Last falle.«

Jetzt richtete Odysseus sich auf. Seine trüben Augen funkelten vor Zorn. »Erlaubst du mir, ein Wort zu sagen, junger Freund?«, sprach er. »Mir scheint, der Übermut dieser Männer schreit zum Himmel! Wie können sie es wagen, dich in deinem eigenen Haus so zu missachten? Ist denn niemand in Ithaka, der dir gegen sie beisteht?« Er schwieg einen Augenblick und ein grimmiges Lachen zuckte über sein runzliges Gesicht. »Wahrhaftig«, fuhr er fort, »wäre ich Odysseus und wäre es mir vergönnt heimzukehren, so sollte das Unwesen schnell ein Ende haben! Aber du brauchst ja die Hoffnung noch nicht aufzugeben: Vielleicht – nun, es könnte doch sein, dass dein Vater noch am Leben ist und eines Tages zurückkommt! Oder glaubst du nicht daran?« Er mochte Telemachos nicht ins Gesicht sehen, weil er sich schämte, zu seinem Sohn so hinterhältig zu reden. Aber er konnte ihm auch nicht die Wahrheit sagen: Denn niemals hätte Telemachos geglaubt, dass der zerlumpte alte Bettler sein berühmter Vater sei!

Telemachos blickte den seltsamen Fremdling forschend an. Und weil er ihm ein merkwürdiges Zutrauen einflößte, sagte er: »Ja, seit ich in Pylos und Sparta war, ist meine Zuversicht ein wenig gewachsen. Auch meine Mutter hofft noch immer. Aber sie weiß sich keinen Rat. Bleibt sie in unserem Haus, um weiter auf meinen Vater zu warten, so bleiben auch die Freier und verprassen unser Hab und Gut. Sie will jedoch auch keinen anderen Gatten nehmen, solange noch ein Fünkchen Hoffnung bleibt, dass mein Vater am Leben sein könnte. So leidet sie schrecklichen Kummer.«

Plötzlich fiel ihm wieder ein, dass Penelope auch um ihn selbst in Sorge sein würde, und er wandte sich schnell zu Eumaios. »Ich bitte dich, Väterchen, geh sogleich in die Stadt hinab und melde meiner Mutter, dass ich von Pylos zurückgekehrt bin. Aber achte darauf, dass es sonst niemand erfährt: Denn zu viele sinnen auf mein Verderben. Nur die Schafferin Eurykleia soll es wissen und die Nachricht heimlich Laertes bringen, damit nicht die Angst ihn quäle, dass etwa auch sein Enkel gestorben sei: grämt er sich doch schon so sehr um meinen Vater.«

Odysseus hörte diese Rede mit Entzücken. Ja, Telemachos war so klug und besonnen, wie er es nur wünschen konnte!

Eumaios aber band sich schleunigst die Sandalen an die Füße, nahm den Wurfspeer und machte sich auf den Weg nach Ithaka. – Pallas Athene sah ihn gehen und begab sich sogleich zum Gehöft des Schweinehirten.

Odysseus lehnte am Türpfosten und dachte an Telemachos, der in der Hütte schlief, und an Penelope, die zwanzig Jahre getreulich auf ihn gewartet hatte. Er dachte auch an die Freier und an den Kampf, der ihm bevorstand.

Plötzlich wurde er aufmerksam. Was hatten denn die Hunde mit einem Mal? Sie schlichen, dicht aneinandergedrängt, auf das Hoftor zu, die Köpfe witternd erhoben. Sie bellten nicht, aber manchmal winselte einer, als hätte er Angst. Und dann begannen sie, wie auf einen geheimen Befehl rückwärtszugehen, an den Boden geduckt, mit eingezogenem Schwanz und leise winselnd. So wichen sie bis an die Mauer zurück. Dort kauerten sie sich zusammen und rührten sich nicht mehr.

In diesem Augenblick sah er Pallas Athene am Tor stehen. Abermals glich sie einer schönen Frau. Sie winkte ihm und er beeilte sich zu folgen.

»Deine Irrfahrten sind zu Ende, Odysseus, Sohn des Laertes«, redete ihn die Göttin an, als er vor ihr stand. »Aber noch steht dir der Kampf mit den Freiern bevor, dir und Telemachos. Nun berate mit deinem Sohn, wie ihr alles am besten vollbringen könnt. Und sorge dich nicht, weil ihr gegen so viele zu kämpfen habt: Ich werde dann, wenn es Zeit ist, an eurer Seite sein! Aber nun will ich dir für eine kurze Weile deine wahre Gestalt wiedergeben, damit dich Telemachos nicht für einen Lügner hält.«

Sie berührte ihn leicht mit ihrem Stab und verschwand. Alsbald begann er sich zu verwandeln. Anstatt des zerlumpten Kittels umhüllten ihn wieder Leibrock und Purpurmantel. Das spärliche silbrige Haupthaar und der schüttere Bart wurden zu dichtem braunem Gelock, die Runzeln glätteten sich und die Augen begannen zu strahlen wie einst. Die gebeugten Schultern strafften sich und so ging Odysseus zurück zur Hütte, größer und stattlicher anzusehen als zuvor.

Telemachos fuhr auf, als er eintrat, und starrte ihn verwirrt an. »Bist du es, Fremdling?«, fragte er unsicher. »Vorhin erschienst du mir doch ganz anders! Du trägst auch ein anderes Gewand und siehst aus wie ein viel jüngerer Mann! Bist du – bist du vielleicht einer von den Göttern, da du dich so zu verwandeln vermagst? So will ich dir Opfer darbringen und –«

»Nein, mein Sohn«, unterbrach ihn Odysseus und seine Stimme schwankte und seine Augen waren trübe von Tränen, sosehr er sich auch zu bezwingen suchte. »Nein, Telemachos, wie könnte ich mich mit den Unsterblichen vergleichen? Ich bin dein Vater.« Er ging auf ihn zu und wollte ihn umarmen, aber Telemachos wich zurück. »Du bist nicht Odysseus, mein Vater«, sagte er zornig, »sondern gewiss ein böser Dämon, der mich narrt! Denn niemals vermag sich ein Sterblicher aus eigener Kraft so zu verwandeln. Eben warst du noch ein ärmlicher Greis und nun gleichst du den olympischen Göttern!«

Odysseus musste über seinen Eifer lachen. »Du brauchst mich nicht allzu sehr zu bewundern! Dies ist meine wahre Gestalt und nur zuweilen verwandelt mich Pallas Athene in einen alten Bettler, damit mich niemand erkenne: Denn dies alles können die Götter! Nun aber sollst du mir glauben, dass ich dein Vater bin, der nach allen Irrfahrten im zwanzigsten Jahr heimkehrt.«

Da überkam es Telemachos mit einem Mal, dass dies die Wahrheit war. Er schlang die Arme um Odysseus und es schien ihm, nun habe alle Not ein Ende.

Aber er sollte bald innewerden, dass es nicht so war. Denn nachdem Odysseus schnell erzählt hatte, wie er nach Ithaka gelangt war, fuhr er sehr ernst fort: »Pallas Athene befahl mir, hierherzu kommen und zu warten: So habe ich dich gefunden. Nun müssen wir beraten, wie wir die Freier aus unserem Haus vertreiben und ihre Frevel bestrafen. Sage mir, sind es ihrer sehr viele oder werden wir beide allein sie besiegen können?«

»Oh nein, Vater«, sagte Telemachos erschrocken, »es ist eine große Schar! Von allen Inseln sind sie gekommen und manche haben ihre Diener bei sich. Ich habe immer von deinem Ruhm erzählen gehört und von deiner Klugheit, Vater: Aber dieser Kampf ist selbst für dich ein hoffnungsloses Beginnen, wenn wir keine Gefährten haben!«

Odysseus schüttelte den Kopf. »Pallas Athene wird uns beistehen! Sie ist eine mächtigere Hilfe als viele Kampfgefährten! Aber nun höre gut zu: Denn dies ist mein Plan! Du gehst jetzt sogleich hinab zur Stadt und begibst dich in den Palast und in den Saal zu den Freiern, genau wie sonst, damit sie keinen Argwohn schöpfen. Ich folge dir später mit Eumaios. Ich werde dann wieder aussehen wie ein alter Bettler und niemand wird mich erkennen. So kann ich getrost unter die Freier treten und ihre Gesinnung erforschen. Du aber darfst mich ja nicht verraten! Verspotten sie mich, so schweige dazu oder mahne sie nur freundlich, davon abzulassen. Misshandeln sie mich gar, so lass es geschehen: Sie werden ja nicht wagen, mich zu töten! Wenn sie aber dann heimgegangen sind, so nimm alle Waffen, die du im Saal findest, trage sie fort und verschließe sie in der Kammer. Fragen sie dich später danach, so sage nur, du habest sie fortgebracht, weil sie von dem ständigen Rauch schwarz und unansehnlich würden; auch hättest du Sorge, die Männer könnten einmal danach greifen und einander

Schaden zufügen, wenn der Wein sie streitsüchtig mache, wie es ja häufig zu geschehen pflegt. So sei es besser, keine Waffen in der Nähe zu haben: Denn das Eisen lockt nun einmal die Männer an. So oder ähnlich magst du zu ihnen reden und sie werden dir glauben, da sie ja nicht wissen, dass das Verderben schon über ihren Häuptern schwebt. Eines aber, mein Sohn, vergiss ja nicht: Niemand darf erfahren, dass ich zurückgekehrt bin! Weder deine Mutter noch Laertes, dein Großvater, noch auch Eumaios. Sie könnten sich in ihrer Freude verraten und dies würde vielleicht für dich und mich den Tod bedeuten, da die Freier Zeit gewännen, sich zum Kampf zu rüsten oder uns heimtückisch zu ermorden. Hab keine Sorge, dass Eumaios mich erkennt, wenn er zurückkehrt«, fügte Odysseus lächelnd hinzu, »denn vorher wird mich Pallas Athene wieder in einen ärmlichen Greis verwandeln.«

So beredeten sie in der Hütte des Schweinehirten noch lange ihren Plan, während Eumaios schon eilig drunten durch die Stadt zum Königspalast ging. Als er am Hafen vorüberkam, legte just das Schiff an, das Telemachos und seine Gefährten von Pylos gebracht hatte.

Er hörte, wie die Jünglinge einen Boten zu Noemon, dem Schiffsbauer, sandten und auch einen Herold zu Penelope, damit sie nicht länger in Sorge um ihren Sohn sei. Da begann Eumaios mit großen Schritten zu laufen. Aber der Herold war jung, hatte flinkere Beine und holte ihn am Tor ein.

So geschah es zu seinem Leidwesen, dass sie beide zugleich bei der Königin eintraten.

»Herrin, Telemachos ist wohlbehalten zurückgekehrt!«, sagten sie wie aus einem Mund und schielten einander grimmig an: Denn jeder hätte gerne allein die gute Botschaft gebracht.

Eumaios sah gerade noch, wie die Königin voll Freude aufsprang, dann drehte er sich um und stapfte zur Tür hinaus, ohne auf Botenlohn zu warten. Er mochte sich nicht mehr gerne im Palast aufhalten, seit die Freier darin ihr Unwesen trieben.

Er ging durch den Saal, der zu dieser Stunde leer war, hinaus in den Hof. Da standen einige von den Freiern beisammen und starrten mit betretenen Gesichtern zum Hafen hinab, wo Telemachos' Gefährten eben die Gastgeschenke vom Schiff trugen, um sie in das Haus des Peiraios zu bringen.

Eumaios lachte lautlos in seinen Bart. Ei, die edlen Freier hatten schon gemerkt, dass ihnen Telemachos nicht in die Falle gegangen war! Nun warteten sie wohl auf ihre Freunde, die in der Enge von Same vergebens auf ihre Beute lauerten.

Vergnügt stieg er die Hügel vor der Stadt hinauf, verschnaufte droben ein wenig und ließ den Blick über das Meer schweifen. Da gewahrte er weit draußen ein Schiff, das sich schnell der Küste näherte. Darin saßen viele Männer, Waffen und Helme blitzten in der Sonne.

»Wahrhaftig, das sind sie!«, murmelte er und seine Augen funkelten vor Schadenfreude. »Telemachos wird lachen, wenn ich es ihm erzähle!«

Schnellen Schrittes wanderte er weiter gegen die Felsen zu.

Im Hof des Palastes aber hielten die zurückgebliebenen Freier Rat, was zu tun sei.

»Ist es Telemachos doch wahrhaftig geglückt, unseren Freunden zu entrinnen«, sagten sie missmutig zueinander. »Zwar ist er selber nicht zu sehen, doch da tragen gerade seine Gefährten die reichen Schätze vom Schiff, die er wohl von Pylos und Sparta gebracht hat! Die Unsrigen aber sitzen gewiss noch draußen auf den Klippen von Same und warten auf ihn! Wir wollen ihnen schnell Botschaft senden, damit sie zurückkommen: Denn da uns Telemachos auf dem Meer entkommen ist, müssen wir eben versuchen, ihn hier im Palast oder an einem einsamen Ort vor der Stadt heimlich zu töten!«

Sie fuhren erschrocken herum, weil einer von ihnen, Amphinomos, plötzlich laut zu lachen begann.

»Mir scheint, ihr braucht euch nicht um Botschaft zu kümmern!«, sagte er und wies mit der Hand aufs Meer hinaus. »Seht, da kommen die Jäger ohne Beute! Schon rudern sie in den Hafen!«

Da liefen sie eilig hinab zur Ufermauer und kamen gerade zurecht, als das Schiff mit den anderen Freiern anlegte.

Antinoos sprang als Erster an Land. »Es sieht so aus, als beschützten die Götter selbst diesen Knaben vor dem Tod!«, knurrte er wütend. »Von der Morgenröte bis zur Dunkelheit saßen unsere Späher auf den Klippen und schauten sich die Augen aus! Die ganze Nacht aber kreuzten wir in der Meerenge, hin und her, immer hin und her, als wären wir närrisch geworden! Aber er kam nicht! Und jetzt liegt sein Schiff hier im Hafen! Aber es soll ihm nichts nützen!«, fuhr er fort, während sie ihn alle begierig lauschend umstanden. »Telemachos muss sterben, denn solange er lebt, werden wir nie ans Ziel kommen. Ihr habt ja gesehen, dass er schon klug und mutig zu handeln versteht. Auch das Volk ist uns nicht mehr gut gesinnt und murrt über unser Prassen im Haus des Königs. Nun braucht Telemachos nur vor dem Rat der Männer Klage zu führen, wir hätten ihm nach dem Leben getrachtet: Dann wird sich die Wut des Volkes gegen uns richten und sie werden uns gewiss von hier vertreiben. Also müssen wir ihn töten, ehe er uns noch mehr schaden kann«, schloss er finster.

Aber da hob Amphinomos die Hand. Er war ein wenig bedächtiger als die anderen, auch fürchtete er den Zorn der Götter mehr als sie.

»Was mich angeht, Freunde«, sagte er vorsichtig, »so möchte ich Telemachos lieber nicht töten, ehe wir Zeus Kronions Ratschluss erkundet haben. Widerraten die Unsterblichen die Tat, so will ich nichts damit zu schaffen haben. Sonst aber töte ich Telemachos, wenn es sein muss, mit eigenen Händen.«

Das schien den anderen ein guter Rat. Sie stimmten ihm zu und begaben sich zufrieden in den Palast, um sich zum Mahl zu setzen.

Aber kaum hatten sie ihre Plätze eingenommen, da fuhren sie vor Verwunderung wieder in die Höhe. Die Tür zu den Frauengemächern hatte sich geöffnet, und von vielen Mägden begleitet, betrat Penelope den Saal.

Einen Augenblick stand sie auf der Schwelle still. Die Männer starrten sie an: Denn abermals erschien sie ihnen schöner als je zuvor.

Penelope beachtete keinen von ihnen; ihre Augen suchten Antinoos. Dann schritt sie schnell den Saal hinab und blieb vor ihm stehen.

»Antinoos«, redete sie ihn an und ihre Stimme klang so kalt und verachtungsvoll, dass sein roter Nacken noch dunkler anlief. »Antinoos, warum trachtest du Telemachos nach dem Leben? Hast du vergessen, dass Odysseus einst deinen Vater vor dem Zorn des Volkes rettete? Du aber willst seinen Sohn töten. Du wagst es, um seine Gattin zu freien, und verschwendest seine Güter! Wahrhaftig, die lügen, die dich zu den Edlen Achaias zählen!«

Antinoos stand da und wusste vor Beschämung nichts zu sagen. Aber da sprang Eurymachos vor.

»Oh Herrin«, sagte er geschmeidig, »was machst du dir für unnütze Sorgen? Keiner von uns wird Telemachos ein Haar krümmen! Und sollte ein anderer ihm etwas zuleide tun, so wäre mein Speer alsbald rot vom Blut des Übeltäters, das magst du mir glauben! Freilich« – er hielt inne und senkte die Lider, dass sie seine Augen verbargen – »freilich, wenn die Götter den Tod über einen Sterblichen verhängen, vermag er ihm nicht zu entgehen«, schloss er mit heuchlerischer Betrübnis.

Penelope sah ihn nicht einmal an. Sie wandte sich um, stieg die Stufen zur Tür hinauf und begab sich zurück in das Frauengemach.

Als sie in ihrer Kammer allein war, weinte sie vor Angst und Verlassenheit inmitten all des Bösen, das sie umgab.

8 Früh am Morgen erhob sich Telemachos von seinem Lager in der Hütte des Schweinehirten.

»Ich will zur Stadt, Eumaios«, sagte er, »denn meine Mutter wird erst wieder froh werden, wenn sie mich mit eigenen Augen sieht. Du aber sollst später den Fremdling hinabführen, damit er sich unter den vielen Menschen seine Nahrung erbetteln kann.«

Er blickte mit einem heimlichen Lächeln zu seinem Vater hinüber, der noch auf der Streu lag, eingehüllt in den Mantel des Hirten.

»Jaja«, antwortete Odysseus eifrig, richtete sich ein wenig ächzend auf, wie es gebrechliche alte Leute tun, und rückte seine Lumpen zurecht. »Ich mag euch hier nicht länger zur Last fallen! Sobald die Sonne aufgegangen ist, können wir uns auf den Weg machen, Eumaios. Denn vorher wage ich es nicht, da mein zerschlissener Kittel mich nicht vor der Morgenkühle schützt, die für alte Leute gefährlich ist!«

Telemachos wandte sich schnell ab und verbiss ein Lachen. Er nahm seine Lanze, verließ die Hütte und schlug den Pfad nach der Stadt ein.

Es war ihm so froh zumute wie noch nie in seinem Leben. Selbst der Kampf mit den Freiern, der ihnen bevorstand, schreckte ihn nicht mehr. Nein, alles würde ein gutes Ende nehmen, nun, da sein Vater zurückgekehrt war!

Leichtfüßig sprang er den Hügel des Hermes hinab und lief an der Quelle vorüber, wo die Mädchen Wasser schöpften und ihm verwundert nachsahen. Ei, was war Telemachos wohl begegnet, dass er so strahlend einherschritt wie einer der Unsterblichen?

Aber er war schon durch das Tor in der Mauer getreten und eilte durch die Gassen zum Palast. Im Hof und im Saal war es noch still, nur die Mägde kehrten drinnen den Boden und wuschen Tische und Stühle. Die Freier mochten wohl bei der Ratsversammlung auf dem Markt sein.

Telemachos lehnte die Lanze an die Mauer und ging durch das Seitenpförtchen ins Frauenhaus.

Im Gang kam ihm Eurykleia entgegen, die ein Bündel Felle zum Saal tragen wollte. Sie schrie vor Freude laut auf, als sie ihn erblickte, ließ die Felle zu Boden fallen und lief auf ihn zu, so flink ihre alten Beine sie tragen mochten.

»Oh, mein Söhnchen, bist du zurückgekehrt?«, rief sie und küsste ihn auf Schultern und Wangen. »Komm, du musst sogleich zu deiner Mutter gehen!«

Aber Penelope stand schon in der Tür. Schnell ging er auf sie zu.

»Telemachos, mein Sohn«, sagte sie, während sie ihn zärtlich umarmte, »ich habe deinetwegen viel Kummer gelitten, als du so heimlich fortgefahren warst und die Freier dir auflauerten! Aber nun bist du da und ich will den Göttern reiche Opfer darbringen für deine glückliche Heimkehr!«

»Ja, Mutter«, antwortete Telemachos und strich mitleidig über ihre blasse Wange. »Du sollst nun nicht mehr weinen! Lass dir ein Bad bereiten und kleide dich in schöne neue Gewänder! Ich aber will schnell zum Markt gehen und dir einen Gast bringen, der mit mir von Pylos hergefahren ist. Empfange ihn freundlich, denn er versteht, die Zeichen der Götter zu deuten! Wenn ich zurückkomme, sollst du erfahren, was mir in Pylos und Sparta begegnet ist!«

Er war schon wieder fort, ehe sie ihn noch nach etwas zu fragen vermochte.

Eilig begab sie sich zum Markt. Da waren schon viele Männer versammelt, die Freier mitten unter ihnen.

Kaum hatten sie ihn erblickt, liefen sie lärmend auf ihn zu und umringten ihn mit heuchlerischer Freundlichkeit. Aber er schob

sie zur Seite und ging Peiraios entgegen, der gerade mit Theoklymenos die Stufen heraufkam.

»Alle deine Gastgeschenke sind in meinem Haus«, sagte Peiraios,
als sie einander begrüßt hatten. »Sende die Mägde, sie zu holen!«
Aber Telemachos schüttelte den Kopf. »Behalte sie einstweilen
bei dir«, sagte er, »denn ich weiß nicht, was noch geschehen wird.
Töten mich die Freier, so magst du alles behalten. Gelingt es mir
aber, sie zu besiegen, so ist es immer noch Zeit, die Schätze zu
holen!« Er wandte sich zu Theoklymenos. »Komm, wir wollen zum
Palast gehen: Meine Mutter erwartet uns!«

Als sie in den Saal kamen, saß Penelope in ihrem kostbaren Sessel
an der Säule und drehte die Spindel und der Faden lief fein und
weiß durch ihre Hand.

Sie begrüßte den Seher freundlich, und wie stets, wenn fremde
Gäste kamen, fragte sie sich, ob er wohl Kunde von Odysseus
brächte. Zwar war die Hoffnung längst geschwunden, noch jemals Gewissheit über sein Schicksal zu erlangen. Dennoch wollte
sie den Fremden später befragen. Zuerst aber sollte Telemachos
erzählen, was er auf seiner Reise erfahren hatte.

Sie wartete voll Ungeduld, bis Theoklymenos sich an Speis und
Trank gelabt hatte und Telemachos endlich begann.

Penelope lauschte atemlos und ihre Spindel stand längst still, als
Telemachos erzählte, wie der Meergreis Odysseus auf Kalypsos
Insel gesehen habe, unglücklich und allein und ohne ein Schiff,
das ihn zur Heimat bringen konnte.

Mit Tränen in den Augen saß die Königin da und wusste nicht, ob
dies eine gute oder eine böse Nachricht war.

Da erhob sich Theoklymenos, der bis jetzt bescheiden geschwie-
gen hatte. »Herrin«, sagte er ernst, »der Meergreis hat wahr gesprochen. Aber er wusste nicht alles: Denn seither ist noch etwas

anderes geschehen! Odysseus, dein Gemahl, befindet sich schon hier in Ithaka! Noch verbirgt er sich, um insgeheim die Gesinnung der Menschen zu erforschen und das Treiben der Freier zu beobachten. Indessen bereitet er aber schon ihre Bestrafung vor und bald wird das Unheil über sie hereinbrechen. Dies habe ich aus den Vogelzeichen gelesen, als ich mit Telemachos auf dem Schiff hierher fuhr!«

Eine Weile war es ganz still, als der Seher geendet hatte. Telemachos hielt die Lider gesenkt, damit nicht etwa die Augen sein Wissen verrieten, und wartete gespannt. Was würde die Mutter sagen? Würde sie die Botschaft glauben oder nicht? »Es ist grausam, sie so in Ungewissheit zu lassen«, dachte er mitleidig, »aber mein Vater hat recht: Sie würde in ihrer Freude das Geheimnis vielleicht den Mägden nicht verschweigen und alsbald würden es auch die Freier erfahren.«

Jetzt hob Penelope den Kopf und blickte Theoklymenos aufmerksam an. Nein, er sah nicht so aus, als rede er nur so leichthin oder als erzähle er Märchen, um ihr zu gefallen! Aber sie hatte schon allzu viele ähnliche Reden gehört von allerlei Fremden und fahrenden Leuten und zuletzt hatten sie sich stets als Lügen erwiesen.

So hatte Penelope gelernt, jeder Botschaft zu misstrauen, woher sie auch kam.

»Ich wollte, du hättest die Wahrheit gesprochen«, sagte sie endlich traurig. »Dann solltest du reichen Lohn erhalten! Aber ich vermag nicht, daran zu glauben!«

Sie stand schnell auf und ging fort: Denn just in diesem Augenblick flog das doppelte Tor zum Hof auf und die Freier drängten mit Geschrei und Gelächter herein. –

Zu dieser Zeit befanden sich Odysseus und Eumaios auf dem Weg zur Stadt.

Zerlumpt und gebeugt und ein wenig wankenden Schrittes ging Odysseus neben dem Schweinehirten her. Von der Schulter hing ihm der geflickte Ranzen und in der Hand hielt er einen derben Stock, den ihm Eumaios fürsorglich gegeben hatte.

Wurde der Pfad steil und steinig, so stützte Eumaios seinen gebrechlichen Begleiter, ohne zu ahnen, dass er seinen Herrn führte.

Als sie zur Quelle vor der Stadt gelangten, kam auf einem anderen Pfade Melanthios, der Ziegenhirt, daher. Er trieb ein paar feiste Ziegen vor sich her, um sie den Freiern zum Mahl zu bringen.

»He, was ist das?«, schrie er, als er die beiden erblickte. »Mir scheint, da führt ein Taugenichts den andern! Was fällt dir ein, elender Schweinehirt, den schmutzigen Alten zur Stadt zu geleiten? Überlass ihn doch mir: Da kann er die Ställe fegen und Laub sammeln! Aber dazu ist er gewiss zu faul und erbettelt sich lieber das Futter für seinen Wanst!« So höhnte er und versetzte im Vorübergehen Odysseus einen Fußtritt gegen die Hüfte.

Odysseus zuckte zusammen und sein Gesicht wurde rot vor Zorn. Die Hand mit dem Stock fuhr in die Höhe. Doch sie sank sogleich wieder herab: Noch war es nicht Zeit! Aber auch den Ziegenhirten würde die Strafe für seine Grausamkeit treffen!

Aber Eumaios vermochte, den Spott nicht schweigend hinzunehmen.

»Oh, Melanthios«, rief er zornig hinter dem Ziegenhirten her, »wenn nur unser Gebieter hier wäre, dann würde dir dein Dünkel bald vergehen!«

Melanthios wandte den Kopf zurück. »Odysseus?«, lachte er. »Der kommt nicht wieder, sage ich dir! Und der Knabe Telemachos wird auch bald zum Hades fahren wie sein Vater: Dafür werden schon die Freier sorgen!«

Damit lief er fröhlich tanzenden Schrittes hinter den Ziegen her durch die Gassen zum Palast, trieb die Tiere in den Hof und setzte sich in den Saal zu den Freiern, deren Freundschaft er sich durch schmeichlerisches Wesen und durch allerlei Dienste erworben hatte. –

Eine Weile danach kamen auch Odysseus und Eumaios zum Königshaus.

Am Hoftor hielt Odysseus an. Aus dem Saal scholl lauter Festeslärm, Gesang und Saitenspiel.

»Feiert man Hochzeit im Königshaus oder was ist das sonst für ein festliches Getriebe?«, fragte Odysseus stirnrunzelnd und seine Stimme klang so drohend, dass ihn Eumaios verwundert betrachtete.

»Das sind die Freier der Königin, die so trunken lärmen«, antwortete er. »Und sie zwingen Phemios, der sonst nur beim Mahl für unseren Gebieter gesungen hat, nun bei ihren Gelagen zu singen. Siehst du, so treiben sie es Tag für Tag! Aber was hast du denn, Alter?«

Odysseus stand unter dem Tor wie angewurzelt und starrte in eine Ecke des Hofes. Dort befand sich ein Misthaufen und darauf lag ein Hund. Er war alt, das konnte man leicht erkennen, so alt, dass er sich des Ungeziefers nicht mehr erwehrte, das ihn umschwirrte.

Aber es war ein schönes Tier mit schlankem Leib und edel geformtem Kopf. Odysseus kannte diesen Hund: Es war Argos, den er selbst aufgezogen hatte, ehe er nach Troja fuhr.

Schon öffnete er den Mund, um ihn anzurufen. Aber schnell biss er wieder die Zähne zusammen. Nein, er durfte sich nicht verraten! So blieb er stehen, wo er stand, und blickte zu Argos hinüber und das Herz tat ihm weh.

Der Hund aber musste jetzt seine Witterung aufgefangen haben.

Er zuckte zusammen, hob mühsam den Kopf und richtete die müden Augen auf Odysseus. Und dann wedelte er und senkte leise die Ohren: Er hatte seinen Herrn erkannt. Aber er war zu schwach, um sich zu erheben. Da tat Odysseus einen Schritt auf ihn zu; er konnte nicht anders, mochte sich auch Eumaios darüber wundern. Aber im selben Augenblick überlief ein Zittern den Leib des Hundes, sein Kopf sank zur Seite und er streckte sich lang aus . . . Odysseus wandte sich ab, damit Eumaios die Träne nicht sähe, die über seine runzelige Wange rollte. Guter treuer Argos, zwanzig Jahre hatte er auf seinen Herrn gewartet! Nun war er tot!

Mit einem tiefen Atemzug richtete sich Odysseus auf. Er wusste, ihm blieb keine Zeit für traurige Gedanken. Bald würde der Kampf beginnen.

Schnell folgte er Eumaios zum Saal.

Der Schweinehirt trat zuerst ein, dicht hinter ihm Odysseus.

Telemachos sah sie sogleich und winkte Eumaios zu sich, während Odysseus sich auf die Schwelle setzte, wie es sich für einen Bettler geziemte. Er legte seinen Ranzen vor sich hin und wartete, ob ihm jemand zu essen gäbe.

Die Freier betrachteten ihn verwundert: Denn keiner kannte ihn.

Unterdessen kam Eumaios zurück. Er hielt ein großes Stück Fleisch in der Hand und ein ganzes Weizenbrot. »Dies sendet dir Telemachos, Fremdling«, sagte er. »Du sollst auch ohne Scheu die Freier um eine Gabe bitten: Denn Verschämtheit tut armen Leuten nicht gut.«

»Die Götter mögen Telemachos segnen!«, murmelte Odysseus demütig und begann zu essen.

Gerade gegenüber an der Säule lehnte Phemios und sang. Sein Gesicht war düster und seine Hand schien nur widerstrebend die Saiten zu rühren.

Odysseus lächelte in sich hinein. Armer, stolzer Phemios, früher pflegte er nur vor dem König und seinen Gästen zu singen!

Indessen hatte Melanthios missgünstig beobachtet, wie der Schweinehirt sich Telemachos gegenüber an den Tisch setzte. Alsbald begann er, bei den Freiern gegen ihn zu hetzen.

»Ihr fragt, wer der fremde Bettler ist?«, sagte er. »Nun, ich weiß es auch nicht! Aber Eumaios wird es wissen: Er hat ihn ja hergebracht! Ich bin den beiden draußen vor der Stadt begegnet!«

»Bist du närrisch, Sauhirt?«, rief Antinoos hochfahrend zu Eumaios hinüber. »Wozu schleppst du den unnützen Esser in das Haus deines Herrn? Meinst du, wir wären noch nicht genug, um seine Güter aufzuzehren?«, fügte er höhnisch hinzu und die anderen lachten laut.

»Du nennst dich edel geboren!«, antwortete Eumaios zornig. »Aber, bei den Göttern, niemand ist unedler als du! Niemand behandelt die Dienstleute im Haus meines Gebieters schlechter als du! Und mich ganz besonders verfolgst du mit deinem Hass! Aber das kümmert mich wenig, solange Penelope und Telemachos leben!«

»Verschwende nicht so viele Worte an diesen Menschen!«, unterbrach Telemachos die zornige Rede und beugte sich vor, um Antinoos ins Gesicht zu sehen. »Du sorgst wahrhaftig wie ein Vater für mich!«, sagte er mit schneidendem Spott. »Wie du dich darum kümmerst, dass der Fremde ja nicht ein Stücklein Brot oder Fleisch aus meinem Haus trage! Du aber und die anderen, ihr prasst hier seit Jahr und Tag!«

»Willst du mich verspotten?«, brüllte Antinoos. Er bückte sich, hob den schweren Fußschemel auf und schwang ihn drohend. »Gib acht, dass ich deinem Bettler nicht ein Geschenk verabreiche, das ihm das Wiederkommen für ein paar Monate verleidet!«

Unterdessen war Odysseus von einem zum andern gegangen und jeder hatte ihm etwas gegeben: Denn warum sollte man mit fremdem Gut geizen?

Antinoos hatte in seiner Wut nicht mehr auf den Bettler geachtet. Er fuhr herum wie gestochen, als er jetzt hinter sich seine Stimme hörte. »Du scheinst mir der reichste und vornehmste unter den Freiern der Fürstin! So wirst du mich gewiss auch besonders großmütig beschenken«, sagte Odysseus und blickte ihm gerade in die Augen. »Auch ich habe einmal in Pracht und Reichtum gelebt«, fuhr er fort. »Ich besaß ein herrliches Haus wie dieses hier und viele Knechte und Mägde gehorchten meinem Befehl. Nun aber haben es die Götter so gefügt, dass ich als Bettler vor dir stehe!«

»Aber ein so unverschämter Bettler wie du ist mir noch nie begegnet!«, schrie Antinoos wütend. »Alle haben dir etwas gegeben und noch immer bist du nicht zufrieden! Scher dich fort, von mir bekommst du nichts!«

Odysseus schüttelte verwundert den Kopf und wandte sich zum Gehen. »Oh Götter!«, murmelte er. »Wie wenig gleicht deine Gesinnung deinem prächtigen Aussehen! Ich wette, du gibst in deinem eigenen Haus einem Darbenden kein Salzkorn, da du mir nicht einmal ein wenig Speise vom fremden Tisch vergönnst!«

»Wagst du es, mich zu schmähen, du elender Wicht?«, brüllte Antinoos, bückte sich abermals nach dem Schemel und schleuderte ihn mit aller Kraft nach Odysseus.

Er traf ihn an der Schulter, aber Odysseus wankte nicht einmal.

Das gewahrten die Freier mit Staunen, denn sie meinten, der Wurf hätte den schwächlichen Greis zu Boden strecken müssen. Fast scheu betrachteten sie den seltsamen Fremdling.

»Das hättest du nicht tun dürfen!«, sprachen sie tadelnd zu Antinoos. »Wer weiß, vielleicht ist er einer von den Göttern! Die Unsterblichen besuchen ja zuweilen in irgendeiner Gestalt die Stätten der Menschen, um zu erforschen, wer gut und wer böse ist!« Aber Antinoos lachte nur über ihre Furcht.

Telemachos war zornig aufgefahren. Aber sein Vater machte ihm heimlich ein Zeichen. Da schwieg er und dachte an die Vergeltung, die schon nahe war.

Penelope erfuhr von den Mägden bald, was im Saal geschehen war. »Antinoos ist schlimmer als alle anderen!«, sagte sie erzürnt. »Einen armen Fremdling zu misshandeln, der ihm nichts zuleide getan hat! Aber die Götter werden es rächen! Ihr meint, der Bettler scheine weit in der Welt herumgekommen«, fuhr sie nachdenklich fort. »Da könnte es doch sein . . .« Sie schwieg einen Augenblick, dann befahl sie, Eumaios zu rufen.

»Eumaios«, sprach sie, als er vor ihr stand, »ich habe gehört, es sei ein fremder Bettler drunten im Saal! Führe ihn sogleich zu mir, ich will ihn fragen, ob er mir etwa Kunde von Odysseus geben kann!«

»Oh, Herrin«, sagte Eumaios entzückt, »der Fremde weiß so viel zu erzählen, dass man ihm die ganze Nacht zuhören könnte, anstatt zu schlafen. Er kennt auch Odysseus und –«

»So hole ihn!«, gebot die Königin ungeduldig und der Schweinehirt begab sich eilig zum Saal zurück, wo Odysseus wieder auf der Türschwelle saß wie zuvor.

Eumaios ging zu ihm hinüber.

»Fremdling, die edle Penelope wünscht, dich sogleich zu sehen!«, meldete er voll Eifer. »Ich habe ihr erzählt, dass du Odysseus kennst . . . Warum lachst du denn?«

»Ich lache nicht«, antwortete Odysseus schnell wieder mit tiefem Ernst. »Aber du hast ganz recht: Ich kenne deinen Gebieter so lange und so gut wie sonst kaum jemand. Ich habe die gleichen Kämpfe bestanden wie er und die gleichen Drangsale erlitten. Wo er war, da war ich stets auch. Aber das alles will ich Penelope selber erzählen. Nur mag sie sich gedulden, bis es Abend wird und die Freier fortgegangen sind. Denn ich fürchte den Spott der Übermütigen, wenn ich mich vor ihren Augen in das Frauenhaus begebe. Auch für deine Herrin wird es besser sein, wenn sie später ungestört sprechen und zuhören kann. Für mich aber ist es schicklicher, hier im Saal auf die Königin zu warten.«

»Du bist ein verständiger Mann«, lobte ihn Eumaios, »und meine Herrin wird dir gewiss Leibrock und Mantel schenken! Aber erzähle ihr ja keine erfundenen Märchen, wie das sonst die Fahrenden tun, sondern die lautere Wahrheit.«

Damit ging er, um Penelope die Botschaft zu bringen. Einen Augenblick blieb er neben Telemachos stehen und beugte sich zu seinem Ohr hinab. »Ich gehe jetzt hinauf in meine Hütte, um nach den Hirten und den Schweinen zu sehen«, sagte er leise, damit ihn die Freier nicht hörten. »Gib gut acht auf dich und denke daran, dass sie dir nach dem Leben trachten!«

»Mach dir darum keine Sorgen!«, antwortete Telemachos ebenso leise. »Mit der Hilfe der Götter wird hier alles ein gutes Ende nehmen. Morgen früh kommst du wieder!«

Eumaios verschwand durch die Tür des Frauenhauses.

Penelope hob verwundert die Brauen, als er allein bei ihr eintrat.

»Nun? Wo ist der Fremde? Scheut er sich etwa, hierherzukommen?«

»Nein, Herrin, er bittet dich nur, dich bis zum Abend zu gedulden, da er den Spott der Freier fürchtet. Auch meinte er, es wäre für dich selber besser und für ihn schicklicher, wenn er drunten im Saal auf dich warte.«

»Er scheint nicht unklug zu sein«, sagte Penelope. »So besonnen pflegen fahrende Leute sonst nicht zu handeln!« –

Odysseus saß indessen noch immer drunten auf der Türschwelle. Im Saal tobten die betrunkenen Freier, aber er achtete kaum mehr darauf. Er dachte an Penelope, die er nun bald wiedersehen sollte. Sein Herz klopfte laut. Schöne, kluge Penelope – seit zwanzig Jahren hatte er sie nicht gesehen! Er dachte darüber nach, wie es wohl sein würde: Aber er wusste es nicht. Zwanzig Jahre waren eine sehr lange Zeit und vieles konnte anders geworden sein. Wieder überkam ihn die Erinnerung an Agamemnons schrecklichen Tod und sein altes Misstrauen erwachte. Es machte ihn sehr unglücklich, aber er vermochte nichts dagegen.

Er fuhr herum, weil sich hinter ihm das Tor öffnete. Verdutzt riss er die Augen auf und rückte unwillkürlich ein wenig zur Seite, um Platz zu machen: Denn der Mann, der sich jetzt neben ihm durch die Tür schob, war unbeschreiblich feist! Er trug einen Bauch vor sich her wie eine gewaltige Kugel und darauf saß fast haltlos ein wunderlich runder Kopf mit kleinen Schweinsäuglein und dicken Fettpolstern an Kinn und Wangen.

»Da kommt Iros!«, schrien die Freier lachend, als sie ihn erblickten. Jedermann in Ithaka kannte Iros, den Bettler. Er war berüchtigt wegen seiner Gefräßigkeit und seines ewigen Durstes. Vom Morgen bis zum Abend trieb er sich in der Stadt umher, suchte jedes Haus heim und aß und trank, wo er nur etwas bekam. Alles verschwand in seinem Bauch wie in einem Fass ohne Boden.

»Seid gegrüßt, edle Freier der Fürstin!«, rief er schmeichlerisch, während er über die Schwelle trat.

Aber das unterwürfige Lächeln auf seinem feisten Gesicht erstarb sogleich wieder: Denn jetzt hatte er Odysseus bemerkt.

In den wässerigen Äuglein blitzte es böse auf. Ei, war da etwa ein anderer Bettler irgendwoher aus der Fremde gekommen, um ihn zu verdrängen?

Augenblicklich packte ihn eine schreckliche Wut!

»He du!«, schrie er. »Was hast du denn hier zu suchen? Pack dich fort, sage ich dir, sonst mache ich dir Beine!«

Odysseus stieg der Zorn rot zu Kopfe, als er sich mit so groben Worten aus seinem eigenen Hause fortgewiesen hörte. Es zuckte ihm in den Fäusten, aber er bezwang sich.

»Was schreist du denn so, du Narr?«, sagte er. »Habe ich dir vielleicht etwas getan? Du scheinst ein Bettler zu sein wie ich! Diese Schwelle ist breit genug für uns beide und ich missgönne dir gewiss keine Gabe! Aber ich kann es nicht leiden, wenn jemand so grob mit mir redet! Das macht mich zornig und dann könnte es sein, dass du meine Fäuste zu spüren bekommst, obgleich ich ein alter Mann bin!«

Iros schnappte vor Grimm nach Luft. »Habt ihr das gehört? Der jämmerliche Greis will mir drohen! So komm her, wenn du einen Faustkampf mit mir wagen willst!«

Das hörte Antinoos, der schon zu viel Wein genossen hatte. »Gebt acht, Freunde!«, schrie er voll trunkener Freude. »Es gibt einen Faustkampf zwischen dem Fettwanst Iros und dem fremden Bettler. Beim Hades, ich habe noch nie ein so vergnügliches Schauspiel gesehen! Vorwärts, Iros, und du, Alter! Wickelt eure Lumpen hoch, wir wollen nicht lange warten!«

Odysseus stand auf. Zwar gefiel ihm dieser Kampf keineswegs. Aber er war sehr zornig über Iros. Langsam begann er, den Kittel abzustreifen.

Da strömte es wunderlich durch ihn hindurch, er fühlte, wie sich Arme und Beine strafften und die gebeugten Schultern aufrichteten; die eingefallene Greisenbrust wölbte sich, das schlaffe Fleisch wurde fest und geschmeidig und er merkte mit Entzücken, dass seine alte Kraft zurückgekehrt war.

Das ist Pallas Athenes Werk!, dachte er dankbar, während er seine Lumpen um die Hüfte schlang und mit dem Gürtel festband.

Unter dem Schwarm der Freier, die lachend und grölend die beiden Bettler umstanden, war es aber plötzlich still geworden.

Mit verschwommenen Augen stierten sie den Fremdling an, der sich so merkwürdig verwandelt hatte.

»Seht doch! Der Greis hat Arme und Schultern wie ein Ringkämpfer! Er ist so schmal in den Hüften wie ein junger Mann! Wie kräftig seine Schenkel sind und wie stark die Sehnen hervortreten!« So murmelte da und dort einer.

Iros aber stand da und glotzte trüb auf seinen Gegner und seine ganze Überheblichkeit war ihm mit einem Schlag vergangen. Ihr Götter, wie sollte er gegen diesen Mann bestehen, der aussah wie ein gewaltiger Kämpfer! Seine Fettmassen begannen zu schlottern und Angstschweiß brach ihm aus.

Er schielte nach der Tür: Aber da gab es kein Entrinnen, die Freier standen wie eine Mauer. »Bleib nur hier!«, höhnten sie. »Hast du zuerst geprahlt, so sollst du jetzt auch kämpfen!«

Da musste er sich wohl oder übel fügen, steckte mit zitternden Fingern sein Gewand in den Gürtel und stellte sich Odysseus gegenüber. Der betrachtete den schlotternden Fettwanst halb zornig, halb mitleidig. Ich will ihn nur sachte schlagen, dachte er, denn gewiss fällt er sogleich um!

Der Kampf war nur sehr kurz. Sie holten beide zugleich zum Schlag aus. Iros schlug mit aller Gewalt, aber seine Hand war fett und weichlich. Im nächsten Augenblick traf ihn Odysseus mit eisenharter Faust unter dem Ohr, dass er brüllend niederstürzte.

Die Freier schrien vor Vergnügen und machten ihm bereitwillig Platz, als er jetzt Iros packte und in den Hof hinausschleppte. Dort setzte er ihn an die Mauer, gab ihm einen Stock in die Hand und sagte: »Hier bleib sitzen und halte dir die Hunde vom Leib. Und versuche ja nicht noch einmal, den Herrn der Bettler und Fremdlinge zu spielen, sonst könnte es dir noch übler ergehen!« Iros schielte furchtsam zu seinem Bezwinger hinauf und sein Kopf wackelte ein wenig. Aber er sagte nichts: Denn der Mund tat ihm weh und es fehlten ein paar Zähne darin.

Als Odysseus in den Saal zurückkam, empfingen ihn die Freier mit lautem Beifall. »Es ist gut, dass du dem Nimmersatt endlich das Handwerk gelegt hast!«, sagte Antinoos mit schwerer Zunge. »Dafür sollst du den größten Ziegenmagen haben, schön mit Blut und Fett gefüllt, der für unser eigenes Nachtmahl über dem Feuer schmort. Auch erlauben wir dir, hier im Hause in Zukunft als einziger Bettler Gaben zu sammeln.«

Ein grimmiges Lachen zuckte über Odysseus' Gesicht. »Eure Güte ist groß!«, murmelte er, ohne jemanden anzublicken, und zog sich seine Lumpen zurecht.

Da trat Amphinomos auf ihn zu, reichte ihm zwei Weizenbrote und einen goldenen Becher mit Wein und redete ihn freundlich an: »Ich wünsche dir Glück, fremder Vater! Möge es dir in späteren Tagen wohl ergehen, wenn du auch jetzt noch viel Mühsal zu tragen hast!«

Das rührte Odysseus. Er meinte, Amphinomos sei ein wenig besser als die anderen Freier, und so beschloss er, ihn zu warnen, damit er sich vielleicht vor dem Untergang rette.

»Du scheinst mir klug und besonnen, Amphinomos!«, sagte er eindringlich. »Darum höre auf meine Worte! Es gibt nichts Vergänglicheres auf Erden als den Menschen: Heute lebt er im Glück und morgen kommt das Verderben über ihn! Darum frevle keiner gegen Recht und Gesetz, so wie ihr es hier tut! Ihr verprasst fremdes Gut und freit um die Gattin eines Mannes, der vielleicht schon bald wieder heimkehrt in sein Haus! Mögen dich die Götter vorher sicher in deine Heimat geleiten, dass du ihm hier nicht mehr begegnest! Denn ich fürchte, dann wird Blut fließen!«

Amphinomos schlich es kühl über den Rücken bei dieser Rede und es überkam ihn eine Ahnung nahenden Unheils. Gesenkten Hauptes ging er hinüber zu den anderen. Aber er vermochte sich nicht mehr aus der Verstrickung zu befreien. Denn so ergeht es den Menschen, wenn sie zu lange mit dem Bösen umgegangen sind: Sie finden den Weg zurück nur schwer oder nie mehr. –

Droben in ihrem Gemach lauschte Penelope voll Unmut dem Lärm, der aus dem Saal heraufdrang. Und wie schon oft dachte sie, dass dies nun ein Ende haben müsste. Da kam ihr plötzlich ein Gedanke, der ihr alsbald ein flüchtiges Lächeln entlockte. Ei, wenn die Freier schon hier im Haus prassten und schwelgten, so sollten sie wenigstens dafür bezahlen!

Sie erhob sich, rief zwei Dienerinnen und ließ sich ankleiden und schmücken. Dann stieg sie hinab zum Saal.

Drinnen an der Tür blieb sie einen Augenblick stehen, das Haupt verschleiert, stolz und ruhig. Zu beiden Seiten standen die Mägde.

Wie stets, wenn sie kam, verstummte mit einem Mal der Lärm und alle staunten sie an und es schien ihnen abermals, sie hätten die Fürstin noch niemals so schön gesehen.

Da ging ihr Telemachos entgegen und sie setzte sich neben ihn auf den silbergeschmückten Sessel. »Mein Sohn«, sagte sie leise, »sei auf der Hut, wenn du so allein mitten unter ihnen bist! Denn sie werden nicht aufhören, dir nach dem Leben zu trachten! Aber sage mir, was ist hier geschehen?«, fuhr sie fort und warf einen Blick hinüber zu dem Bettler, der auf der Schwelle saß, die Stirn in die Hand gestützt, dass sie sein Gesicht nicht erkennen konnte.

»Die Mägde erzählten, man habe den armen Fremdling, der um ein wenig Speise bat, schmählich misshandelt. Warum hast du es nicht verhindert? Gereicht es doch dir und deinem Haus zur Schande!«

»Ich weiß es wohl, Mutter!«, antwortete Telemachos. »Aber was vermag ich allein gegen die vielen! Ich wollte, es käme jemand, der mir gegen sie beistünde, dann säßen sie bald alle mit wackelnden Köpfen draußen im Hof an der Mauer wie Iros!«

Jetzt drängte sich Eurymachos aus dem Schwarm der Freier hervor; der Wein hatte ihm wohl Mut gemacht.

»Oh, edle Penelope«, rief er schmeichelnd, »wenn dich die Männer aus ganz Achaia sehen könnten, wäre dieser große Palast bald zu klein, um deine Freier zu fassen! Denn du bist schöner als alle anderen Frauen!«

Penelope wandte ihm langsam das Gesicht zu. »Kummer zerstört die Schönheit, Eurymachos!«, sagte sie kühl. »Und ich habe sehr viel Kummer gelitten! Zuerst um meinen Gemahl und nun auch noch durch eure Schuld, da ihr seit Jahren unsere Güter verschwendet, sodass wir bald arme Leute sein werden. Früher war dies nicht Sitte unter den Freiern! Wenn Männer um eine Frau warben, so brachten sie Rinder, Schafe und Schweine mit, um mit der Sippe im Haus der Eltern herrliche Mahlzeiten zu halten. Sie brachten auch kostbare Brautgeschenke: Denn es wäre ihnen beschämend erschienen, fremdes Gut zu verzehren, ohne dafür reichen Ersatz zu bieten.«

Die Freier hörten die Rede mit Unbehagen. Aber Antinoos fuhr in die Höhe und seine Hoffnung, die Fürstin zu erringen, wuchs gewaltig. Ei, wenn es nur um Geschenke ging – er war reich genug, ihr das kostbarste Geschmeide anzubieten!

»Du sollst von uns allen Geschenke erhalten, Herrin!«, sagte er in prahlerischem Ton. »Und ich denke, mit dem meinigen wirst du zufrieden sein! Aber glaube ja nicht, dass wir dieses Haus verlassen, ehe du einen von uns zum Gatten gewählt hast!«

Die anderen stimmten ihm zu und sandten sogleich die Diener in ihre Häuser und die Herbergen, in denen sie wohnten.

Es dauerte nicht lange, da kamen sie, einer nach dem andern, zurück mit den Brautgeschenken, die ihre Herren für Penelope bestimmt hatten. Antinoos bot ihr ein herrliches buntes Gewand mit zwölf goldenen Spangen, Eurymachos einen Halsschmuck aus Gold und Bernstein. Andere brachten kostbare Gefäße aus Silber und Gold, Ohrgehänge und anderes Geschmeide, kunstvolle Gewebe und allerlei Geräte aus Erz und Eisen.

Penelope nahm alle die erlesenen Dinge gleichmütig an sich, warf kaum einen Blick darauf und übergab sie den Mägden.

Dann stand sie auf, und ohne noch ein Wort an die Freier zu richten, verschwand sie samt den schwer beladenen Dienerinnen durch das Pförtlein im Frauenhause.

Odysseus hatte dies alles mit angesehen. Er saß da, hatte die Stirn in die Hände gestützt und lachte lautlos. Kluge Penelope! Wie geschickt hatte sie den Freiern die Geschenke herausgelockt, damit der Schaden, den sie anrichteten, nicht so groß sei!

Draußen wurde es allmählich dunkel, die Mägde brachten Feuerbecken, Kienspäne und dürres Holz und bald brannten die Leuchtfeuer im Saal.

Da sagte Odysseus zu den Mägden: »Ihr mögt ruhig hinaufgehen in eure Kammern oder in das Gemach der Fürstin zu Webstuhl und Spindel. Ich werde hier die Feuer unterhalten, und wenn es bis zum Morgen dauern sollte!«

Sie lachten ihn zwar aus und meinten, er solle lieber in die warme Esse des Schmiedes kriechen und schlafen. Aber zuletzt gingen sie doch und er legte Holz auf die Feuer, blies in die Flammen und horchte dabei auf die Reden der Freier.

Nach einer Weile begann Eurymachos, der jetzt sehr betrunken war, ihn zu verspotten. Odysseus erwiderte ihm mit scharfen Worten und zuletzt sagte er: »Jetzt spielst du dich freilich gewaltig auf. Aber käme Odysseus zurück, so schiene dir jenes breite Tor dort drüben gewiss alsbald zu eng für deine eilige Flucht!«

Da fuhr Eurymachos auf wie ein wütender Eber. »Was sagst du da, du elender Wicht! Ich will dich lehren, so unverschämte Reden zu führen!« Schnell zog er seinen Fußschemel unter dem Tisch hervor und warf ihn nach Odysseus. Aber der bückte sich behänd und der Schemel traf den Mundschenk, der gerade mit dem Mischkrug vorüberkam, am Handgelenk. Der Krug klirrte zu Boden und der Mundschenk fiel auf den Rücken und rieb sich mit Schmerzgeheul sein zerschlagenes Gelenk.

Da sprang Telemachos auf. »Seid ihr denn toll geworden?«, rief er zornig und seine Stimme übertönte den Lärm. »Wahrhaftig, ihr habt nun genug getrunken! Geht heim und legt euch schlafen!«

Zwar stierten sie ihn verwundert an, weil er so entschlossen redete, aber sie wagten nicht zu murren, und Amphinomos sagte: »Telemachos hat recht! Wir wollen den Göttern noch das Trankopfer bringen und dann heimgehen! Der Fremdling aber mag hier im Haus bleiben! Wir können uns nicht weiter um ihn kümmern!«

So geschah es. Sie schwankten und taumelten zum Tor hinaus und manchen musste sein Diener führen, weil er allein den Heimweg nicht mehr gefunden hätte.

9 Odysseus und Telemachos blieben allein im Saal zurück. Telemachos blickte seinen Vater lächelnd an: Er freute sich, dass es ihm gelungen war, die Freier zum Fortgehen zu bewegen.

Aber Odysseus lächelte nicht. »Es ist jetzt Zeit, die Waffen aus dem Saal fortzuschaffen!«, sagte er nur.

Telemachos horchte auf. Ja, nun wurde es wohl ernst! Er fragte nichts, sondern ging zur Tür und rief nach Eurykleia.

»Mütterchen, sorge dafür, dass die Mägde für eine Weile in den Frauengemächern bleiben!«, befahl er, als die Alte eilig herbeischlurfte. »Ich will die kostbaren Waffen meines Vaters in die Kammer hinaufbringen, denn hier werden sie schwarz und unansehnlich vom Rauch«, fügte er hinzu.

Sie nickte zufrieden. »Es ist gut, wenn du dich selbst um diese Dinge kümmerst, da du doch der Gebieter im Haus bist! Aber wer soll dir denn leuchten, wenn du den Mägden nicht erlaubst hierherzukommen?«

»Das mag der Fremdling tun! Ich dulde nicht, dass jemand sich von meinem Brot nährt und dabei untätig herumsitzt!«, antwortete Telemachos strengen Tones.

Eurykleia kicherte leise vor sich hin, während sie durch den Gang davonhumpelte.

»Ei, unser geliebtes Söhnchen fängt an, ein Mann zu werden«, murmelte sie beifällig.

Schnell und leise trugen die beiden Männer nun die Waffen hinauf in die Rüstkammer und verschlossen sorgfältig die eisenbeschlagene Tür.

»Nun geh schlafen«, sagte Odysseus, als alles getan war. »Ich aber will hier auf deine Mutter warten.«

Telemachos ging fort und er setzte sich wieder auf den Platz der Bettler an der Tür.

Es dauerte nicht lange, da kam aus dem Innern des Hauses ein Schwarm von Mägden, um den Saal in Ordnung zu bringen. Sie gewahrten alsbald Odysseus. Und während sie die Reste des Mahles, die Becher und Mischkrüge forträumten, neues Holz auf die Feuerbecken häuften und die Tische säuberten, führten sie allerlei spöttische Reden. »Geht doch den Bettler! Anstatt zu schlafen, wie es sich für sein Alter schickte, sitzt er da und begafft uns! Wahrscheinlich ist er so betrunken, dass er nicht mehr aufstehen kann! Oder sein Sieg über Iros ist ihm so zu Kopfe gestiegen, dass er in Zukunft im Haus des Königs zu wohnen gedenkt!«

So spotteten sie. Eine von den Mägden aber ergriff ein Stück Holz und sprang auf Odysseus zu. Sie hieß Melantho und war schön wie eine Göttin; aber ihr Herz war böse und sie hielt es heimlich mit Eurymachos.

»He, du schmutziger Alter!«, schrie sie jetzt. »Willst du nicht endlich von hier verschwinden? Hinaus mit dir, sage ich, oder du bekommst dieses Holzscheit zu spüren!«

Aber Odysseus rührte sich nicht und blickte nur finster zu ihr hinauf. »Gefällt es dir nicht, dass ich alt bin und in Lumpen gekleidet? Nun, Bettler sehen eben so aus! Gib nur acht, dass dir nicht auch eines Tages deine Schönheit abhandenkommt! Und vielleicht wirst du sehr bald deinen Hochmut bereuen, wenn etwa Odysseus, dein Gebieter, heimkehrt oder wenn die Königin hört, wie hart du mit den Armen umgehst!«

Melantho sah den sonderbaren Ausdruck in seinen Augen, während er an ihr vorüberblickte auf irgendetwas, das sich hinter ihrem Rücken befand. Blitzschnell drehte sie sich um: In der Tür zum Frauenhaus stand Penelope.

»Was fällt dir ein, Unverschämte?«, sagte die Königin zornig. »Du hast doch aus meinem eigenen Mund gehört, dass ich mit dem

Fremden sprechen will! Und glaubst du, ich hätte nicht längst bemerkt, dass du Eurymachos und den anderen Freiern sehr ergeben bist? Geh jetzt! Dein Maß ist voll und du wirst deiner Strafe nicht entrinnen – du und die Mägde, die es ebenso treiben wie du!«

Melantho warf trotzig den Kopf zurück und lief davon.

Penelope aber setzte sich in ihren Sessel aus Elfenbein und Silber, der neben dem Feuer stand, und befahl der Schafferin, einen zweiten Stuhl für den Fremdling heranzuziehen. »Lege ein weiches Schaffell darauf und bringe auch einen Schemel für die Füße: Der alte Mann ist gewiss müde!«, fügte sie hinzu.

Dann winkte sie Odysseus, sich ihr gegenüberzusetzen.

Er gehorchte ohne Eile: Denn es war ihm plötzlich sehr übel zumute. Er wusste, was nun kam. Sie würde ihn nach Namen und Herkunft fragen – und dann?

Einen Augenblick lang empfand er eine fast unbezwingbare Lust, ihr sogleich die Wahrheit zu sagen. Aber so wie er jetzt aussah, konnte er nicht vor sie hintreten und sagen: »Ich bin Odysseus, dein Gatte!« Es schien auch nicht Pallas Athenes Wille zu sein, ihm schon jetzt seine wahre Gestalt wiederzugeben: Gewiss war es noch nicht Zeit. Was blieb ihm also übrig, als sich zu fügen und zu warten, bis es der Göttin gefiel, ihn abermals zu verwandeln!

Da war aber auch dieses stets wache Misstrauen, das sich nicht vertreiben ließ.

Er betrachtete Penelope verstohlen, während er hinüberging zum Herd. Bei den Göttern, er hatte in den zwanzig Jahren fast vergessen, wie schön sie war! Ihr Gesicht schien ihm zwar ein wenig fremd: Aber das kam gewiss davon, dass jetzt eine leise Trauer darin lag, die er früher nicht an ihr gekannt hatte. Trauerte sie um ihn? Er musste es erfahren. Ich muss sie prüfen, genauso wie alle anderen, dachte er kummervoll. Sonst werde ich keine Sicherheit haben! Auch Agamemnon ahnte nicht, dass seine Gattin und Aigisthos seinen Tod schon längst beschlossen hatten, ehe er noch das heimische Ufer betrat.

Er setzte sich in den schön geschnitzten Sessel und achtete darauf, dass sein Gesicht im Schatten der Säule blieb, denn er wusste nicht, ob sie ihn nicht etwa trotz der runzligen Haut, der weißen Haare und des zerlumpten Gewandes erkennen würde.

Aber sein Aussehen schien sie nicht viel zu kümmern.

»Sage mir zuerst, wer du bist und woher du kommst, Fremdling«, redete sie ihn sogleich an.

Er seufzte heimlich. Genau das hatte er befürchtet! Was sollte er tun? Lügen mochte er nicht und die Wahrheit zu sagen, wagte er nicht.

»Herrin«, begann er, während er sorgfältig überlegte, »du magst über mich gebieten und mich alles fragen, was dir beliebt. Aber forsche nicht nach meinem Namen und meiner Heimat, ich bitte dich! Ich habe viel Leid erfahren und die Erinnerung an alles, was früher war, würde mir das Herz von Neuem schwer machen, sodass ich vielleicht die Tränen nicht zurückhalten könnte: Du weißt, alte Leute weinen leicht. Es wäre aber ungebührlich, hier vor dir zu jammern und zu klagen, und die Mägde würden wieder lachen und sagen, das bewirke der Wein!«

»Auch ich kenne Kummer und Leiden«, sagte Penelope. »Mein Gemahl ist ausgezogen gegen Troja und nicht zurückgekehrt und niemand weiß, ob er lebt oder gestorben ist. Dennoch werben gegen meinen Willen viele Männer um mich und zehren unsere Güter auf. Mein Sohn sieht es mit Zorn. Meine Eltern drängen mich, endlich einen neuen Gatten zu wählen. Und ich selbst weiß keinen Ausweg! Soll ich in unserem Haus bleiben und zusehen, wie die Freier prassen und schlemmen und Telemachos zum armen Mann machen, oder soll ich der neuen Vermählung zustimmen, damit das schreckliche Unwesen im Palast ein Ende nimmt!«

Sie hielt erschrocken inne. Was hatte sie nur bewogen, dem Fremden dies alles zu sagen, als wäre er ein Freund, den sie lange kannte? Sie begriff es nicht und fast zürnte sie sich selber, weil der Kummer sie so geschwätzig gemacht hatte. So fuhr sie schnell fort: »Jetzt aber begehre ich trotz allem, deinen Namen und deine Herkunft zu wissen.«

»Nun, wenn du es mir nicht erlassen willst; so höre, Herrin!«, antwortete er betrübt und begann abermals die Geschichte von dem Mann aus Kreta, die er schon Eumaios erzählt hatte. Und abermals mengte er Wahres und Erfundenes wunderlich durcheinander. Er erzählte, wie er Odysseus begegnet sei, den der Sturm an die Küste der Insel verschlagen hatte. Wie er ihn und seine Gefährten in sein Haus geladen und viele Tage bewirtet habe, bis ein günstiger Wind die Weiterfahrt erlaubte.

Er blickte Penelope nicht an, während er sein Lügenmärchen erzählte. Als er zu Ende war, wartete er eine Weile vergebens, dass sie etwas sagte.

Aber sie schwieg. Da warf er einen schnellen Blick in ihr Gesicht und sah, dass sie weinte. Das tat ihm von Herzen leid und er dachte hastig nach, wie er sie trösten könnte, ohne sich zu verraten. Aber ehe ihm etwas einfiel, begann sie, wieder zu reden. »Etwas sollst du mir noch sagen, damit ich sehe, ob es wirklich Odysseus war, den du in dein Haus aufnahmst: Was für ein Gewand trug er und wie sah der Herold aus, der ihn begleitete?«

Er merkte, wie sie gespannt wartete. »Es ist schwer, sich nach so langer Zeit daran zu erinnern«, sagte er. »Aber ich glaube, Odysseus trug einen schön gefütterten purpurnen Mantel und sein

Leibrock war aus feinem Linnen und glänzend weiß. Eines aber habe ich noch deutlich vor Augen: An seinem Mantel befand sich eine goldene Spange; sie stellte einen Hund dar, der ein Rehkalb in den Klauen hielt. Auch den Herold vermag ich dir leicht zu beschreiben: Er war bucklig, hatte ein dunkles Gesicht und schwarzes wolliges Haar.«

Da stiegen Penelope abermals die Tränen in die Augen. »Ich sehe, dass du Odysseus wirklich begegnet bist! Denn diese Spange habe ich ihm selbst vor seiner Ausfahrt gegeben und der schwarze Herold begleitete ihn stets. Aber dies alles ist lange her. Indessen hat mein Gemahl mit den anderen Achaiern zehn Jahre um Troja gekämpft und seitdem ist er verschollen. Nein, Fremdling, ich habe keine Hoffnung mehr, er könnte jemals wiederkehren!«

»Ich bitte dich, Herrin, weine nicht mehr!«, sagte Odysseus. Es klang rau, weil ihm die Stimme nicht gehorchen wollte. »Ich weiß noch viel mehr«, fuhr er schnell fort. »Ehe ich hierherkam, weilte ich im Land der Thesproten und ihr König erzählte mir, Odysseus habe eine Weile bei ihm gewohnt und sei nur nach Dodona gefahren, um das Orakel über seine Heimkehr zu befragen. Der König zeigte mir auch die reichen Schätze, die er indessen für seinen Gast verwahrte. Ich schwöre dir, Herrin, dein Gemahl lebt und wird hier sein, ehe der Mond voll geworden ist!«

»Oh, hättest du doch recht!«, stieß sie hervor und er sah mitleidig, wie sie die zitternden Hände ineinanderschlang. Doch sogleich schüttelte sie heftig den Kopf. »Nein, ich will keine eitlen Hoffnungen mehr hegen! Allzu oft sind sie schon zunichte geworden! Ich werde dir aber Mantel und Leibrock geben und dir Ehre erweisen, wie es sich für den Gastgeber meines Gatten geziemt.«

Sie klatschte in die Hände. »Beeilt euch, ihr Mägde, bereitet für den Gast ein Lager aus weichen Decken und Polstern! Wascht ihm auch die Füße und morgen früh badet und salbt ihn, damit er mit Telemachos im Saal das Mahl nehmen kann. Und niemand soll sich etwa unterstehen, ihn zu kränken! Das Leben der Menschen ist kurz und wir müssen gut zueinander sein: Denn wer hart und grausam handelt, dem wünschen die anderen Unheil, und selbst nach seinem Tod verabscheut man sein Andenken. Den Guten aber rühmt man bei seinen Lebzeiten und ehrt ihn noch, wenn er längst zu den Schatten hinabgestiegen ist!«

»Du sprichst sehr wahr, Königin!«, sagte Odysseus ernst. »Aber ich bitte dich, lass mir kein Bett bereiten: Denn weiche Decken und Polster sind mir verleidet, seit ich auf meinen Irrfahrten viele Nächte schlaflos auf einem elenden Lager verbrachte. Ich will auch nicht, dass eine von diesen jungen übermütigen Mägden mir die Füße wäscht. Wenn du aber unter deinen Dienerinnen eine alte verständige Frau hast, die viel Kummer erfahren hat wie ich, so mag sie mir diesen Dienst erweisen.«

Penelope betrachtete ihren Gast mit leiser Verwunderung. »Ich habe noch niemals einen Fahrenden gesehen, der so dachte und redete wie du! Aber es soll alles nach deinem Wunsch geschehen. Eurykleia ist hier, die einst Odysseus gepflegt hat von dem Tage an, da er geboren war. Sie wird es gern für dich tun. Komm, Eurykleia, und sorge mir für den fremden Gast, wie du für deinen Gebieter sorgen würdest, mit dem er ungefähr gleichen Alters sein mag: Denn im Elend altern die Menschen schnell!«

Die Alte, die sich in der Nähe zu schaffen gemacht hatte, um zur Hand zu sein, wenn ihre Herrin sie brauchte, nickte bereitwillig. »Ei, freilich werde ich ihn pflegen! Wollte ich doch froh sein, wenn auch mein Gebieter in der Fremde jemanden fände, der sich seiner annähme! Und eines will ich dir sagen, würdiger Gast: Sogleich, als ich dich sah, fiel es mir auf, wie sehr du an Gestalt und

Stimme Odysseus gleichst. Auch deine Hände und Füße sind genauso gebildet wie die seinigen!«

Odysseus zog sich vorsichtig noch ein wenig tiefer in den Winkel neben dem Herd zurück, wo es dunkel war. Wahrhaftig, die Augen der alten Amme waren scharf geblieben und sie kannte ihn so genau wie sonst niemand!

»Jaja, Mütterchen«, sagte er, »viele, die uns beide kennen, behaupten, Odysseus und ich sähen einander ähnlich wie Zwillingsbrüder!«

Sie war indessen schon emsig beschäftigt, kaltes Wasser aus dem Eimer und heißes aus dem Kessel über dem Feuer zu schöpfen und im Waschbecken zu mischen, bis es die rechte Wärme hatte. Jetzt setzte sie es vor Odysseus auf den Boden und kniete sich daneben hin.

Plötzlich durchfuhr es ihn siedend heiß: die Narbe! Eurykleia würde im nächsten Augenblick die Narbe sehen, ihn erkennen und vor Verwunderung und Freude schreien! Die Mägde würden es hören und den Freiern alles verraten und sein ganzer Plan wäre zunichte!

Blitzschnell flogen ihm diese Gedanken durch den Kopf, während die Alte seinen Fuß ergriff, den zerlumpten Kittel beiseiteschob und das Leinentuch ins Wasser tauchte.

Diese Narbe – ein wilder Eber hatte ihm einst dicht neben dem Knie eine tiefe Wunde aufgerissen, als er, kaum zum Jüngling herangewachsen, in den Wäldern des Parnass mit den Männern seiner Sippe jagte!

Eurykleia hatte damals die Wunde lange mit heilsamen Kräutersäften und Salben behandelt: Wie sollte sie die Narbe nicht sogleich erkennen?

Jetzt! Er sah, wie sie zusammenzuckte. Sie ließ seinen Fuß fallen, der auf den Rand des ehernen Beckens schlug. Das Becken fiel um und das Wasser floss über den Boden.

Die Greisin starrte die Narbe an und fuhr mit zitternden Fingern darüber hin. Dann hob sie den Kopf und blickte Odysseus ins Gesicht und plötzlich standen ihre Augen voll Tränen. »So bist du endlich heimgekehrt, Odysseus, mein lieber Herr?«, murmelte sie mit erstickter Stimme.

Odysseus warf einen schnellen Blick hinüber zu Penelope: Aber sie hatte sich dem Saal zugewandt und gab den Mägden allerlei Anweisungen. So hatte sie Eurykleias Worte nicht gehört.

Hastig zog er die alte Amme zu sich heran und drückte ihr die Hand auf den Mund, den sie schon geöffnet hatte, um ihre Herrin zu rufen.

»Schweig, Mütterchen! Oder willst du mich verderben?«, raunte er ihr zu. »Ja, ich bin zurückgekommen! Aber noch darf es niemand im Haus wissen: Sonst würden es sogleich die Freier erfahren, die mir und Telemachos nach dem Leben trachten. Denn die Mägde sind geschwätzig und viele von ihnen den Freiern ergeben! Also hüte deine Zunge gut!«

»Was redest du, mein Sohn?«, flüsterte sie vorwurfsvoll. »Wie könnte ich dich verraten! Du weißt doch, mein Herz ist stark und mein Wille fest wie Stein und Eisen.« Damit lief sie fort, um neues Wasser zu holen, und die Freude machte ihre alten Füße leicht, als wäre sie so jung wie damals, als sie Odysseus pflegte wie ihr eigenes Kindlein.

Sie wusch und salbte seine Füße, ohne noch ein Wort zu sagen, und rückte dann seinen Sessel wieder näher ans Feuer. Odysseus setzte sich nieder und bedeckte die Narbe sorgfältig mit den Lumpen.

Penelope sah ihn eine Weile schweigend und nachdenklich an. Nein, es war wohl nicht schicklich, dass sie diesen Fremdling um Rat fragte: Dennoch drängte es sie auf eine unerklärliche Weise dazu.

»Höre mich an!«, sprach sie zögernd. »Du scheinst mir weise und hast viel erfahren. Darum sollst du mir einen Rat geben, Siehst du, ich habe seit Langem keine Hoffnung mehr, dass Odysseus zurückkehrt. Das Treiben der Freier muss aber um meines Sohnes willen ein Ende haben, bevor sie alle seine Güter verprassen: Sie werden unser Haus nicht verlassen, ehe ich einen von ihnen zum Gatten nehme. So bleibt mir nichts übrig, als endlich unter ihnen zu wählen. Da mir aber keiner würdig scheint, an Odysseus' Stelle zu treten, beschloss ich, ein Wettkampf möge zwischen ihnen entscheiden. Odysseus besaß einen gewaltigen Bogen, den nur selten ein anderer zu spannen vermochte. Mein Gemahl aber pflegte zwölf Äxte in einer Reihe hintereinander aufzustellen und den Pfeil durch sämtliche Ösen hindurchzuschießen. Das Gleiche sollen nun die Freier versuchen und ich habe versprochen, dem Sieger in sein Haus zu folgen. Freilich wird mein Herz so traurig sein, dass ich lieber sterben möchte«, fuhr sie fort. »Aber ich habe dennoch den Wettkampf für morgen festgesetzt. Mittlerweile bist du aber gekommen und hast mir geschworen, Odysseus lebe und kehre in sein Haus zurück, ehe der Mond sich wieder rundet. Was rätst du mir nun: Soll ich den Bogenkampf verschieben und warten, ob sich deine Weissagung erfülle?«

Odysseus stand auf und reckte sich, dass sie voll Staunen zu ihm hinaufblickte und meinte, der gebrechliche Greis sei mit einem Mal viel größer und stärker geworden.

»Nein, Königin«, antwortete er und es klang wie ein Lachen in seiner Stimme, »lass den Kampf unbesorgt stattfinden! Ich sage dir, eher kehrt Odysseus morgen zurück, als dass einer der Freier den Bogen auch nur zu spannen vermag!«

Da fühlte sich Penelope wunderlich getröstet und ging hinauf in ihr Gemach, um zu schlafen.

Odysseus aber begab sich hinaus in die offene Halle, trug eine Rindshaut und ein paar Schaffelle in einer Ecke zusammen und streckte sich darauf aus. Später kam Eurykleia mit einem wollenen Mantel und deckte ihn schweigend zu: So lag er weich und warm.

Doch es wollte kein Schlaf in seine Augen kommen. Sorgenvoll dachte er an den nächsten Tag und an den Kampf mit den Freiern. Zwar wusste er jetzt, dass Penelope treu war, und das machte ihn sehr glücklich. Auch Eurykleia und Eumaios würden ihm beistehen, so gut sie es vermochten, und vielleicht auch Philoitios, der Rinderhirte. Aber im Kampf gegen die große Schar der Freier mussten selbst vier starke tapfere Männer unterliegen; Telemachos war noch sehr jung und die Hirten des Kämpfens ungewohnt.

Während er so seinen bedrückten Gedanken nachhing, fühlte er plötzlich, dass zu Häupten seines Lagers jemand stand.

Er fuhr auf und blickte sich um. Zwar war die Nacht dunkel und mondlos, aber dennoch unterschied er deutlich Gestalt und Antlitz einer hochgewachsenen Frau. Als er ihre leuchtenden Augen sah, wusste er, wer sie war.

»Warum liegst du denn noch wach, du Vielgeprüfter?«, vernahm er auch alsbald Pallas Athenes Stimme. »Und warum bist du so kleingläubig? Habe ich dich nicht heimgeleitet in dein Haus? Hast du nicht deine Gattin treu gefunden und deinen Sohn stark und klug und voll Freude über deine Rückkehr? Wahrhaftig, mancher würde dich beneiden! Du aber bist bekümmert!«

»Es ist alles so, wie du sagst, oh Göttin!«, gab er zu. »Aber wie sollen wir morgen allein gegen die Menge der Freier kämpfen, Telemachos und ich? Und selbst wenn es uns gelingt, sie zu besiegen, so werden danach ihre Sippen die Waffen gegen uns erheben, um sie zu rächen . . .«

»Unverbesserlicher Zweifler!«, unterbrach ihn die Göttin unmutig. »Glaubst du wirklich, ich habe dir so viele Male geholfen, um dich zuletzt in der Not im Stich zu lassen? Schlafe jetzt! Bald sind deine Leiden zu Ende!« Sie strich ihm sanft über die Lider und war fort. Odysseus schlief. –

Kaum stand die erste Morgenröte am Himmel, da trieb Eurykleia die Mägde aus ihren Kammern. »Flink an die Arbeit!«, gebot sie. »Holt Wasser von der Quelle, aber steht mir nicht müßig draußen herum, sondern kommt sogleich zurück! Besprengt den Boden im Saal, bevor ihr ihn mit dem Besen kehrt! Sind die Becher und Mischkrüge und die Schüsseln für Fleisch und Brot sauber ge-spült? Wischt noch einmal mit dem Schwamm die Tische ab und legt Felle und Teppiche über die Sessel! Alles muss früher als sonst und reichlicher für das Mahl bereitet sein: Denn heute ist ja Neumond, das Fest Apollons.«

Während sie so unter den Mägden schaltete, betrat Telemachos den Saal, das Schwert um die Schulter gehängt, den Speer in der Rechten, zwei schnelle Hunde an der Seite.

»Mütterchen, habt ihr gut für den Fremden gesorgt?«, fragte er im Vorübergehen.

Sie warf ihm einen schnellen forschenden Blick zu. Wusste er, dass der Fremdling sein Vater war? Sie konnte es nicht erraten: Sein Gesicht schien so ruhig und ernsthaft wie sonst. So beschloss sie, darüber zu schweigen.

»Wir hätten gerne besser für ihn gesorgt«, sagte sie nur, »aber er wollte nicht in einem weichen Bett schlafen, sondern auf den Fel-len draußen in der Halle!«

»So ist es gut!«, nickte Telemachos und machte sich auf den Weg zum Markt. Er durchschritt den Hof, wo die Diener der Freier Holz hackten für den Herd und die Feuerbecken.

Unter dem Tor begegnete ihm Eumaios, der drei fette Schweine vor sich hertrieb. Die Mägde kehrten mit den Wasserkrügen von der Quelle zurück. Melanthios jagte ein paar Ziegen in den Hof und band die meckernden Tiere in der Vorhalle fest. Zuletzt erschien gemächlich Philoitios, der Rinderhirt, der eine gemästete Kuh am Strick führte und sie an einer Säule festband.

Von all dem Lärm erwachte Odysseus endlich. Schnell erhob er sich und räumte die Felle fort, damit niemand über die Unordnung schelte, die der Bettler angerichtet habe.

Eumaios kam herbei und begrüßte ihn freundlich. Melanthios, der Ziegenhirt, aber musterte ihn mit bösen Blicken. »Bist du immer noch hier, du Tagedieb?«, knurrte er. »Willst du uns auch heute wieder durch dein Betteln lästig fallen? Scher dich endlich fort, es gibt ja genug andere Häuser!«

Odysseus wandte ihm den Rücken und antwortete nichts. Aber er vergaß die harte Rede nicht.

Philoitios, der Rinderhirt, näherte sich neugierig. »Wer ist der Fremdling, Eumaios? Mich dünkt, er sieht nicht aus wie ein gewöhnlicher Bettler, sondern viel eher wie ein vornehmer Mann, den der Ratschluss der Götter ins Elend stürzte!« Und er trat auf Odysseus zu und bot ihm die Hand. »Sei gegrüßt, fremder Vater, möge es dir künftig besser ergehen als heute, da du Drangsal erleidest! Als ich dich erblickte, musste ich traurig an Odysseus, meinen Herrn, denken, der vielleicht auch arm und unglücklich wie du in der Fremde umherirrt. Was nützt es ihm, wenn wir daheim seine Güter getreulich verwalten und seine Herden pflegen, wenn seit Jahr und Tag eine Schar übermütiger Männer davon zehrt? Ich sage euch: Wäre nicht Telemachos, so hätte ich die Rinder längst von hier fortgetrieben in ein anderes Land, wo niemand mich zwingt, immer wieder die besten Stücke für verschwenderische Gelage zu opfern! Und kehrte Odysseus dann zurück, so könnte ich stolz vor ihn hintreten und ihm zeigen, wie seine Herden sich vermehrt haben! Denn ich habe die Hoffnung noch immer nicht aufgegeben, meinen Herrn eines Tages wiederzusehen.«

Das hörte Odysseus mit großer Freude. Ja, auch Philoitios war redlich und treu wie Eumaios. Er legte ihm schnell die Hand auf die Schulter. »Hör zu, Rinderhirt!«, sagte er eindringlich. »Ich schwöre dir, Odysseus kehrt binnen Kurzem zurück! Bleibe nur während des Neumondfestes hier im Palast: So wirst du sehen, wie er dem Unwesen der Freier ein Ende bereitet!«

Philoitios warf ihm einen misstrauischen Blick zu. »Bist du ein Seher, da du dies alles so genau wissen willst? Aber eines ist gewiss: Ginge es gegen die Freier, so solltest du sehen, was meine Fäuste zu leisten vermögen!« –

Indessen war Telemachos zum Markt gekommen, wo die Männer zum Rat versammelt waren. Er sah die Freier in einem Winkel beieinanderstehen und eifrig beraten. Als er vorüberging, stießen sie einander an und verstummten. Aber sie grüßten ihn nicht und taten, als hätten sie ihn nicht bemerkt.

»Er lebt immer noch«, murmelte Antinoos zornig zwischen den Zähnen, »es scheint, die Götter wollen seinen Tod nicht, da es uns bis heute nicht gelungen ist, uns seiner zu bemächtigen!«

In diesem Augenblick scholl der schrille Schrei eines Falken aus der Luft herab. Der Vogel schwebte hoch über ihren Köpfen und hielt eine Taube in den Fängen.

Die Freier starrten atemlos hinauf: Denn gewiss war dies ein Zeichen der Götter! Flog der Falke zur Rechten an ihnen vorüber, so würde es ihnen gelingen, Telemachos zu töten. Flog er aber nach links ...

Jetzt stand der Vogel regungslos in der Luft und dann ...

Sie zogen ein wenig die Köpfe ein, als er sausenden Fluges zu ihrer Linken vorüberstrich, und Amphinomos sagte aufatmend: »Nein, Freunde, unser Anschlag gegen Telemachos würde nicht gut ausgehen! Wir wollen lieber zum Palast zurückkehren und uns am Festmahl erfreuen!« Heimlich war er froh, denn ihm lag nichts an Telemachos' Tod.

Die anderen aber folgten ihm mit finsterem Gesicht und dachten nach, wie sie etwa den Ratschluss der Götter umgehen könnten, ohne dass es ihnen selbst zum Verderben würde.

Im Saal des Königspalastes war alles zum festlichen Mahl bereit. Schon bräunte sich das Fleisch an den Spießen über dem Feuer, Eumaios füllte mit mürrischer Miene die Becher, Philoitios ging missmutig mit dem Brotkorb an den Tischen entlang, Melanthios mischte den Wein und die Diener der Freier zerlegten das Fleisch und verteilten die gerösteten Eingeweide.

Jetzt kam auch Telemachos vom Markt zurück. Sein Blick suchte sogleich seinen Vater, der unbeachtet neben dem Türpfosten an der Mauer lehnte.

»Setze dich an den kleinen Tisch da neben dem Tor«, sprach er und winkte den Dienern, Odysseus Brot und Fleisch vorzusetzen, genau wie den Freiern. Er selbst brachte ihm einen goldenen Becher mit Wein.

»Iss und trink ruhig hier im Saal mit uns«, fuhr Telemachos mit so lauter Stimme fort, dass die anderen ihn hören mussten. »Niemand soll dich kränken oder misshandeln! Ich dulde weder Streit noch Gewalt. Das mögen sich die Freier gesagt sein lassen: Denn dies ist keine Herberge für fahrendes Volk, sondern das Haus des Königs. Und ich gebiete hier!«

Die Freier bissen sich auf die Lippen und schielten böse unter gerunzelten Brauen hervor. Aber Antinoos sagte leise: »Lasst ihn reden! Eines Tages werden wir ihn dennoch zum Schweigen bringen!«

Aber in den Männern war eine seltsame Wildheit aufgewacht. Sie fühlten die Unruhe und wussten nicht, woher sie kam. So leerten sie Becher um Becher und Wildheit und Unruhe wuchsen. Manchmal starrte einer stumm vor sich hin, von einer sonderbaren Angst befallen: Aber er wusste nicht, wovor er sich fürchtete. Einen anderen überkam plötzlich ein schrecklicher Drang, jemandem etwas Böses zu tun. Wild blickte er sich im Saal um, bis sein Auge auf Odysseus fiel. Da nahm er einen Rinderfuß aus dem Korbe, in den sie die Knochen warfen. »Freunde!«, schrie er. »Zwar hat der Bettler schon seinen gebührenden Anteil an allem bekommen! Aber ich will ihm noch eine besondere Gabe zukommen lassen!« Damit schleuderte er den Kuhfuß über den Tisch auf Odysseus. Der wich dem Wurf aus und der Knochen flog krachend gegen die Mauer.

Telemachos fuhr in die Höhe, rot vor Zorn. »Bei den Göttern, das war dein Glück, dass du den Fremdling nicht getroffen hast! Sonst hätte dich mein Speer durchbohrt und dein Vater müsste statt der Hochzeit deine Bestattung feiern! Ich warne euch zum letzten Mal, ihr Freier! Glaubt ihr, ich weiß nicht, dass ihr auf meinen Tod begierig seid? Und wahrhaftig, fast wäre es besser zu sterben, als immerfort eure Freveltaten mit anzusehen!«

Für eine Weile verstummten sie nach der zornigen Rede. Dann erhob sich einer und begann mit glatten, schlauen Worten zu sprechen. »Haltet Ruhe, Freunde! Wir können Telemachos seinen

Zorn nicht verargen. Lasst den Fremdling in Frieden: Ist er doch sein Gast. Dir aber, Telemachos, und der Königin Penelope will ich einen wohlmeinenden Rat geben. Alle unsere Freveltaten, wie du es nennst, können sogleich ein Ende haben: Geh zu deiner Mutter und heiße sie, endlich einen von uns zum Gatten erwählen! Freilich, sie mochte zögern und uns hinhalten, solange sie noch hoffen konnte, Odysseus kehre eines Tages zurück. Aber nun ist doch längst jede Hoffnung geschwunden. Also gebiete ihr, sich neu zu vermählen! Dann verlassen wir augenblicklich dein Haus und du kannst dich in Zukunft ungestört deines Reichtums freuen!«

»Nein, bei den Leiden meines Vaters!«, rief Telemachos. »Ich werde meine Mutter zu nichts zwingen! Ist es ihr Wille, sich zu vermählen, so mag sie es tun. Aber ich werde sie niemals aus meinem Haus vertreiben!«

Da brach abermals wildes Geschrei unter den Freiern los, als wären sie völlig von Sinnen. Sie schütteten den Wein durch die Kehlen wie Verdurstende. Sie schlangen rohes Fleisch hinunter und lachten mit zurückgeworfenem Kopf und verzerrten Gesichtern, dass es grausig von den Wänden widerhallte.

Niemand achtete darauf, dass Theoklymenos, der Seher, den Saal betrat.

Sein Gesicht war bleich und voll Gram und in seinen Augen lag eine abgrundtiefe Trauer, als er jetzt langsam an den Tischen entlangschritt und auf die trunkenen Männer blickte.

Plötzlich gewahrten sie ihn, erschraken und verstummten.

»Wehe euch, ihr Unglücklichen!«, sprach der Seher in die Stille hinein, als spräche er im Traum. »Wehe euch! Nacht umhüllt eure Häupter und euer Antlitz! Ich höre Wehklagen und Tränen fließen über eure Wangen! Von den Wänden trieft Blut. Die Geister vieler

Toter füllen den Hof und die Halle. Die Sonne ist erloschen und schreckliches Dunkel steigt ringsum auf!«

Die Freier saßen da und stierten ihn an und Angst schnürte ihnen die Kehle zusammen. Und als sie die Angst nicht mehr ertragen konnten, begannen sie zu lachen.

»Das ist ja der Fremde, den Telemachos von Pylos mitgebracht hat!«, schrie Eurymachos. »Den Ärmsten muss Irrsinn befallen haben! Schafft ihn doch vors Tor hinaus, wenn es ihm hier im Saal zu dunkel erscheint!«

»Ich kann allein gehen, Eurymachos!«, sagte Theoklymenos finster. »Ich habe ja Augen, Ohren und Füße und auch mein Verstand ist mir nicht abhandengekommen. Aber du hast recht: Ich will schleunigst fortgehen von hier, damit mich nicht mit euch das Verderben ereile!«

Er wandte sich ab, ging zurück zum Tor und verließ Saal und Palast.

Die Freier lachten hinter ihm her: Aber ihr Lachen klang grell und falsch.

»He, Telemachos!«, rief einer. »Niemand hat schlechtere Gäste als du! Der eine ist ein schmarotzender Bettler, der nur essen und trinken, aber nicht arbeiten will! Der andere aber spielt den Seher und versucht, uns schreckliche Dinge zu weissagen!«

Telemachos achtete nicht auf die Worte des Spötters. Er blickte zu seinem Vater hinüber, ob er ihm etwa ein Zeichen gäbe.

Aber Odysseus schwieg und wartete. Er wusste, dass sehr bald etwas geschehen würde.

10 Zu dieser Stunde verließ Penelope, von ihren Mägden begleitet, die Frauengemächer und stieg die Treppe am äußersten Ende
des Palastes hinauf zur Schatzkammer des Königs.

Das Herz war ihr schwer und sie wäre gerne wieder umgekehrt.
Aber nun musste sie zu Ende führen, was sie sich vorgenommen
hatte. Ging es übel aus – nun, so würde sie einem dieser Männer
in sein Haus folgen und nur mehr in ihren Träumen an ihr früheres
Leben im Königspalast zu Ithaka zurückdenken.

Aber sie fühlte eine seltsame Hoffnung in sich aufsteigen, sooft
sie an die Worte des fremden Bettlers dachte: »Eher wird morgen
Odysseus hier sein, als dass einer von ihnen den Bogen zu spannen vermag!«

Aufatmend stand sie vor der eisenbeschlagenen Tür still und
steckte den Schlüssel mit dem Elfenbeingriff ins Schloss.

»Komme, was kommen mag«, sagte sie entschlossen zu sich. »Nun
muss die Entscheidung fallen!«

Sie betrat die Kammer und ging zwischen den Truhen und alldem
kostbaren Gerät aus Erz und Eisen hindurch, das hier verwahrt
wurde.

An der Wand gegenüber hing der Bogen in seiner ledernen Hülle.
Sie nahm ihn herab, zog ihn aus dem Behälter und betrachtete ihn
nachdenklich. Es war eine gewaltige Waffe und nur ein Mann, der
so stark war wie Odysseus, vermochte, sie zu meistern. Würde einer von den Freiern so stark sein? Nein, sie wollte nicht daran
denken! Hastig griff sie nach dem Köcher, der mit langen Pfeilen
gefüllt war, und befahl den Mägden, die Truhe zu tragen, in der
sich zwölf Äxte befanden.

Dann begab sie sich hinunter in den Saal.

Es war, als fiele der Weinrausch mit einem Mal von den Männern
ab, als die Königin erschien. Das Toben verstummte und sie müh-

ten sich um ein würdiges Gehaben. Penelope warf einen schnellen Blick hinüber zu dem Fremdling am Tor. Aber er saß da, die Stirne in die Hand gestützt, und sie konnte sein Gesicht nicht sehen. Enttäuscht wandte sie sich ab. Sie hatte gehofft ... aber sie wusste selber nicht, was sie von dem armen alten Mann erwartet hatte.

Mit einem tiefen Atemzug richtete sie sich auf. »Hört mich, ihr Freier!«, begann sie zu sprechen. »Ihr seid alle hierhergekommen, um mich zu werben, so sagt ihr. Indessen verprasst ihr die Güter meines Sohnes, haltet Tag für Tag wüste Gelage in unserem Hause, treibt euer übles Spiel mit meinen Mägden und misshandelt andere Gäste. Das muss nun ein Ende haben! Darum soll ein Wettkampf zwischen euch entscheiden. Seht her! Mit diesem Bogen pflegte Odysseus den Pfeil durch zwölf Äxte hindurchzuschießen. Ihr mögt das Gleiche versuchen! Wem der Schuss gelingt und wer den Bogen am leichtesten zu spannen vermag, dem werde ich als Gattin folgen. Eumaios, nimm den Bogen und zeige ihn den Männern!«

Eumaios gehorchte. Ein Lachen lag auf seinem verwitterten Gesicht, während er mit der kostbaren Waffe langsam an den Tischen entlangging. Nein, wie vermöchte einer von diesen da, den gewaltigen Bogen zu spannen?

Die Freier betrachteten die berühmte Waffe mit leisem Unbehagen und Antinoos sagte: »Freunde, ich fürchte, der Kampf wird uns nicht leichtfallen! Ist doch keiner unter uns so stark wie Odysseus. Ich habe ihn selbst noch gekannt, als ich ein Knabe war!«

»Mich dünkt, der Kampfpreis ist hoch genug!«, rief Telemachos. »Aber das wisst ihr ja selbst: Was brauche ich meine Mutter noch lange zu preisen! Bei den Göttern, ich habe Lust, den Bogen selbst zu versuchen! Gelänge mir der Schuss, so würde die Mutter nicht mir zum Leide mein Haus verlassen!«

Schnell warf er den Purpurmantel ab und nahm den Schwertriemen von der Schulter.

Er zog eine lange Furche durch den Boden, stellte die zwölf Äxte in einer Reihe hinein, richtete sie genau nach der Schnur und stampfte die Erde fest.

Dann ergriff er den Bogen, zog einen Pfeil aus dem Köcher und trat auf die Schwelle.

Allein, so stark er war, er mühte sich vergeblich. Dreimal erschütterte er den Bogen, aber stets versagte im letzten Augenblick seine Kraft. Beim vierten Mal wäre es ihm vielleicht gelungen: Aber da machte ihm sein Vater heimlich ein Zeichen und er ließ die Waffe sinken.

»Ich bin wohl zu jung oder eben nicht stark genug«, sagte er. »Nun mögt ihr euer Glück versuchen!« Und er setzte sich auf seinen Sessel neben Penelope, um dem Kampf zuzusehen.

»Wir wollen ganz rechts am Ende des Saales beginnen«, gebot Antinoos und die anderen waren es zufrieden.

Als Erster erhob sich der Opferbeschauer, den sie stets bei sich hatten, damit er die Götter um gutes Gelingen ihres schändlichen Vorhabens anflehe. Er war ein schwächlicher Mann und seine Hände waren zart wie Frauenhände.

Der Bogen krümmte sich kaum, als er seine Kraft an ihm versuchte. Missmutig lehnte er ihn an die Mauer. »Mag ihn ein anderer nehmen: Ich spanne ihn nicht! Und ich meine, es wird noch manchem von euch so ergehen. Ich sage euch, Odysseus' Bogen bringt Unheil über uns! Er wird vielen Männern Atem und Leben nehmen! Wahrhaftig, es wäre besser für uns, unter den anderen Töchtern Achaias zu freien!«

Damit ging er und setzte sich mit düsterem Gesicht auf seinen Platz.

Aber Antinoos schalt ihn.

»Was ist das für ein törichtes Gerede?«, schrie er. »Dich hat die Mutter freilich nicht geboren, um mit den Waffen Ruhm zu erwerben! Soll der Bogen vielen Männern das Leben rauben, nur weil du ihn nicht zu spannen vermagst? Gib acht, bald werden ihn andere spannen!«

Er rief Melanthios, den Ziegenhirten. »Fache schnell ein Feuer an und bringe eine Scheibe Talg: Der Bogen ist spröde, weil ihn so lange niemand brauchte!«

Melanthios lief diensteifrig. Bald brannte Feuer in einem der Becken und die Freier bestrichen den Bogen mit zerlassenem Talg, um ihn geschmeidig zu machen.

Dann versuchten sie abermals ihr Glück, einer nach dem anderen. Aber immer noch gelang es keinem und einer nach dem andern mussten sie die Hoffnung aufgeben, die schöne Penelope samt ihrem großen Reichtum zu erringen.

Zuletzt waren nur noch Antinoos und Eurymachos übrig. Sie blickten einander zaudernd an und keiner mochte die widerspenstige Waffe zur Hand nehmen.

In diesem Augenblick verließen Eumaios und Philoitios miteinander den Saal.

Odysseus sah es und folgte ihnen schnell in den Hof.

»Hört mich an!«, sagte er hastig. »Wenn jetzt euer Gebieter heimkehrte aus der Fremde und er müsste gegen die Männer da drinnen kämpfen, wem würdet ihr beistehen: Odysseus oder den Freiern? Ich bitte euch, redet, wie euer Herz es euch gebietet!«

Sie betrachteten ihn kopfschüttelnd. »Habe ich dir nicht schon gesagt, die Freier sollten meine Fäuste zu spüren bekommen?«, antwortete der Rinderhirt fast erzürnt und auch Eumaios meinte, er habe keinen anderen Wunsch, als seinen Herrn wiederzusehen und die übermütigen Fremden aus dem Palast zu vertreiben.

»Ich weiß, dass ich euch trauen kann!«, sprach Odysseus ernst. »Zwar mag ich euch jetzt wie ein armer alter Mann erscheinen: Aber vielleicht erkennt ihr mich dennoch, wenn ihr mich genau anseht!«

Er zog die Lumpen, die sein Knie bedeckten, zur Seite. »Kennt ihr diese Narbe?«, fragte er. »Ein Eber hieb mir einst, als ich auf dem Parnass jagte, seinen Hauer ins Bein!«

Sie rissen die Augen auf. Sie bückten sich und betasteten die Narbe mit ihren schwieligen Händen. Dann richteten sie sich schwerfällig auf.

»Oh, Herr . . . bist du es wirklich, Herr?«, brachte Eumaios stockend hervor und Tränen schossen ihm in die Augen.

Philoitios zwickte sich schnell ins Ohr, weil er nicht wusste, ob er wache oder träume.

Und weil er flinker war als Eumaios, stürzte er sich alsbald freudvoll auf seinen heimgekehrten Gebieter, umarmte ihn und küsste ihm Schulter und Wangen.

Odysseus sah mit Rührung, wie sie sich freuten. Aber er mahnte zur Vorsicht. »Leicht kann uns jemand sehen und es im Saal verkünden. Also müssen wir auf der Hut sein. Aber hört gut zu und tut genau, was ich euch sage! Ich muss den Bogen und die Pfeile in meine Hand bekommen: Denn dies wird unsere Rettung sein! Die Freier werden zwar nicht erlauben, dass ich den Bogen zu spannen versuche: Aber du, Eumaios, sollst ihn dennoch nehmen und mir übergeben. Hast du das getan, so rufe Eurykleia und befiel ihr, die Tore des Frauenhauses zu schließen und die Mägde in ihren Gemächern zu halten, auch wenn sie im Saal Kampfgetöse hören sollten. Du, Philoitios, verriegle das Hoftor und schlinge noch ein starkes Seil um den Riegel, damit niemand von draußen in den Saal gelangen kann. Und jetzt wollen wir hineingehen: zuerst ich, dann einzeln ihr beide, damit niemand Verdacht schöpfe!«

Und er wandte sich zum Tor und trat wieder in den Saal.

»Die Entscheidung naht«, murmelte er und sein schneller Blick suchte den Bogen.

Eurymachos hielt ihn jetzt in der Hand und drehte ihn langsam über dem Feuer nach allen Seiten. Er wollte Zeit gewinnen und überlegte verzweifelt, wie er dem Wettkampf ausweichen könnte: Denn er schien ihm schon jetzt ein hoffnungsloses Beginnen. Aber es wollte ihm kein Ausweg einfallen und so legte er endlich wohl oder übel den Pfeil auf die Sehne, nahm alle Kraft zusammen und zog. Er war kein Schwächling, aber der gewaltige Bogen widerstand allen seinen Bemühungen. Da gab er es endlich auf und warf die Waffe zornig zu Boden. »Beim Hades!«, schrie er. »Mich schmerzt nicht so sehr die verspielte Hochzeit: Denn es gibt ja noch viele Frauen in Ithaka. Aber dass keiner von uns diesen Bogen zu spannen vermag, mit dem Odysseus leicht den Pfeil durch zwölf Äxte jagte – von dieser Schande werden noch unsere Enkel spottend erzählen!«

»Nein, Eurymachos!«, sagte Antinoos, dem unterdessen ein schlauer Gedanke gekommen war. »Wir sind alle arme Toren! Keinem ist es in den Sinn gekommen, dass dieser Tag Apollon, dem göttlichen Bogenschützen, geheiligt ist. Da sollte wohl kein Sterblicher einen Bogen spannen! Lassen wir ihn also für heute ruhen! Morgen früh aber wollen wir Apollon ein reiches Opfer bringen und den Wettkampf von Neuem beginnen!«

Da atmeten die Freier auf und riefen ihm Beifall: Denn so konnten sie noch einmal hoffen, dass ihnen vielleicht der Sieg beschieden sein werde!

Aber jetzt erhob sich Odysseus.

»Hört mich an, ihr Freier der Königin!«, sprach er und ihre Köpfe fuhren herum: Denn es schien ihnen, die Stimme des alten Mannes habe plötzlich einen fremden harten Klang. »Antinoos hat verständig geredet und morgen werden die Götter, wenn es ihr Wille ist, einem von euch den Sieg verleihen! Aber ich bitte euch, erlaubt mir heute, einmal den Bogen zu spannen, damit ich sehe, ob ich noch meine alte Kraft besitze oder ob langes Elend sie mir geraubt hat!«

Die Freier ließen ihn kaum zu Ende reden. Zornig schrien sie auf ihn ein: Sie dachten an seinen Kampf mit Iros und hatten Angst, er könnte auch den Bogenkampf gewinnen. »Elender Fremdling!«, schalt ihn Antinoos erbost. »Du hast wohl völlig deinen Verstand verloren! Bist du nicht zufrieden damit, hier bei uns zu sitzen und schmausen zu dürfen? Trinke du ruhig deinen Wein und suche dich nicht mit jüngeren Männern zu messen!«

Penelope saß in ihrem elfenbeinernen Stuhl neben dem Herd und sah schweigend dem Treiben der Freier zu. Sie schien so ruhig und gelassen, als ginge es nicht um ihr eigenes Schicksal: Aber ihr Herz klopfte schnell und ihre Hände umklammerten die Lehne, als müsste sie sich irgendwo festhalten.

Jetzt wandte sie langsam den Kopf zu Antinoos und lächelte. Aber dieses Lächeln jagte ihm die Schamröte ins Gesicht.

»Hast du Angst, Antinoos, der Fremde könnte mich als seine Gemahlin heimführen, wenn es ihm etwa gelänge, den Bogen zu spannen?«, fragte sie. »Das erwartet er wohl gewiss nicht! Aber ich meine, für ihn muss das gleiche Recht gelten wie für euch alle, da er unser Gast ist!«

Antinoos suchte nach einer Antwort; aber Eurymachos war schneller wie stets. »Oh nein, Herrin«, rief er. »Freilich befürchtet keiner von uns, dass du den Bettler zum Gatten nehmest! Aber bedenke: Vermöchte er wirklich den Bogen zu spannen, so brächte uns das schreckliche Schande. Denn jeder würde sagen. ›Seht, alle diese Männer haben es vergeblich versucht! Da kam ein alter Bettler und spannte Odysseus' Bogen leicht!‹ Nein, wir können es nicht dulden!«

»Es würde euch nicht mehr Schande bringen, als ihr schon selber auf eure Häupter geladen habt, Eurymachos«, antwortete Penelope kühl. »Gebt dem Fremdling den Bogen! Spannt er ihn, so will ich ihm schöne Gewänder geben, auch einen Speer und ein Schwert, dass er sich mit Ehren unter den Menschen sehen lassen kann!«

Da schien es Telemachos an der Zeit einzugreifen: Denn er hatte ein Zeichen seines Vaters aufgefangen.

»Mutter«, sagte er, »kümmere dich nicht um den Bogen, denn das ist Sache der Männer! Niemand hat über ihn zu bestimmen als ich. Und niemand könnte mich hindern, selbst wenn ich ihn dem Fremdling schenken wollte! Aber nun bitte ich dich, geh zurück ins Frauenhaus und weise den Mägden ihre Arbeit an, damit sie nicht müßig herumstehen und auf törichte Gedanken kommen!«

Penelope vernahm die Rede mit Staunen. Aber sie erhob sich sogleich und verließ den Saal: Denn sie wusste, Telemachos hatte recht.

Kaum hatte die Pforte zum Frauenhaus sich hinter ihr geschlossen, da winkte Odysseus heimlich dem Schweinehirten.

Eumaios ging hinüber zu dem Tisch, an dem Antinoos und Eurymachos saßen. Neben ihnen lehnte der Bogen an der Mauer.

Eumaios nahm ihn schweigend und wandte sich zurück zu seinem Herrn. Einen Augenblick herrschte Stille, so verblüfft waren die Freier. Dann begriffen sie, was der Schweinehirt vorhatte, und ein vielstimmiges Wutgebrüll erscholl.

»He, bist du toll geworden, elender Sauhirt? Was willst du mit dem Bogen? Bring ihn augenblicklich zurück oder es soll dir übel ergehen! Unterstehe dich ja nicht, ihn dem Bettler zu geben, sonst werden dich bald die Hunde zerreißen!«

So schrien und drohten sie. Da überkam Eumaios Angst und er zögerte. Telemachos sah es und rief ihn zornig an. »Bringe den Bogen sogleich dem fremden Gast, Eumaios! Du hast mir zu gehorchen und nicht diesen Männern!«

Alsbald besann sich Eumaios wieder und trug die Waffe zu seinem Herrn hinüber.

Odysseus atmete auf, als seine Hand das kühle, glatte Holz umschloss. Ja, nun waren sie vielleicht gerettet, trotz der großen Übermacht der Freier!

Unterdessen rief Eumaios durch die Pforte des Frauenhauses nach Eurykleia. »Verschließe diese Tür und halte die Mägde in ihren Kammern, selbst wenn ihr im Saal Kampfgetöse hört!«, befahl er.

Sie fragte nichts und verschloss die Tür.

Philoitios war heimlich aus dem Saal geeilt, hatte das Hoftor verriegelt und den Riegel noch mit einem starken Seil gesichert.

Jetzt schlüpfte er wieder zur Tür herein, lehnte sich neben Eumaios an den Pfosten und sie wandten kein Auge mehr von ihrem Gebieter, damit sie nicht seinen Wink übersähen.

Odysseus drehte den Bogen nach allen Seiten hin und her, um zu sehen, ob nicht Würmer das Holz zernagt hätten oder der kostbaren Waffe sonst ein Schaden geschehen sei.

Die Freier beobachteten ihn mit Besorgnis. »Seht den Bettler!«, sagte einer. »Er scheint ein genauer Kenner des Bogens zu sein! Vielleicht besitzt er selbst einen oder er will sich einen verfertigen! Wie er ihn hin und her dreht, der tückische Alte!«

Jetzt spannte Odysseus mit der Rechten die Sehne, so leicht wie ein Sänger die Saiten spannt.

Ein heller Ton wie der Ruf einer Schwalbe erklang, als sie zurückschnellte.

Da fasste die Freier Bestürzung und ihre Gesichter wurden bleich.

Odysseus aber ergriff den Pfeil, der neben ihm auf dem Tisch lag, und legte ihn in die Kerbe. Er stand nicht einmal von seinem Stuhle auf: Sitzend zielte er und schoss.

Der Pfeil flog mit einem leisen schwirrenden Geräusch. Er flog durch die zwölf Äxte hindurch und fiel jenseits zu Boden.

Die Freier sprangen vor Schrecken in die Höhe, dass ihre Sessel polternd umfielen.

Odysseus aber rief: »Telemachos, der Fremdling in deinem Saal macht dir keine Schande! Der Wettkampf ist zu Ende! Nun mag ein anderer Kampf beginnen!«

Da warf sich Telemachos den Schwertriemen um die Schulter, ergriff den Speer und sprang neben seinen Vater auf die Schwelle.

Schnell schüttete Odysseus die Pfeile aus dem Köcher vor sich auf den Boden und legte einen neuen auf die Sehne.

Und während die Freier einander noch verblüfft und ratlos anstarrten, schoss er abermals.

Der Pfeil flog mit einem leisen schwirrenden Geräusch. Er flog auf Antinoos zu, der gerade den doppelt gehenkelten goldenen Becher zum Mund führen wollte, und traf ihn in die Kehle.

Der Becher entfiel ihm und rollte über den Tisch. Antinoos sank zur Seite, ein Blutstrom quoll ihm aus der Nase und sein weißes Gewand färbte sich purpurrot.

Da schrien die anderen Freier laut auf, liefen durcheinander und suchten nach den Waffen, die sonst an den Wänden hingen. Aber da waren keine Waffen mehr!

So stürmten sie mit wütendem Geschrei auf Odysseus zu. »Wehe dir, das war dein letzter Schuss! Du hast einen der Edlen von Ithaka getötet! Dafür werden dich die Geier fressen!«

Sie glaubten immer noch, Odysseus habe Antinoos ohne Absicht erschossen: Denn es kam ihnen gar nicht in den Sinn, dass ein einziger Mann es wagen könnte, gegen so viele den Kampf zu beginnen.

Aber sie prallten entsetzt zurück, als der Fremde abermals einen Pfeil auf die Sehne legte und die Spitze des tödlichen Geschosses gegen sie richtete.

»Ihr Hunde!«, schrie Odysseus mit schrecklicher Stimme. »Ihr meintet, ich käme nie mehr zurück aus dem Lande der Troer! Ihr habt um meine Gattin geworben, obgleich ihr nicht wusstet, ob ich nicht vielleicht noch lebe! Schamlos habt ihr meine Güter verprasst und euer übles Spiel mit den Mägden getrieben. Ihr habt meinem Sohn nach dem Leben getrachtet! Ohne Scheu vor Göttern und Menschen habt ihr Frevel auf Frevel gehäuft! Nun kommt die Vergeltung über euch!«

Die Freier standen wie erstarrt vor Entsetzen, als sie begriffen, was dies bedeutete. Verzweifelt irrten ihre Blicke umher, einen Ausweg zu suchen.

Aber sie fanden keinen.

Da erhob mitten in der zusammengedrängten Schar Eurymachos seine Stimme.

»Bist du wirklich Odysseus«, rief er in heuchlerisch bekümmertem Ton, »nun, so hast du allen Grund zu zürnen, wir gestehen es freimütig! Es ist viel Böses geschehen: Aber derjenige, der an allem schuld ist, hat ja nun schon dafür gebüßt! Antinoos hat uns stets zu allen Übeltaten angestiftet. Und noch etwas will ich dir sagen: Er wollte nicht nur Penelope freien, sondern auch Telemachos heimtückisch ermorden, um selber König in Ithaka zu sein! Aber nun ist er ja tot und wir anderen wollen dir reichen Ersatz bieten für den Schaden, den du erlitten hast!«

So meinte er schlau, sich und den übrigen Freiern das Leben zu retten.

»Es nützt dir nichts, wenn du den Toten beschuldigst, Eurymachos«, antwortete Odysseus finster. »Jeder büßt für seinen eigenen Frevel! Tut, was ihr wollt, ihr könnt wählen: Kämpft um euer Leben oder flieht, wenn es euch gelingt!«

Sie hörten es mit stockendem Herzschlag.

Aber Eurymachos gedachte, noch nicht zu sterben. »Freunde«, rief er wieder, »der Mann dort lässt seine Hände nicht ruhen, ehe er uns alle getötet hat! Das soll ihm nicht gelingen! Zieht die Schwerter und versucht, euch mit den Tischen gegen die Pfeile zu schirmen! Dann wollen wir alle zugleich gegen ihn anrennen und ihn von der Schwelle vertreiben. So gewinnen wir das Freie und holen schnell Hilfe aus der Stadt.«

Und er riss sein Schwert heraus und stürmte vor. Aber ehe er noch Odysseus erreichte, traf ihn ein Pfeil mitten in die Brust, dass er niederstürzte.

Mit einem wilden Satz sprang Amphinomos über den gefallenen Gefährten hinweg. Schon zuckte sein Schwert durch die Luft, da fuhr ihm Telemachos' Speer in den Rücken.

Telemachos lief zurück zu seinem Vater. »Ich will Waffen aus der Rüstkammer holen«, sagte er atemlos, »für uns beide und auch für Eumaios und Philoitios!«

»Hole sie schnell, solange ich noch Pfeile habe! Sonst wird uns nichts mehr vor ihren Schwertern retten!«, antwortete Odysseus, während er die Freier nicht aus den Augen ließ.

Telemachos verschwand. Er schlüpfte durch die kleine Pforte in der Hinterwand des Saales, rannte den engen Gang entlang und die Treppe hinauf zur Waffenkammer. Eilig packte er vier Helme, vier lederne erzbeschlagene Schilde und acht Lanzen. Damit stieg er wieder zum Saal hinab.

Erleichtert banden die beiden Hirten die Helme auf, warfen die Schilde um die Schultern und ergriffen die Lanzen: Wahrhaftig, es war doch besser, gerüstet zu kämpfen! Unterdessen wehrte Odysseus die Freier ab. Ein Pfeil nach dem anderen durchschwirrte den Saal und fand mit schrecklicher Sicherheit sein Ziel.

Dann war der letzte verschossen. Odysseus lehnte den Bogen an die Mauer, band den Helm mit dem wehenden Rossschweif aufs Haupt und warf den vierfachen Schild über die Schulter. Dann wartete er, in jeder Hand einen Speer mit eherner Spitze.

Aber die Freier griffen nicht an und das wunderte ihn: Sie mussten doch längst wissen, dass er keine Pfeile mehr besaß. Sie kauerten hinter den Säulen, hinter umgestürzten Tischen und hinter den übereinanderliegenden Toten und schienen ebenfalls zu warten. Aber da – was war das?

Odysseus stieß einen Wutschrei aus: Denn die Männer drüben hatten plötzlich auch Waffen! Sie banden sich Helme auf, warfen Schilde um die Schultern und hielten Lanzen in den Händen! Woher kamen die Waffen?

Telemachos war totenbleich geworden. »Vater«, sagte er leise, »es ist meine Schuld: Ich habe vergessen, die Tür der Rüstkammer zu verschließen, und jemand muss es gemerkt haben! Vielleicht war es Melanthios, der stets alles im Haus für die Freier auskundschaftet! Lauf, Eumaios, und versperre droben die Tür!«

Eumaios wandte sich zur Pforte: Aber mit einem Satz sprang er wieder zurück. »Da schleicht Melanthios just wieder durch den Gang zur Treppe!«, sagte er hastig. »Gewiss will er noch mehr

Waffen holen! Was sollen wir tun, Herr? Willst du, dass Philoitios und ich hinaufgehen und den elenden Burschen sogleich erschlagen?«

Odysseus schüttelte den Kopf. »Er ist ein Verräter und wird seiner Strafe nicht entrinnen! Zuerst aber müssen wir den Kampf mit den Freiern zu Ende bringen! Fesselt ihm Hände und Füße und bindet ihn an die Säule in der Rüstkammer: Da mag er indessen über seine Missetaten nachdenken. Hätte er unsere Feinde nicht mit Waffen versorgt, so wären wir ihrer wohl Herr geworden. Nun aber wird es einen langen und harten Kampf geben und die Götter mögen wissen, ob wir siegen!«

Die beiden Hirten waren schon in der Dunkelheit des Ganges verschwunden. Behutsam schlichen sie auf ihren bloßen Füßen die Stiege hinauf, leise Verwünschungen vor sich hin murmelnd, die dem verräterischen Ziegenhirten nichts Gutes verhießen.

An der Tür der Waffenkammer stellten sie sich zu beiden Seiten hinter den Pfosten und warteten. Sie hörten, wie Melanthios sich drinnen mit dem Rüstzeug zu schaffen machte.

Dann trat er heraus, abermals mit Helmen, Schilden und Lanzen beladen.

Wutentbrannt stürzten sie sich auf ihn. Er ließ vor Schrecken fallen, was er trug, und versuchte, sich nicht einmal zu wehren. Sie fesselten ihm Hände und Füße mit starken Riemen und banden ihn an die Säule in der Kammer. In ihrem Grimm gingen sie nicht eben sanft mit ihm um und verkündeten ihm die fürchterlichsten Strafen für seinen schändlichen Verrat. Dann überließen sie ihn seiner Angst, gingen fort und versperrten sorgfältig die Tür.

Schnell rannten sie zum Saal zurück, wo Odysseus und Telemachos allein der Schar der Freier gegenüberstanden. Nein, nun sah es nicht gut für die vier Männer aus: Denn von den Freiern waren immer noch viele am Leben. Die meisten waren jetzt gerüstet und kämpften mit verzweifelter Tapferkeit.

Odysseus fragte sich sorgenvoll, wie es wohl enden würde. Längst hatten sie ihre Wurfspeere in die Reihen der Feinde geschleudert und man konnte sie nicht zurückholen. So blieb nur der Schwertkampf. Aber was waren vier Schwerter gegen die vielen der Freier? Plötzlich merkte er, dass jemand neben ihm stand. Nicht Telemachos oder die Hirten, nein –»Mentor!«, rief er aufatmend. »Bist du gekommen, uns beizustehen?«

Aber Mentor blickte ihn aus sehr hellen Augen erzürnt an. »Hast du nicht neun Jahre vor Troja gekämpft, ohne je den Mut zu verlieren? Willst du jetzt verzagen?«

Beschämt erkannte Odysseus Pallas Athene und augenblicklich kam neue Zuversicht in sein Herz.

Auch die Freier hatten Mentor gesehen und begrüßten ihn mit zornigem Geschrei. »Mentor, lass dich doch nicht von Odysseus überreden, gegen uns zu kämpfen! Du würdest es mit deinem Kopf bezahlen! Wenn wir erst Vater und Sohn erschlagen haben, wirst du das gleiche Schicksal erleiden! Deine Güter aber werden wir teilen und deine Gattin mit den Töchtern aus dem Land vertreiben!«

So drohten sie. Aber Mentor war gar nicht mehr da. Klein und schmal, wie eine Schwalbe anzusehen, saß die Göttin jetzt droben im rußigen Deckengebälk und blickte aufmerksam hinab auf das Getümmel.

»Seht ihr!«, frohlockten die Freier. »Mentor ist schon wieder verschwunden! Nun wollen wir trachten, schnell Odysseus zu töten: Mit den anderen werden wir dann leichtes Spiel haben. Aber schleudert nicht alle zugleich eure Speere, sondern immer nur sechs auf einmal, und zielt sorgfältig!«

Alsbald flogen aus der vordersten Reihe der Freier sechs Lanzen auf Odysseus zu, aber keine erreichte ihr Ziel. Es war, als lenke eine fremde Gestalt sie aus ihrer Bahn: Sie fuhren in die Tür, in das Holz des Pfostens oder in die Mauer.

Die Freier rissen die Augen auf. He, was sollte das heißen? Sie wollten nicht glauben, dass sie so schlecht gezielt hatten!

Droben im rußigen Deckengebälk saß aber immer noch Pallas Athene, klein und schmal, anzusehen wie eine Schwalbe, blickte aufmerksam hinab und lenkte die Lanzen.

»Nun sind wir an der Reihe!«, rief Odysseus. Sie zogen die Speere aus dem Holz und dem Mauerwerk und schleuderten. Vier von den Feinden stürzten nieder. Da wichen die anderen zurück ans Ende des Saales. Abermals flogen sechs Lanzen zu Odysseus hinüber, aber keine traf ihn. Nur Telemachos ritzte eine die Haut am Handgelenk und eine andere zog eine blutige Rinne über die Schulter des Schweinehirten.

Jetzt stürmten die vier Männer vor, rissen die Wurfspeere aus der Mauer, aus dem Pfosten und aus den Leibern der Toten und sprangen mitten unter die Feinde.

Zugleich erschien droben an der Decke Athenes schrecklicher leuchtender Schild, dessen Anblick Tod und Verderben bedeutet. Wie eine Rinderherde, die von blutgierigen Bremsen verfolgt wird, stoben die Freier auseinander.

Aber es half ihnen nichts, wie sie auch hin und her liefen und sich zu verbergen suchten: Von irgendwoher zuckte eine Lanze durch die Luft und fand ihr Ziel mit furchtbarer Sicherheit. Oder ein Schwert sauste herab und machte ihrer Todesangst ein Ende. –

Mitten im Saal stand Odysseus still und blickte sich um, als erwache er aus einem entsetzlichen Traum. In seinen Augen loderte noch die Wildheit des Kampfes.

Langsam ließ er sein Schwert sinken. Ja, nun war alles vorüber: Von den Freiern lebte keiner mehr.

Er sah Telemachos auf sich zukommen, taumelnd vor Müdigkeit. Da war auch Eumaios, von der Schulter bis zum Gürtel mit Blut beschmiert, das aus seiner Wunde sickerte. Und dort drüben hockte Philoitios in einem zerbrochenen Sessel und wischte sich mit zitternder Hand Schweiß und Staub vom Gesicht.

Im äußersten Winkel des Saales stand Phemios, der Sänger, die Leier an sich gedrückt, und starrte furchtsam auf seinen Herrn. »Wehe mir, was soll ich tun?«, sagte er zu sich. »Wenn mich Odysseus erblickt, wird er mich in seinem schrecklichen Zorn vielleicht auch noch erschlagen, obgleich ich unschuldig bin. Aber ich will dennoch hingehen und seine Knie umfassen!«

Und er lehnte sorgsam die Leier an die Mauer, lief zwischen Toten und umgestürzten Tischen hinüber zu Odysseus und warf sich vor ihm nieder. »Oh Herr«, rief er, »schone mein Leben! Denn wenn du mich tötest, würdest du es gewiss später bereuen, da ich dir dann nie mehr beim Mahl meine Lieder singen könnte! Telemachos mag dir sagen, dass ich nicht freiwillig für die Freier gesungen habe! Nein, sie holten mich stets und zwangen mich dazu. Und wie hätte ich mich allein gegen sie wehren können?«

»Phemios redet wahr!«, sagte Telemachos schnell, weil er sah, dass sein Vater den Sänger finster und zweiflerisch betrachtete. »Ihn und Medon sollst du verschonen: Denn auch der Herold hat nie etwas Böses getan. Nur haben die Götter dem Armen nicht allzu viel Mut verliehen«, fügte er lächelnd hinzu.

Er blickte sich suchend im Saal um und schüttelte verwundert den Kopf. »Ich möchte nur wissen, wo Medon hingekommen ist«, sagte er. »Ich habe ihn doch gesehen, gerade bevor der Kampf begann! Hoffentlich hat ihn nicht einer von euch in dem

Getümmel versehentlich erschlagen: Denn hinausgelangen konnte er nicht!«

Dicht hinter Telemachos an der Säule stand aber ein schwerer hochlehniger Sessel. Darunter lag eine frisch abgezogene Rindshaut, die wohl jemand nach dem Schlachten achtlos dorthin geworfen hatte.

Die begann sich jetzt plötzlich heftig zu bewegen, ein Kopf kam zum Vorschein und dann sagte Medons Stimme eifrig: »Hier bin ich, Lieber! Bitte nur ja deinen Vater für mich, dass er mich in seinem Zorn nicht mit den Schuldigen verderbe!« Und der tapfere Herold kroch vollends unter der schützenden Kuhhaut hervor.

Da musste selbst Odysseus lachen. »Es soll dir nichts geschehen!«, versprach er. »Geh mit Phemios hinaus in den Hof. Dort setzt euch ruhig hin und wartet, bis wir hier alles geordnet haben: Denn dies hier ist kein Ort für euresgleichen!« Das ließen sich die beiden nicht zweimal sagen und verschwanden flink und erleichtert.

»Rufe mir Eurykleia«, sprach Odysseus zu Telemachos. »Es gibt viel für sie zu tun!«

Telemachos klopfte an die Tür des Frauengemaches. Gleich darauf hörte er drinnen die eiligen Schritte der alten Amme.

Jetzt öffnete sie die Tür. Eurykleia blieb einen Augenblick stehen wie angewurzelt. Ihre Augen glitten scheu über die Toten hin. Aber sie schrie nicht auf: Es war, als hätte sie nichts anderes erwartet.

Dann erblickte sie Odysseus. Freude leuchtete in ihrem Gesicht auf und sie lief schnell auf ihn zu. »Oh mein Sohn«, rief sie jubelnd, »so hast du gesiegt und . . .«

Aber Odysseus hob abwehrend die Hand. »Du magst dich im Herzen freuen!«, sagte er ernst. »Aber es ist ungerecht, über den Tod dieser Männer laut zu frohlocken! Sie hat das Gericht der Götter getroffen und ihre eigenen Untaten haben sie ins Verderben gestürzt. Geh jetzt und bringe alle die Mägde hierher, die es mit den Freiern gehalten und Sitte und Pflicht vergessen haben!«

Die Alte gehorchte schweigend.

Alsbald schob sich eine Schar wehklagender Mägde zur Tür herein. Sie verhüllten ihre Gesichter bei dem schrecklichen Anblick, drängten sich an der Mauer zusammen oder versuchten zu fliehen.

Aber Odysseus winkte Telemachos und den beiden Hirten. »Heißt die Mägde die Toten hinaustragen und den Saal reinigen! Sie sollen das Blut von den Tischen und Sesseln waschen, den Boden neu glätten und allen Unrat fortschaffen! Dann führt sie hinter das Haus und bestraft sie, wie sie es verdienen. Holt auch Melanthios aus der Rüstkammer herab: Er muss den Tod der Verräter sterben.« –

Als alles nach seinem Befehl geschehen war, erschien Eurykleia wieder vor ihm.

»Nun bringe mir noch Feuer und Schwefel, damit ich den Saal und die Halle ausräuchere«, gebot er.

»Daran tust du gut: Denn Schwefel wendet den Fluch vom Haus«, antwortete sie beifällig. »Aber zuvor will ich dir neue Gewänder bringen, damit du nicht länger in diesen Lumpen gehen musst!«

»Tu, was ich dir befohlen habe!«, sagte Odysseus streng.

Da wagte sie keinen Widerspruch mehr, brachte Feuer und Schwefel und Odysseus räucherte lange und sorgfältig im Saal und draußen in der Halle, wo die Toten lagen. Dann rief er abermals nach Eurykleia.

»Geh hinauf zu Penelope und bitte sie, mit ihren Dienerinnen herabzukommen in den Saal!«, befahl er, setzte sich in den hohen geschnitzten Stuhl neben dem Herd und wartete.

Aus dem Frauenhaus kamen alsbald die treu gebliebenen Mägde herbeigelaufen, umringten ihn, küssten ihn auf Schultern und Wangen und weinten vor Freude. Da fühlte er, wie gut es war, wieder daheim zu sein. Ja, alle wussten es nun! Nur Penelope, seine Gemahlin, wusste es nicht.

11 Eurykleia stieg eilig hinauf zu den Gemächern der Fürstin. Sie hatte vergessen, dass ihre Knie längst steif geworden waren und der Atem zu kurz.

Penelope schlief, als die Alte an ihr Lager trat.

Eurykleia schüttelte sie sanft. »Wach auf, Töchterchen«, rief sie, »Odysseus ist heimgekehrt und hat die Freier getötet! Alle Trübsal ist zu Ende!«

Penelope fuhr auf. Schlaftrunken starrte sie die treue Pflegerin an. »Was redest du? Wahrhaftig, die Götter müssen dich mit Wahnsinn geschlagen haben oder du spottest meiner!«, sagte sie. »Selbst wenn ich glauben wollte, mein Gemahl sei zurückgekommen – wie könnte er allein die ganze Schar der Freier besiegt haben? Nein, Eurykleia, wenn eine meiner anderen Dienerinnen mir so eine närrische Botschaft brächte, würde ich sie bestrafen: Dich schützt dein ehrwürdiges Alter! Aber nun gehe und störe mich nicht mehr: Niemals, seit Odysseus fortzog nach Troja, habe ich so fest geschlafen!«

Aber Eurykleia ließ sich nicht abweisen.

»Glaube mir, es ist alles wahr! Der Fremde, der als Bettler zu uns kam, ist Odysseus! Ich habe die Narbe gesehen, die er einst auf der Jagd davontrug, als ihn der wütende Eber angriff! Erinnerst du dich daran? Ich habe auch die Toten gesehen, die schon draußen in der Halle liegen. Du magst mich selber töten, wenn ich dich belüge!«

Da überkam Penelope eine schreckliche Verwirrung. Gewiss, die treue alte Dienerin betrog sie nicht. Aber Narben trugen viele Männer von der Jagd oder vom Krieg her. Und dieser Fremde? Etwas an ihm war ihr vom ersten Augenblick an seltsam erschienen! War es . . . war es möglich? Sie sprang von ihrem Lager auf. »Ich will hinabgehen und selbst alles sehen!«, sagte sie atemlos. »Ich muss Gewissheit haben!« –

Im Saal war es sehr still geworden nach dem wilden Kampfgetümmel. Nur Odysseus und Telemachos saßen an der Säule und hielten Rat, was nun geschehen sollte.

»Du weißt, mein Sohn, selbst wenn jemand einen einzigen Mann tötet, muss er fliehen, um der Rache der Sippe zu entrinnen«, sagte Odysseus. »Wir aber haben viele der vornehmsten Männer Ithakas erschlagen. Zwar hat sie nur die Vergeltung ereilt: Dennoch werden ihre Verwandten sie zu rächen suchen. Darum müssen wir uns verbergen. Wir wollen uns auf das Landgut meines Vaters Laertes begeben: Dort werden wir wenigstens eine Weile Ruhe vor den Verfolgern haben. Aber ehe wir nicht draußen in Sicherheit sind, darf der Tod der Freier nicht in der Stadt bekannt werden. Darum wollen wir den Anschein erwecken, als werde auch heute hier im Palast ein festliches Gelage gefeiert. Phemios mag seine Lieder singen und die Mägde sollen den Reigen tanzen. Wenn dann draußen jemand vorübergeht und das festliche Getriebe hört, wird er denken, alles sei wie sonst. Wir aber haben Zeit, aus dem Palast und aus der Stadt zu entkommen. Sage es auch Eumaios und Philoitios und gib ihnen Waffen aus der Rüstkammer: Denn man weiß nicht, was noch geschieht!«

In diesem Augenblick betrat Penelope den Saal. Sie ging nicht hinüber zu den beiden Männern, sondern setzte sich schweigend in ihren elfenbeinernen Sessel neben dem Herd.

Odysseus saß da und hielt die Augen gesenkt, obgleich es ihm schwerfiel, sie nicht anzusehen. Eurykleia hatte ihr gewiss schon die Botschaft gebracht, aber er wusste nicht, ob Penelope ihr glaubte. Zwanzig Jahre lang hatte sie ja vergeblich gehofft, dachte er mitleidig: Nun mochte es wohl nicht leicht für sie sein.

Penelope betrachtete ihn heimlich und ratlos. Manchmal meinte sie, er gliche wirklich ihrem Gemahl, obgleich er so alt war. Gleich darauf aber schien ihr sein Gesicht wieder so fremd, als hätte sie es nie zuvor gesehen. Nein, er war gewiss nur ein landfahrender Bettler wie viele andere, die in ihr Haus kamen. Warum sollte gerade dieser eine Odysseus sein? Ich muss auf der Hut sein, dachte sie abermals. Aber wie soll ich Gewissheit erlangen? Wie denn nur, ihr Götter? Vor Kummer und Ratlosigkeit traten ihr die Tränen in die Augen.

Sie schrak zusammen, weil sich der Fremde plötzlich erhoben hatte.

Ohne sie anzublicken oder ein Wort zu sagen, ging er zur Tür, die in die inneren Gemächer führte, öffnete sie und war im nächsten Augenblick verschwunden.

Sie fragte sich verwundert, was er wohl im Palast zu tun gedachte. Da trat Telemachos zu ihr. »Warum bist du so hart, Mutter?«, fragte er unmutig. »Zwanzig Jahre ist mein Vater elend in der Fremde umhergeirrt und nun, da er endlich heimgekehrt ist, sprichst du nicht mit ihm und siehst ihn voll Misstrauen an, als wäre er ein Betrüger.«

»Oh mein Sohn«, sagte sie traurig, »ich weiß nicht, was ich glauben soll! Und was nützt es, wenn ich den Fremdling frage: Bist du Odysseus? Er wird mich betrügen und sagen: Ja, ich bin es! Und da er deinen Vater wirklich gekannt hat, wird er mir viel über ihn erzählen, als wäre er es selbst. Nein, ich muss ein Zeichen finden, das nur dein Vater und ich kennen! Lass mich allein, Telemachos: Ich muss darüber nachdenken!«

Währenddessen war Odysseus geradewegs zu der Badekammer gegangen, wo er eine alte Magd traf. »Du sollst mich baden und salben und mir neue Gewänder geben, Mütterchen!«, befahl er und warf missmutig den zerlumpten Kittel ab.

Wie sollte das nun weitergehen, wenn ihn Penelope nicht erkannte? Freilich, als er einst auszog nach Troja, war er ein junger Mann und prächtig gekleidet! Nun aber hatte ihn Pallas Athene in einen ärmlichen Greis verwandelt! Wie sollte sie ihn da auch erkennen?

Es wurde ihm ein wenig wohler, als er gesalbt und gebadet und mit Leibrock und Purpurmantel bekleidet war. Gewiss glich er so eher dem König von Ithaka als zuvor in seinen Lumpen, so hoffte er.

Als er die Badekammer verließ, glitt ungesehen Pallas Athene vorüber und berührte ihn mit ihrem Stab. Da verschwanden alsbald das spärliche Greisenhaar, der schüttere weiße Bart und die Runzeln im Gesicht, das schlaffe Fleisch wurde fest, die Haut glatt und geschmeidig und Odysseus merkte mit unendlicher Erleichterung, dass ihm seine wahre Gestalt zurückgegeben war.

Die alte Dienerin hatte seine Verwandlung voll Staunen mit angesehen, und während sie ihn zum Saal geleitete, meinte sie bei sich, ihr Gebieter gleiche an Schönheit den Unsterblichen und Penelope sei eine glückliche Frau, da sie einen solchen Gemahl habe.

Aber Penelope fühlte sich keineswegs glücklich.

Sie starrte den Fremden an, als wäre er ein schreckliches Ungeheuer. Zwar glich er jetzt Odysseus so sehr, dass sie kaum mehr zweifeln konnte. Aber wie war das möglich? Gerade war er noch ein elender armer Bettler gewesen!

Sie vermochte vor lauter Verwirrung, kein Wort hervorzubringen, als er sich jetzt ihr gegenüber in einen der hochlehnigen Stühle setzte.

Er wartete, und als sie noch immer schwieg, begann er endlich, selbst zu reden.

»Wahrhaftig, du musst ein Herz aus Stein haben!«, sagte er grollend. »Sonst würdest du mir einen anderen Empfang bereiten, da ich nach zwanzig Jahren heimgekehrt bin! Nun, du magst tun, was dir beliebt! Eurykleia, schlage mir mein Lager in irgendeiner Kammer des Hauses auf, damit ich schlafen gehen kann, da deine Herrin mir nun einmal kein freundliches Wort gönnen will!«

In diesem Augenblick kam Penelope ein kluger Gedanke.

»Mütterchen«, sprach sie, »lass die Mägde Odysseus' Bett aus seinem Schlafgemach in eine andere Kammer tragen und lege Decken und Felle darüber und reines Linnen!«

Das sagte sie aber, um Odysseus zu prüfen: Denn mit diesem Bett hatte es eine besondere Bewandtnis und kein Fremder konnte davon wissen.

Odysseus runzelte die Stirn. Dann begann er, laut und zornig zu lachen. »Du meinst, die Mägde sollen mein Bett forttragen? Bei den Göttern, das sollte ihnen schwerfallen! Weißt du nicht mehr, wie ich die Kammer gebaut habe, in der dieses Bett steht? Es wuchs ein Ölbaum dicht an der Wand des Hauses. Sein Stamm war schlank und gerade wie eine Säule. Rings um ihn errichtete ich Mauern aus behauenen Steinen, sodass ein großes schönes Gemach entstand mit Türen und einer gewölbten Decke darüber. Dem Ölbaum aber, der nun in der Mitte der Kammer stand, schnitt ich die Krone ab und glättete den Stamm sorgfältig: Denn er sollte als Pfosten des Bettes dienen, das ich zimmern wollte. Daran fügte ich die starken Bohlen und verband sie mit den drei anderen Pfosten, die ich auf gleiche Weise zuschnitzte. So vermag kein Sterblicher, das Bett von der Stelle zu bewegen, weil der eine Pfosten im Boden wurzelt.«

Als Penelope das hörte, sprang sie auf, schlang die Arme um seinen Hals und küsste ihn.

»Ja, nun weiß ich, dass du es wirklich bist!«, sagte sie. »Denn dieses Geheimnis kennt kein Fremder! Zürne mir nicht, weil ich dich nicht sogleich willkommen hieß: Aber ich hatte immer Angst, es könnte einmal jemand kommen und mich mit schlauen Worten täuschen!«

Da umarmte er seine treue Gemahlin voll Freude und gedachte, nie wieder fortzugehen.

»Nun sollst du alles erzählen, was dir begegnet ist«, bat sie. Odysseus begann zu erzählen. Die Zeit verrann, sie wussten nicht, wie . . .

Die Nacht sank herab, dunkel und undurchdringlich. Draußen in der Halle lagen die toten Freier und ihre Seelen irrten ohne Stätte in der Finsternis umher. Da kam Hermes, der Gott mit dem goldenen Stab, vom Berg Olympos herab, versammelte sie alle um sich und geleitete sie zum Hades.

Sie zogen auf dunklen Pfaden vorüber am Rand des Okeanos, am Leukadischen Felsen, am Tor des Helios und am Land der Träume und gelangten endlich hinab auf die Asphodeloswiese zu den unendlichen Scharen der Schatten. –

Als die erste Morgenröte am Himmel erschien, erhob sich Odysseus.

»Ich muss fort!«, sagte er. »Sobald der Tag anbricht, wird sich die Kunde vom Tod der Freier mit Windeseile in der Stadt verbreiten. Dann müssen wir schon bei Laertes auf dem Land sein. Zwar fürchte ich, dass die Rächer uns dort suchen werden und dass wir vielleicht noch einmal kämpfen müssen. Aber Pallas Athene wird uns beistehen und Dolios, der Gutsverwalter, hat viele Söhne, die mit Waffen umzugehen wissen. Darum sollst du keinen Kummer haben. Wenn ich fort bin, schließe alle Türen des Palastes und bleibe mit den Frauen in den oberen Gemächern, bis ich zurückkomme!«

Damit nahm er Abschied und ging, Telemachos und die Hirten zu wecken.

Sie waffneten sich schnell und verließen den Palast.

In den Gassen lag grau der Morgennebel, der vom Meer aufstieg. So gelangten sie ungesehen aus der Stadt.

Durch Feld und Wald und über flache Hügel stiegen sie weiter, bis sie zum Gehöft des Laertes kamen. Da dehnten sich ringsum wohlgepflegte Gärten voll von Obstbäumen und Reben. Äpfel, Birnen, Feigen und Trauben reiften in reicher Fülle.

Im Haus fanden sie nur die alte Frau, die für Laertes und die anderen Männer sorgte.

»Laertes arbeitet irgendwo bei den Bäumen«, sagte sie, »und Dolios ist mit seinen Söhnen schon früh fortgegangen, um Dorngestrüpp für die Zäune zu schneiden.«

Da übergab Odysseus seine Waffen den anderen und machte sich auf die Suche nach seinem Vater.

Er fand ihn bald im Obstgarten, wo er gerade einen jungen Baum versetzte. Eine Weile beobachtete er ihn, im Schatten eines Birnbaumes verborgen.

Laertes sah müde und traurig aus. Er trug einen zerschlissenen Kittel, die Beine waren mit Lederstreifen umwickelt und die Hände steckten in Handschuhen zum Schutz gegen Disteln und Dornen. Eine lederne Kappe bedeckte seinen Kopf.

Er ist sehr alt geworden, dachte Odysseus mitleidig. Wie viel Kummer mag er meinetwegen gelitten haben! Gewiss glaubt auch er mich längst tot! Wenn ich nun plötzlich vor ihn hintrete und mich zu erkennen gebe, könnte ihm bei seinen hohen Jahren der freudige Schrecken schaden! So will ich lieber mit behutsamer Rede beginnen!

Und er trat hinter dem Baum hervor und ging auf seinen Vater zu. Laertes hackte mit gesenktem Kopf die Erde um den jungen Stamm auf und erblickte ihn erst, als er neben ihm stand. Blinzelnd sah er zu ihm hinauf, denn das Sonnenlicht tat seinen alten Augen weh.

Odysseus merkte sogleich, dass er ihn nicht erkannte. Da grüßte er freundlich und redete ihn an. »Ehrwürdiger Greis, ich sehe, du verstehst dich auf die Pflege des Gartens! Alles gedeiht prächtig. Ölbäume, Feigen, Äpfel und Birnen und auch die köstliche Weinrebe! Aber – zürne mir nicht, wenn ich dies sage – du selbst scheinst mir keine gute Pflege zu genießen! Du bist kein Knecht, sondern gewiss von vornehmer Abkunft: Meine Augen trügen mich nicht! Dennoch gehst du so armselig gekleidet und siehst so müde aus, als wäre es dir nicht vergönnt, vor dem Mahl ein Bad zu nehmen und danach zu ruhen, wie es dir in deinem Alter gebührte! Aber sage mir, da ich ein Fremder bin: Ist dieses Land Ithaka und wohnt hier Odysseus, der Sohn des Laertes? Er war mein Gast und Freund. Ich habe ihn lange in meinem Haus beherbergt und ihn dann mit reichen Geschenken zur Heimat gesandt!«

Laertes hatte aufgehört zu graben. Er stand da, auf seinen Spaten gestützt, seine Augen füllten sich mit Tränen und die Hände zitterten ihm.

Odysseus sah dies alles und das Herz tat ihm weh.

»Ja«, sagte Laertes jetzt mühsam, »dies ist Ithaka und früher einmal lebte auch Odysseus, mein Sohn, hier in unserem Palast. Aber er ist längst in der Fremde verschollen und niemand weiß, ob ihn die Fische des Meeres oder die wilden Tiere auf dem Land gefressen haben! In seinem Haus aber treiben übermütige Männer ihr Unwesen und verprassen seine Güter. Wer bist du, dass du ihn deinen Freund nennst?«

Da begann Odysseus abermals eine erfundene Geschichte zu erzählen, wie es seine Gewohnheit war: Denn die Menschen vermögen sich nur schwer von ihren wunderlichen oder auch törichten Gewohnheiten zu lösen, die sie einmal angenommen haben.

Aber mitten in seinem Lügenmärchen stockte er. Nein, das konnte er nicht länger mit ansehen, wie dem Vater die Tränen über das alte Gesicht liefen und wie er sich mühte, vor dem Fremdling seinen Schmerz zu bezwingen!

Mit einem schnellen Schritt trat er auf ihn zu. »Vater, ich bin es selbst, dein Sohn, der nach zwanzig Jahren zurückgekehrt ist«, sagte er, umarmte ihn herzlich und küsste ihm Wange und Schulter.

Laertes stand einen Augenblick ganz still. Dann schob er Odysseus sanft von sich und blickte ihm ängstlich forschend ins Gesicht. »Es ist sehr lange her und ich bin alt geworden«, murmelte er. »Bist du wirklich Odysseus, so nenne mir ein Zeichen, an dem ich dich erkenne!«

»Erinnerst du dich, wie mir einst auf dem Parnass der Eber eine tiefe Wunde schlug, Vater? Sieh her! Hier ist die Narbe! Und noch ein Zweites will ich dir sagen: Als ich ein kleiner Knabe war und stets hinter dir her durch die Obstgärten lief, da schenktest du mir auf mein Bitten zehn Apfelbäume, dreizehn Birnbäume, vierzig Feigenbäume . . .«

»Wahrhaftig, du bist es!«, unterbrach ihn Laertes voll Freude und wollte ihn umarmen. Aber da verließen ihn die Sinne und Odysseus fing ihn auf, ehe er stürzte.

Aber er kam schnell wieder zu sich. »So bist du heimgekehrt, mein Sohn«, sagte er mit zitternder Stimme. »Aber in deinem Hause herrscht Unheil«, fuhr er traurig fort. »Viele Männer werben um Penelope . . .«

Aber Odysseus schüttelte ernst den Kopf. »Ich habe die Freier erschlagen, Vater.«

Laertes starrte ihn an. »So hat sie endlich die Vergeltung ereilt! Aber ich fürchte, nun werden ihre Sippen sie rächen.«

Odysseus zuckte die Schultern. »Das mag sein! Aber sorge dich nicht darum! Wir wollen lieber ins Haus gehen. Die anderen werden schon mit dem Mahl auf uns warten!«

Am Tor trafen sie Dolios, den Verwalter, der eben mit seinen Söhnen und den Knechten von der Arbeit zurückkehrte.

Dolios riss die Augen auf. Er sah so verdutzt aus, dass Odysseus lachen musste. Da rannte der Alte mit steifen Beinen auf ihn zu. »Bei den Göttern, du bist Odysseus! Fast hätte ich dich nicht erkannt! Wir wagten kaum noch zu hoffen, dass du eines Tages wiederkämst. Aber nun bist du dennoch da!«

Auch die Söhne kamen herbei, um ihn zu begrüßen, und meinten lächelnd, sie hätten Odysseus sogleich erkannt, obgleich sie Knaben waren, als er auszog nach Troja: Denn stets war er ihnen als der herrlichste Held erschienen.

Dann gingen sie alle ins Haus und setzten sich zum Mahl, das die Schafferin bereitet hatte. –

Indessen war drunten in der Stadt die Kunde vom Tod der Freier wie ein Lauffeuer durch die Gassen geeilt.

Da erhob sich in vielen Häusern großes Wehklagen um Söhne und Brüder. Die Verwandten und Freunde der Erschlagenen zogen in Scharen zum Königspalast. Da war alles still und die Türen fest verschlossen.

In der Halle unter den Säulen lagen die Toten. Man trug sie fort und bestattete sie, und die von den Inseln gekommen waren, brachte man zu Schiff in ihre Heimat zurück.

Als alles nach Sitte und Brauch geschehen war, versammelten sich die Männer auf dem Markt.

Der alte Eupeithes, Antinoos' Vater, begann zu reden. »Freunde«, rief er und seine Stimme war heiser vor Schmerz und Zorn. »Freunde, Odysseus hat zweifach übel an uns gehandelt! Zuerst fuhr er mit unseren jungen Männern und unseren Schiffen gegen Troja. Weder die Männer noch die Schiffe haben wir je wiedergesehen. Nun ist er zurückgekehrt und hat unsere Söhne und Brüder erschlagen. Das müssen wir rächen: Denn noch unsere Enkel würden uns schmähen, wenn wir die Mörder ungestraft ließen! Und, wahrhaftig, ich selber möchte so mit Schande beladen nicht länger leben! Aber wir wollen eilen, damit Odysseus und seine Gefährten nicht etwa zu Schiff nach Pylos oder Elis entfliehen! Ich weiß, wo wir sie finden werden, da sie nicht im Palast sind! Gewiss haben sie sich aufs Land in das Haus des Laertes begeben, um Rat zu halten über ihre Flucht. Holt eure Waffen, Freunde! Die Mörder sollen uns nicht entrinnen!«

Als er schwieg, riefen ihm viele Beifall. Aber da erhob sich Medon, der Herold. »Hört mich an, ihr Männer von Ithaka!«, sprach er ernst. »Ihr mögt tun, was euch gut dünkt! Aber ich sage euch, Odysseus hat die Tat mit dem Willen und Beistand der Götter vollbracht: Denn die Frevel der Übermütigen schrien längst nach Vergeltung! Darum lasst euch warnen!«

Da wurden sie nachdenklich und manche meinten, er habe wahr geredet.

Dann begann Halitherses, der alte Seher, zu sprechen. »Ihr seid selber schuld an allem, was geschehen ist! Schon einmal habe ich euch ermahnt, dem Treiben eurer Söhne und Brüder Einhalt zu gebieten und Mentor hat euch gleichermaßen gewarnt. Aber ihr wolltet nicht hören! So folgt mir wenigstens jetzt und lasst ab von der Rache, damit ihr euch nicht selbst ins Verderben stürzt!«

Eine Weile redeten sie dafür und dawider und zuletzt beschloss mehr als die Hälfte der Männer, Eupeithes zu folgen und den Tod der Verwandten zu rächen.

Sie liefen in ihre Häuser, um sich zu bewaffnen, und alsbald machte sich der Zug auf den Weg zum Landgut des Laertes. –

Vom hohen Olympos herab aber hatten Zeus und Pallas Athene aufmerksam beobachtet, was drunten in Ithaka geschah.

»Mein Vater und Herr«, sprach jetzt die Göttin unmutig, »sollen wir zusehen, wie diese unseligen Sterblichen abermals gegeneinander zu toben beginnen?«

»Nein«, antwortete Zeus, »einmal müssen Hass und Hader ein Ende haben! Die Toten haben ihre Frevel gebüßt und das Unrecht ist gesühnt. So ist die rechte Ordnung der Dinge wiederhergestellt und niemand soll es an Odysseus rächen. Er mag König in Ithaka sein wie ehemals und zwischen ihm und dem Volk soll Friede herrschen, damit wieder Glück und Wohlstand einkehren! Dafür magst du Sorge tragen!«

Da begab sich Pallas Athene eilends hinab zum Gehöft des Laertes. Wieder nahm sie Mentors Gestalt an, und gewaffnet mit Helm, Schild und Lanze, stand sie verborgen am Weg, als der Zug der Rächer herannahte.

Zugleich sandte Odysseus einen der Doliossöhne als Späher hinaus vor das Tor des Hofes. Er rannte sogleich wieder zurück.

»Herr, ein Haufen Bewaffneter steigt den Hügel herauf!«

»So wollen wir uns rüsten!«, befahl Odysseus ruhig. Schon reichte ihm Telemachos Helm, Schild und Speer. Auch Dolios, seine Söhne und die Knechte bewaffneten sich und selbst der greise Laertes legte noch einmal die Rüstung an und nahm die lange Lanze: Dann verließ die kleine Schar das Gehöft.

Zorniges Geschrei empfing sie: Denn die Rächer hatten nicht erwartet, so viele bewaffnete Männer zu finden.

Eupeithes, der an der Spitze ging, warf wutentbrannt seine Lanze. Aber im gleichen Augenblick flog, von Laertes geschleudert, ein Wurfspeer auf ihn zu und traf seinen Helm, dass er mit klirrender Rüstung niederstürzte.

Da stürmten sie gegeneinander.

Schon schwirrten Lanzen und die Schwerter blitzten.

Plötzlich sah Odysseus, dass Mentor neben ihm stand: Aber er wusste sogleich, dass es nicht Mentor war.

Im selben Augenblick erscholl auch schon die Stimme der Göttin: »Lasst ab vom Kampf, ihr Männer von Ithaka, und vergießt nicht das Blut eurer Brüder!«

Da fasste die Streitenden bleiches Entsetzen, die Waffen entfielen ihren Händen und sie warfen sich mit dem Gesicht auf die Erde: So laut und schrecklich tönte die Stimme.

Alsbald rafften sich aber die Rächer wieder auf und flohen, von Furcht gejagt, zur Stadt hinab.

Odysseus aber hatte jetzt die Wildheit des Kampfes gepackt. Mit lautem Schlachtruf sprang er den Fliehenden nach.

Zeus Kronion sah den Ungehorsam mit Zorn und schleuderte ihm seinen Blitzstrahl vor die Füße. Da prallte er voll Entsetzen zurück. In seinem Kopf wurde es wieder klar, sodass er den Wahnsinn des Kampfes begriff.

Und noch einmal vernahm er die Stimme der Göttin. »Schließe ein Bündnis mit den Männern, die jetzt noch deine Feinde sind, Odysseus! Und haltet in aller Zukunft Frieden!«

Worterklärungen

Obwohl die Wurzeln des heutigen Europas vielfach bei den Griechen zu finden sind und obwohl die *Ilias* und die *Odyssee* Homers einen unendlichen Einfluss auf die europäische Literatur hatten, unterscheidet sich die Welt heute – wen wundert das? – zum Beispiel in der Religion und der Lebensweise von der Welt fast ein Jahrtausend vor Christi Geburt. Und wenn man die Odyssee nacherzählt, kommt man nicht umhin, auch Begriffe zu verwenden, die uns heute fremd oder nicht mehr so geläufig sind. Die wichtigsten Akteure freilich wie Odysseus selbst, seinen Sohn Telemachos und seine Gemahlin Penelope lernen wir im Lauf der Erzählung so gut kennen, dass sie uns auch ohne weitere Erläuterung vertraut werden. Dagegen ist es vielleicht nützlich, wenn man noch einmal nachschlagen kann, wofür die zahlreichen *Göttinnen und Götter* stehen, die immer wieder erwähnt werden. Auch einige *Begriffe und Namen,* die im Anschluss kurz erläutert werden, können zum Verständnis beitragen.

Göttinnen und Götter

Apollo(n) auch Phoebos genannt, Sohn des Zeus und der Leto, u. a. Gott der Dichtkunst, Zwillingsbruder der Artemis

Ares Sohn des Zeus und der Hera, Gott des Krieges

Artemis vgl. *Apollon,* Göttin der Jagd

Athene auch Pallas Athene, Tochter des Zeus, Göttin sowohl des Krieges als auch des Friedens und der Weisheit, stand im Trojanischen Krieg aufseiten der Achaier, Odysseus steht unter ihrem besonderen Schutz

Demeter Tochter des Kronos, Göttin des Ackerbaus und der Fruchtbarkeit, Mutter der Persephone

Eos Göttin der Morgenröte, Schwester von *Helios*

Hades Sohn des Kronos, Bruder von *Zeus* und *Poseidon,* bei der Aufteilung der Welt unter die Kronos-Söhne erhielt er die Unterwelt, die nach ihm auch als *Hades* bezeichnet wird

Hebe Tochter von Zeus und Hera, bedient die Götter an ihrer Tafel mit Nektar

Helios Gott der Sonne, der tagsüber mit dem Sonnenwagen über den Himmel fährt, Bruder der *Eos*

Hephaistos Sohn des Zeus und der Hera, von Geburt an hinkend, fertigt mit seinen Gehilfen für die Kyklopen in seiner Schmiede kostbare Waffen und Geräte

Hera Tochter des Kronos, Schwester und Gemahlin des Zeus

Hermes Sohn des Zeus, Götterbote

Nymphen Töchter des Zeus, Naturgöttinnen, die auf den Bergen, im Meer, in Quellen und Bäumen leben

Pallas Athene s. *Athene*

Persephone Tochter von *Zeus* und *Demeter,* von *Hades* entführt, wird sie die Königin der Unterwelt, darf aber auf Bitten der Mutter einen Teil des Jahres bei ihr auf der Erde verbringen

Poseidon Sohn des Kronos, Bruder von *Zeus* und *Hades,* bei der Aufteilung der Welt unter die Kronos-Söhne erhielt er das Meer, sein Attribut ist der *Dreizack*

Zeus Kronion Sohn des Kronos, den er in einem gewaltigen Kampf bezwingt und mit seinen Geschwistern, den Titanen, in die Unterwelt verbannt. Er ist fortan der höchste Gott, teilt aber die Herrschaft mit seinen Brüdern *Hades* und *Poseidon*.

Begriffe und Namen

Achaier die Griechen aus Achaia, d. h. vom europäischen Festland und den Inseln, die Troja belagert und erobert haben

Achilleus Hauptperson in der Ilias, der stärkste Held der Achaier, tötet Hektor, fällt selbst durch einen Pfeil, den Paris mit Apollos Hilfe auf ihn geschleudert hat

Ambrosia zusammen mit Nektar die Speise und der Trank der Götter

Atriden Söhne des Atreus, in der Ilias die Brüder Agamemnon und Menelaos

Dreifuß aus Metall (meist Bronze) hergestelltes, teilweise kostbar verziertes Gestell, um Kesseln, Schalen und Amphoren Stand zu verleihen

Dreizack dreizinkige Gabel, Attribut des Meergotts *Poseidon*

ehern aus Erz (nicht in der Bedeutung von metallhaltigem Gestein, sondern aus) Bronze oder Eisen, wobei zum Teil nicht zu entscheiden ist, was von beiden gemeint ist

Elle altes Längenmaß, nicht genau definiert, zwischen 50 und 80 cm

Erz s. *ehern*

Hades Unterwelt, vgl. *Hades* bei *Göttern*

Harpyien unglückbringende Fabelwesen aus Mädchen- und Vogelleibern

Hekatombe Sühneopfer mit einer großen Anzahl (oft 100) von Tieren

Herold vertrauter Diener eines hohen Herrn, der für diesen Botengänge unternimmt und für ihn als Kundschafter tätig ist

Hürde eingezäunter Bereich im Freien, in dem das Vieh gesichert wird

Klafter ein Längenmaß, das etwa die ausgestreckte Länge der beiden Arme eines Mannes bezeichnete, ca. 1,80 m

Kornelkirsche kirschenförmige Frucht des Hornstrauchs, der vor allem in trockenen Gegenden rund um das Mittelmeer wächst

Lakedaimon anderer Name für Sparta

Leibrock bezeichnet in dieser Erzählung den griechischen Chiton, ein langes hemdartiges Gewand, das direkt auf dem Körper getragen wurde

Mischkrug (griechisch: Krater), in der Antike trank man den Wein meist mit Wasser vermischt, zum Mischen wurden Mischkrüge verwendet, die einfachen aus Ton, kostbare aus Bronze, Gold oder Silber, teilweise reich verziert und sehr groß

Najaden Quell*nymphen*

Nektar s. *Ambrosia*

Nymphen s. unter *Götter*

Olymp(os) höchstes Gebirgsmassiv Griechenlands, Sitz der olympischen Götter

Pelide *Achilleus* als *Sohn des Peleus*

Perseiden Nachkommen des berühmten Helden Perseus

Rüstkammer Waffenkammer

Schaffer(in) Verwalter(in), besonders für die Zubereitung und das ordnungsgemäße Auftragen des Mahls zuständig

Talent eine Gewichtseinheit, bezogen auf Gold eine Währungseinheit, ein Talent hatte möglicherweise den Gegenwert eines Ochsen

Widder Schafbock

wirken besondere Art zu weben

Auguste Lechner

Ilias

Auguste Lechner versteht es meisterhaft, die klassischen Sagen in einer ungewöhnlich spannenden und angemessenen Weise nachzuerzählen und den Jugendlichen einen neuen Zugang zur Sagenwelt zu erschließen. Eine außerordentlich fesselnde Lektüre, die schon Generationen begeistert hat!

224 Seiten • Arena-Taschenbuch • ISBN 978-3-401-50025-6 • www.arena-verlag.de

Auguste Lechner

Parzival

Auf Grund seiner höfischen Erziehung erscheint es Parzival als höchste Ehre, Mitglied der Tafelrunde von König Artus zu werden. Er ist jedoch zu Höherem bestimmt: Gralskönig soll er werden. Scheinbar zufällig findet er, der Auserwählte, die Gralsburg, die geheimnisumwitterte Burg des Lichtes und des Heils auf dem Monsalvat. Doch sein falsches Verhalten zeigt, dass er noch nicht würdig ist. Verflucht zieht er durch die Lande, mit seinem Schicksal hadernd. Aber diese Zeit der Prüfungen vergeht und geläutert findet er zurück zur Gralsburg, wo er – selbst Erlösung spendend – seinen Seelenfrieden erlangt.

272 Seiten • Arena Taschenbuch • ISBN 978-3-401-51284-6 • www.arena-verlag.de

Auguste Lechner

Die Nibelungen

Die Geschichte um den strahlenden Siegfried und den skrupellosen Hagen, um die schöne Kriemhild und die starke Brunhild, um Gunther, Gernot und Giselher, um den Zug der Nibelungen und Burgunden an Etzels Hof und ihren ausweglosen Kampf – das ist mehr als eine Sage aus lange vergangener Zeit, das ist ein Roman, der auch heute noch zu begeistern weiß!

232 Seiten • Arena-Taschenbuch • ISBN 978-3-401-50202-1 • www.arena-verlag.de